JN067189

メガバンク起死回生　登場人物

東西帝都EFG銀行

二瓶正平（にへいしょうへい）
東西帝都EFG銀行の新専務。役員で唯一の名京銀行出身。育休を取っていたが復帰し、融資責任者に抜擢される。

桂光義（かつらみつよし）
東西帝都EFG銀行の元頭取。投資顧問会社を設立、相場師として活躍している。

二瓶を取り巻く人々

二瓶舞衣子（にへいまいこ）
正平の妻。パニック障害を患っていたが快方に。初めての子供が生まれる。

塚本卓也（つかもとたくや）
起業に成功し、香港を中心に活躍していたファンド・マネージャー。二瓶と珠季の同級生。

湯川珠季（ゆかわたまき）
銀座のクラブ『環』のママ。桂とは深い仲。二瓶の昔の恋人。

宇治木多恵（うじきたえ）
宇治木染織の社長。高校時代に、二瓶と同じ弦楽合奏部に所属していた。

その他

工藤勉（くどうつとむ）
死刑囚。七〇年代過激派の元リーダー。

荻野目裕司（おぎのめゆうじ）
中央経済新聞の編集主幹。桂の知り合い。

幻冬舎文庫

メガバンク起死回生

専務・二瓶正平

波多野聖

メガバンク起死回生

専務・二瓶正平

波 多 野　聖

幻冬舎文庫

メガバンク起死回生

専務・二瓶正平

メガバンク起死回生

専務・二瓶正平　目次

第一章　インフレの恐怖

「平ちゃん！　平ちゃん！　咲が泣いてる！」

夜中、二瓶正平は妻の舞衣子に起こされた。

ぐっすり寝込んでいたヘイジは舞衣子に肩を揺さぶられて目を覚ました。

二瓶正平、親しい友人はヘイジと呼ぶ。

瓶と平、へいとへい、〝ヘイの二乗でヘイジ〟という中学時代からのあだ名だ。

「あっ……あ、ごめん。今やる」

そう言ってベッドを出ると、隣のベビーベッドで泣いている娘を抱き起こした。

「おしっこだな」

そうして手慣れた手つきでおしめを換えたがまだ泣き止まない。

「お腹も空いてるのかぁ」

次にミルクを慎重に作って飲ませると満足したように娘は眠った。

「良かった……」

どんなことでも出来るようになるものだとヘイジは思う。

妻の舞衣子は安心しきって眠っている。

夜中の娘の世話は妻と三時間毎の交代にしている。

「……」

ベッドに戻って再び目を閉じると、何だか不思議な感じになっていた。

「僕が育児をしている。日本最大の銀行の常務が、育休を取ってお父さんをやっている」

そう思うと様々な記憶が蘇ってくる。


「子供っていいものだ」

授乳を済ませてベッドに潜り込んだヘイジはしみじみとそう思った。隣で妻の舞衣子は寝息を立てている。

東西帝都EFG銀行、TEFGの歴史上初めて取った役員での育休は三週間、残りまだ二週間ある。

ヘイジは最初の一週間で自分が変わったのを感じていた。

「良い意味で重いものを感じるな」

それは生きる重み、親となっての責任の重み、様々な人々との繋がりの重みだった。

そのヘイジに新たな重みが加わる。


丸の内に聳(そび)える東西帝都EFG銀行、TEFG、本店ビル。

三十五階建てのビルの最上階に役員大会議室はある。

そこで臨時〝上級役員会議〟が開かれていた。

TEFGの役員会議には三種類ある。

専務以上の〝上級役員会議〟、常務以上の〝役員会議〟、そして執行役員を含めた〝全体役員会議〟の三つだ。

それぞれ月に一度、定例で行われ臨時でも開催される。

〝上級役員会議〟が臨時開催されたのは新たな役員人事の擦(す)り合わせの為だった。

専務の高塔(たかとう)が、公安当局に身柄を拘束されて辞職した為に空席となった専務職の人事を決める話し合いがなされていた。

TEFGでは役員の空席が何らかの理由で生じた場合、頭取から出される人事案を了承する形が通例になっている。前専務の高塔は異例の形で辞任となった為に、皆は頭取の岩倉(いわくら)が兼務すると思っていた。

しかし、違った。

「エッ?!」

岩倉から人事案、いや実質は決定事項を告げられ上級役員は全員驚いた。

頭取の岩倉琢磨(たくま)は『ミスター帝都』と異名を取る人物で〝帝都銀行マン〟トップとしての特質を全て備えている。

東帝大学法学部卒、帝都銀行入行後は本店勤務の後、大蔵省(Ministry of Finance)に出向しその後はＭｏＦ担としてエリート畑を歩き、企画部長、人事部長、秘書役を経て役員となりその後ずっと管理部門のスペシャリスト……なるべくして頭取になった人物だ。

岩倉は全てにバランスの取れたフェアな上司で、役員の誰もがＴＥＦＧのトップとして尊敬の念を抱いている。

そんな岩倉の思い切った人事案に皆は改めて驚くと共に感心した。

「如何(いかが)です?　反対意見はありますか?」

皆、納得出来ますという様子を見せる。

岩倉から新たな専務として挙げられた人物は本店にはいなかった。

「本人はＴＥＦＧ役員初となる育休を取っていますが、どなたも異存なければ私の方から専務昇格を伝えます。宜しいですね?」

ヘイジは岩倉からの電話を受けた。

「育休のところ大変申し訳ない。時間を作って貰えないか？　君の都合に合わせる」

頭取から直々の電話に一体何かと驚いたヘイジは、了解しましたと翌日本店に出向いた。

「エッ?!」

驚くヘイジに岩倉は告げた。

「高塔君の担当を全てそのまま君に引き継いで貰いたい。その上、今の君の仕事も続けてやって貰いたいんだ。かなりの守備範囲だが君ならやれる。いや君だからやれる」

ヘイジは暫く黙って考えてから言った。

「私が……専務、ですか？」

岩倉は頷いた。

「今の常務以上で君は一番若いが年齢は関係ない。君の銀行マンとしての実力は十二分に分かっているつもりだ。さらに君は、他の役員も知らない高塔君絡みの難しい問題を処理してくれた。それを知っているのは私だけだからな」

ヘイジはそのことを思い出して言った。

「まさか高塔専務が、闇の組織と関係がある人物だったとは思いもしませんでした。優秀な方でしたしＴＥＦＧにはなくてはならない存在だと思っていました」

スーパー・メガバンクとなったＴＥＦＧの、専務としての高塔の仕事ぶりは際立っていた。

高塔次郎（じろう）は東帝大学経済学部卒で帝都銀行入行後は融資畑のエリートとして歩み、帝都グループ向け融資を若くから任されて実績を挙げ、融資第一部長、営業企画部長を経て役員となり、融資部門を統括していた。

「私も高塔君を次の頭取にと考えていたのは事実だ。帝都グループとの取引を仕切る手腕は見事だし、先を見据えて物事を進めてくれていた。ＡＩ『霊峰（れいほう）』の完成は彼無しでは出来なかったと思っている。だがよりによってその『霊峰』を使ってＴＥＦＧの全データを闇の組織に売ろうと、そして日本国をも売ろうとしていたとは……私は今も信じられない」

ヘイジも岩倉の言葉が良く分かる。

岩倉は続けた。

「これまでの常務としての二瓶君の仕事である中小企業向け融資と『グリーンＴＥＦＧ銀行』の経営、担当常務をそれぞれに付ける形で君を専務とすることも考えたが……適任者が見つからなかった。君にはこれまでの業務に加えて高塔君が担当していた帝都グループ向け融資とＡＩ『霊峰』を活用してのビジネス、その二つを専務として見て貰うということなんだが……勿論、帝都グループ向け融資に関しては私が全面的にサポートする。どうだろう？」

ヘイジは常務としてのこれまでの仕事に自信を持てている。

しかし、それに加えてＴＥＦＧ融資の中核である帝都グループを担当し、ＡＩ『霊峰』の利用と開発という極めて重要な仕事を担うことは途轍もなく大変なことになる。

「……」

ヘイジは難しい顔になって考えた。

自分に出来ることと出来ないこと。

自分でやるべきことと人に任せるべきこと。

それを見極めることが、仕事を遂行していく上で一番大事だとヘイジは思っている。

ヘイジは言った。

「頭取、私の育休はあと二週間弱残っています。専務への就任をお受けするかどうかのお返事は、育休明けにさせて頂けませんでしょうか？　自分の分を超えて失敗し、多大なご迷惑をＴＥＦＧにお掛けするようなことは絶対に避けたいと思っています。本当に自分がそれだけのものを担えるのか？　考えさせて頂きたいんです」

岩倉は頷いた。

「分かった。全てを自分が引き受けなければならないとは思わないでくれ。君の下に適任だと思う人間が私には見つけられなかっただけだ。もし君が仕事を任せられると思う人間がいたら遠慮なく教えてくれ。必ず君の下につけるようにする」

ありがとうございます、とヘイジは頭を下げて頭取室を出た。

「専務ッ?!」

舞衣子が大きな声を出した為に寝ていた娘の咲が泣き出した。

ヘイジが、その咲を抱き起こしてあやしながら言った。

「そうなんだ。頭取から専務への就任を打診されたんだ。だけどかなり荷が重い話で……」

ヘイジは舞衣子に仕事の内容を詳しくかつ分かり易く説明していった。

舞衣子が心の病に掛かった時、心配かけないよう銀行での話をしなかったことが逆に舞衣子に疎外感を与えていたことを学んだ。その後、ヘイジは仕事のことは良いことも悪いことも全て舞衣子に話すようにすることに決めたのだ。それで今もその通りにした。

舞衣子は説明を聞いてじっと考えた。

ヘイジが専務になるなど夢にも考えたことがなかった。役員に、そして常務になった時も信じられなかったが今度は専務に昇格するという。

舞衣子は長く自分が体調を崩していた時にも、ヘイジが変わらず自分に寄り添いながら仕事でも成果を出し、信じられないような出世を遂げていくことが不思議だった。

（平ちゃんは特別な力を持っている？）

だがヘイジはどこまでも普通の男だ。

（どこまでも普通……!!）

その時、舞衣子は気がついた。

（それが平ちゃんの力だ！）

大銀行という大変な世界にいて、いつも普通でいられるヘイジこそ大変な人物なのではないかと思ったのだ。

ヘイジは、子供が出来ると役員で初めての育休を取って舞衣子を助けてくれている。

舞衣子は横浜の自分の実家の母を呼んで助けて貰うことを提案したが、ヘイジは二人で頑張ろうと言ってくれた。

「子供は僕たちの子供だ。家族三人で頑張ってみようよ。やってみて舞衣ちゃんが難しいと思った時に助けて貰おう」

そう言ってくれた時、舞衣子は心から嬉しかった。大銀行の役員としてコロナ禍で仕事が大変な中で、家族というものをきちんと作っていこうとしてくれるヘイジに対しこれまで以上に感謝の気持ちを持った。

「いや、普通だよ。普通の家族はそういうものだよ。だから必ずやれるよ」

ヘイジは笑ってそう言った。以前の病気のことから産後鬱(さんごうつ)になったらどうしようかと心配していた舞衣子にとって、そんなヘイジが本当に頼もしく映った。

(頭取もそんな頼もしさを平ちゃんに感じている。だから平ちゃんを専務にしようとしているんだ!)

舞衣子は強くそう思った。

ヘイジは咲をあやしながら嬉しそうな顔をしている。普通の父親を普通でなくやってくれている。

舞衣子は言った。

「平ちゃん。きっと出来るよ。平ちゃんなら専務をやれる。専務になってTEFGをもっと良い銀行に出来る。TEFGがもっと良い銀行になったら日本は良くなるよね? だから専務になってそんな日本にしてよ」

ヘイジはその舞衣子をポカンとなって見た。

そして不思議な自信が生まれたのを感じた。

◇

東京丸の内仲通り。

オフィスビルやホテルが立ち並び高級ブティックやカフェが路面を賑わすその場所はどこか静かだった。

コロナ禍で日本のあらゆる繁華街と同様にゴーストタウンのようになっていたのが息を吹き返してはいるが……どこか静かなのだ。

その一角にあるオフィスビルの五階にあるのがフェニックス・アセット・マネジメント(Phoenix Asset Management Co., Ltd.) 通称フェニアム、桂光義(かつらみつよし)が運営する投資顧問会社だ。

『生涯、一相場師(いちそうばし)』を自任する桂がマーケットの世界で生きる為に創った会社だ。

そのオフィスのデスクに桂はいた。

桂は、ディーラー時代と同じ仕様の十二面のディスプレーを前にしながらマーケットを見ていた。

その桂がずっと苛立っている。

（おかしいッ！）

相場師として生きる桂にとって相場は常に世界を映す鏡だ。

株や為替、債券の値動きを通して桂は世界を見て今を感じる。

だがそこにずっと不快感を覚えて仕方がないのだ。

（何でこうなる？　俺は相場が分からなくなっているのか？　それとも相場が狂っているのか？）

フェニアムでの運用の大半はＡＩに任せていて、桂が相場を見て売買の判断を下すことは今や緊急事態以外には、ない。

だが桂は常に自分なりの情報の収集と分析、売買の判断となるシミュレーションを怠らない。それによって相場を、世界を知る為だが……ずっとその相場に違和感を持って苛立っているのだ。

コロナ禍を経て複雑さを増した世界経済は、マドルスルー（手探り）で回復を見せようとした。しかし、過去四十年近く発生しなかったインフレが遂に見られるようになっていた。

（それも悪いインフレになる可能性が高い）

インフレが昂進すれば金利は急上昇する。

（今のマーケット参加者で金利上昇を経験した者など……殆どいない）

桂は、自分を含め相場の世界で金利上昇の恐怖を経験した人間で、まだ現役なのは、ほんの数人だろうと思った。

桂は考える。

（嘗て（かつ）の金利上昇局面と今とでは取り巻く環境が全く違う。金融市場は以前より恐ろしく複雑で巨大になっている）

そうしたのは〝マネー〟だと桂は思う。

コロナ禍の下、国民の生命と生活を守る為の財政出動で先進各国の債務は途轍もなく膨らんだ。それを支えたのが中央銀行の発行する通貨、マネーだ。

ドル、ユーロ、人民元、円……中央銀行が〝通貨〟として印刷する紙幣、それはこの世で最も不思議な存在だ。

単なる紙切れを〝通貨〟だと人が信じることで成立する不思議……人が〝通貨という存在がある〟として成立するだけ。紙切れであろうとデジタルデータであろうと……誰もが〝通貨〟と思えばそれで良いだけなのだ。

（過去五十年、大国同士で戦争がなく社会が安定した先進各国の通貨は〝通貨〟としての信認を揺るがしてはいない。そして……あの時から〝通貨〟は無限の存在に、無限であることを力とする存在となった）

〝あの時〟とは一九八七年十月のニューヨーク株式市場の空前の大暴落、ブラックマンデーだ。一日の株価下落幅は、大恐慌の引き金となった一九二九年の『暗黒の木曜日』を遥かに超えていた。

(あの時、アメリカ連邦準備制度理事会、ＦＲＢの議長アラン・グリーンスパンは、徹底的にドルを金融市場に供給して世界経済を救った。それによって大恐慌の再来を招かなかった。その後、リーマン・ショックなどの市場危機に対して先進各国の中央銀行は同じ措置、徹底的な通貨供給を行うことで金融危機を救い、実体経済への影響を抑えた。しかし……)

それによって〝通貨〟は無限に発行出来るものだという暗黙の認識が政府や中央銀行に出来てしまったと桂は考えている。

(コロナ禍で各国は途轍もない規模の財政出動をした。それを支えたのは〝通貨〟だ。通貨とは国家の負債、つまり借金であるという原理は変わらないが……原則が変わってきている。〝通貨〟は無限、それこそが〝通貨〟の力だと思うように各国政府がなっている)

桂はそこに戦慄(せんりつ)を覚える。

ブラックマンデー以来、無限を目指すように供給され続けた〝通貨〟、それは実体経済の規模を遥かに凌駕(りょうが)し、〝通貨〟の〝通貨〟による〝通貨〟の為の世界、株式を中心とするマネー市場へと流れ込み続けた。そこに日銀のように積極的に参加する中央銀行まで現れた。

中央銀行が発行した〝通貨〟を増殖させる為に株式市場を支える……前代未聞の構図まで生み出してしまっていた。

全世界の株式市場の時価総額はＧＤＰの１・３倍超、中でも米国は２・２倍に達している。

（こうして〝通貨〟は天文学的数字まで供給され膨張した。だがその通貨は実体経済に殆ど回っていない。金融市場と実体経済……まるでそれはパラレルワールドのようになっている）

桂の苛つきはそこにある。

（膨張した〝通貨〟が大多数の人間の幸福に役に立っていない。〝通貨〟は人間の為の存在なのに……本末転倒ではないのか？）

マネーの世界で生きている桂がそう思わされてしまうのがコロナ禍以降の株式市場だ。本来は経済を映す鏡である筈の株式市場がそうはなっていない。異様な値上がりを続け実体経済から乖離(かいり)しているのだ。

（この乖離を操っている奴がある）

そこに闇の組織があることが分かっている桂は、我慢がならない。

（日本で転換国債の発行を成功させ、財政の悪化に苦しむ欧米諸国にも導入させようとしている闇の組織ハド、ＨｏＤ“Heart of Darkness”……奴らが転換国債を国株(こくかぶ)に転換させ、日

本株式会社を乗っ取る企みを一旦は阻止した）

　それは桂とアメリカを代表する個人投資家のジャック・シーザー、システム運用の天才ヘレン・シュナイダー、そして香港最大のヘッジ・ファンドのエドウィン・タンこと塚本卓也が一致団結してのことだ。

（しかしあれから経済状況は悪化している。インフレ昂進となれば通常の国債は発行が出来なくなる。もし転換国債の発行が先進各国で行われたら奴らの、ハドの思う壺だ）

　闇の組織ハド、そこには死んだとされている元金融庁長官の五条健司、前長官の工藤進がいると桂は確信している。

（奴らは、世界の財務官僚や中央銀行を操りながら世界を牛耳るつもりでいる。その為の転換国債であることは間違いない）

　桂はインフレ昂進を心の底から恐れていた。

（奴らは、ハドはハイパーインフレへの切り札を握っている）

　それはトム・クドー、表向き不治の病を理由に釈放された死刑囚、工藤勉のことだ。

　七〇年代過激派のリーダーであり、世界中のテロリストにレジェンドと崇められる男だ。その著作『レオニダス』はテロリストのバイブルとされている。

　その工藤が、釈放後に入っていたホスピスから消えた。

桂には、ホルムズ海峡を望む中東の油田施設や中央アジアの天然ガス施設の前に立つ工藤の姿が目に浮かぶ。

(もし奴がテロを実行すれば、エネルギー価格は急騰し世界の金融市場は大混乱に陥る)

それが現実のものになろうとしているのだ。

(?)

メールが入った。

エドウィン・タン、塚本からだった。

今から会えないかという内容に、桂はオフィスに来るように伝えた。

「香港は完全に引き上げたのか?」

塚本は頷いた。

「もう香港には未練はありません。あれは香港ではありません。自由にモノが言えない香港なんて……香港やないです」

中国の権威支配強化によって一国二制度を骨抜きにされた香港に、塚本は完全に別れを告げたという。

「それで?　日本に拠点を作ってファンドを動かすんだろ?」

その相談で来たのだろうと桂は思っていた。

「いえ、それは考えてません。桂さんと一緒にＪＧＣＢ（転換国債）の転換を阻止した時は面白かったですけど、なんか……」

塚本の表情が暗い。

桂は気になった。

「どうするんだ？　ファンド・マネージメントは続けるんだろう？」

実は……と塚本は重い口で話し始めた。

その内容に桂は驚いた。

本来華やかな筈のその場所が、どこか寂し気に映るようになって久しい。

桂光義は銀座並木通りにあるクラブ『環（たまき）』で飲んでいた。

銀座のクラブは、コロナによる緊急事態宣言下で殆ど全ての店がホステスや黒服などの従業員を解雇し完全に灯を消した。それがようやく営業を本格的に再開していた。だが社用族（しゃようぞく）の利用は少なく、以前の三分の一程度の客の入りでしかない。

「やはり客は少ないな」

桂はバーボンソーダを飲んでから呟いた。

「そう……厳しいのは事実ね」

桂の隣にいるオーナーママの珠季（たまき）がそう言った。

本名は湯川（ゆかわ）珠季、桂の恋人であり二瓶正平や塚本卓也とは高校時代の同級生だ。

三人の男たちと珠季は複雑な関係にある。

ヘイジと珠季は中高生の時恋人同士だった。だが、その当時に珠季が抱えた深い孤独を若いヘイジが受け止められず逃げるように珠季から去ってしまった。傷心の珠季は、世界を放浪した後に銀座のクラブのママとなった。

桂とは客として知り合い、互いに心を許す仲になり恋人同士として長く付き合いを続けている。桂は珠季のことをテレサと呼ぶ。カラオケの十八番がテレサ・テンであることから来ている。

桂のそんな珠季への印象は、トルーマン・カポーティの小説『ティファニーで朝食を』に出て来る不思議な魅力を振りまく自由奔放な女性ホリー・ゴライトリーのようだというものだ。

塚本は学生時代、密かに珠季に思いを寄せていたが、ヘイジがいることからずっと秘めたものにしていた。そして世界的ファンド・マネージャーとして成功を収めて、後に銀座の珠季の前に現れてその気持ちを初めて伝えた。しかし珠季は、桂への思いがあるとしてそれを受け入れることはなかった。

その後、三人の男たちは上司と部下、相場での敵同士などの関係を経て……今は仲間としての絆を作り上げていた。

桂はバーボンソーダを飲み干し、珠季がボトルから酒をグラスに注いでいる時だった。

「今日、塚本がオフィスに来たんだ」

珠季は驚いた。

「あら！　どうして一緒に連れて来てくれなかったの？　長く塚本くんには会ってないわ」

桂が珠季の作った二杯目のグラスに口をつけてから言った。

「塚本が驚くようなことを言い出してね」

桂は先ほどのオフィスでの塚本との会話を思い出した。

「出家?!」

桂は思わず大きな声を出した。

「そうです」

塚本は真剣な表情で桂に静かに言った。

桂は訳が分からない。

「き、君が坊主になるのか？」

その通りですと塚本は頷く。

「でもファンド・マネージャーは続けるんだろ？」

塚本は首を振った。

「俗世は完全に棄てて仏門に入ります。奈良の実家の近くの、跡取りのない曹洞宗の寺を僕が継ぐことになりました。二年、永平寺で修行してから寺の住職になるつもりです」

桂は混乱する頭を整理しようとした。

「何故だ？　どうしてファンド・マネージャーをやめるんだ？　我々はまだ戦わないといけない敵がいるんだぞ！」

それは闇の組織ハドのことだ。

ＪＧＣＢの転換阻止を、塚本らとの共闘で成功したのはつい最近のことだ。

塚本は暗い顔をする。

「なんか……今という時代と付き合うのが嫌になったんです。今まで死ぬほど仕事してきて、燃え尽き症候群ではないんですが……時代が自分が想ってきたようになっていかへん。世界がどんどんおかしな方向に行ってんのが嫌なんです。何とかエエ方向に持っていきたいと思うんですが……」

そこで一呼吸置いてから塚本は続けた。

その言葉に桂はドキリとする。

「それで何かずっと今の相場にイライラしてしもて……それから逃れられん自分が嫌で嫌で……」

桂は心の裡(うち)で叫んだ。

(俺と同じだ!!)

瞠目(どうもく)して桂は塚本の話を聞いた。

「今の世界がどんどんおかしなってる。せやのに株は上がっていく……。そこに闇の組織が絡んでるちゅうことは分かってるんですが……なんかもう、このおかしな世界の流れは止められんような気がして……。それに対してイライラしてしょうがないんです。相場を、世界を受け入れられん自分が嫌で嫌で……」

桂は怒鳴った。

「駄目だ！　塚本、それは逃げだッ！」

大きな声に塚本は驚いた。

だがその桂の言葉は桂自身への叫びだった。

(塚本は今の俺と同じだ。いや、感性の鋭さは俺以上の男だ。その男が今の嫌な流れにはもう抗えないと思っている。それに「その通りだ！　俺も同じなんだ！」と言いたい俺がいる……)

そんな自分を否定しなくてはならないとの思いから出た叫びだったのだ。

「駄目だよ、塚本。一緒に戦ってくれないと駄目だ。敵はあまりにも大きい。これからどんどん力を増して迫って来る。それに対抗するには仲間が絶対に必要なんだ」

塚本はその桂に力のない目を向けた。

「そやけど……全てが隠蔽されてるやないですか。そんで世界は何事も無かったように動いている。その世界の動き……あらゆる地域で強権主義国が力を持って、自由とか民主主義とか、僕がずっと当たり前やと思てたもんが当たり前やなくなっていく。そやのに株は上がってる。そんな世界に迎合するようになってる。膨らんだカネがどんどん嫌なカネを呼び込んでるだけなんをそこに感じてしもて……たまらんのです。それに乗じるように、闇の組織が仕掛けた転換国債を世界各国が導入の検討を始めた。すると更に株が上がっていく。そんな世界にいること、そんな世界の空気を吸うこと、それが堪(たま)らなく嫌なんです!!」

桂はその塚本に本当は言いたかった。

（俺もなんだよ！　俺も全くお前と同じなんだ！　世界の今のあり方と相場に対しての苛立ちは全く同じなんだ！）

だがそれを堪（こら）えた。

（俺がそれを言ったら……お終いだ）

そして冷静を装って、そんな塚本を無視するかのようにして訊ねた。

「塚本、君は今の世界経済をプロの目からどう考えている。インフレの胎動をどう見ている？　俺は子供の頃に経験したことがあるし、金利上昇は八〇年代の若きディーラー時代に短期間だが経験した。君はインフレを経験したことなどないだろう？」

塚本は我に返ったようになった。

そして少し考えてから言った。

「あぁ、すんません。桂さんの前では甘えてしもて……自分を曝（さら）け出してしまいました。プロの目で？　もう自分はそのプロを棄てるつもりですけど……難しいですね。モノの流れが複雑になり過ぎてて、いや簡単に言ってしまえばグローバル・サプライチェーンが正常に機能せんようになるメカニズムが加わってのインフレというのは、過去とは全く様相（ようそう）が違うんやと思います」

桂は流石（さすが）は塚本だと思った。

「僕は元々ドラッグストアのアルバイトからビジネスの世界に入って、その後は店舗の経営にたずさわっていきました。その過程はまさにサプライチェーンの構築と軌を一にしてたと思います。先ずは安いもんが中国で生産されて、その後はタイ、ベトナム……そうやって生産拠点が次々と安い労働力を求めて移動していった。あッ！　それで今の日本で起きてるサプライチェーンの機能不全を思い出しましたわ」

桂は何だと訊ねた。

「僕の奈良の実家の給湯器が壊れたんですわ。もう二十年以上使てたもんですから……修理をしようにも部品の在庫は無いと、母親が業者から言われたんです」

桂は、それで新品を買ったのだろうと思って訊くと塚本が「それなんですよ！」と大きな声を出した。

「給湯器の新品が無いと業者が言うんです」

桂は「はぁ」という表情をした。

「どういうことだ？　新しい給湯器の在庫なんて世の中幾らでもあるだろう？」

塚本が首を振った。

「それが……給湯器の部品はベトナムで作ってて、そのベトナムがコロナでロックダウンが続いて工場が正常に稼働出来んままらしいんです。それで全く部品が入って来る目途が立たんということで……。母親は親戚の家に世話になってるんです。風呂も入れませんから……」

桂は驚いた。だがそれはグローバル・サプライチェーンが機能しなくなったことの証左だ。

「世界中の製造業が実は似たような状況にあるということか……それに物流のボトルネックも随所に見られている。複雑骨折のようにインフレの土壌が造られている」

塚本も桂の言葉に頷いた。

「なぁ、塚本。仏門に入るのは少し待ってくれないか？　君と一緒にマーケットを考えたい。君のような本当の相場師がこれからの戦いには必要なんだ。闇の組織ハドが本格的に動き出せば、マーケットをかき回すことも容易にやられてしまう。それを我々で何とか阻止しようじゃないか！」

だが塚本は「はい」とは言わない。

桂は、複雑骨折で身動きが出来ないのは自分の心かもしれないと思うしかなかった。

塚本の決心は固かった。

第二章　闇の胎動

東西帝都ＥＦＧ銀行本店の役員大会議室では、新たに選出された役員を交えての全体役員会議が開催された。

全体役員会議は、頭取以下の全取締役と執行役員までが参加する最大の役員会議だ。

ＴＥＦＧでは新役員によるスピーチはイベントとされる。歴代役員の就任時の言葉は全て記録され冊子にもなっている。

今回の目玉は新たに専務取締役となった二瓶正平がどんな話をするかだ。

バブル崩壊後、合併を繰り返してきた日本の都市銀行……それがメガバンクとなり今は地方銀行をも包み込んだスーパー・メガバンクとなっている。

その過程では死闘とも呼べる争いがあった。大が小を呑み込む、強者が弱者を呑み込む。合併では呑み込まれた側の人間たちは徹底的に主流から外されていく。

『収容所行き』『ガス室送り』

そんな言葉で表現される……地方支店や小支店への異動、そして子会社、関連会社への出向。明確なヒエラルキーがそこでは嫌と言うほど示される。

「帝都に非ずんば人に非ず」

それが、東西帝都ＥＦＧ銀行の成立過程で常に示されてきた。

明治の初めから最大の財閥として君臨してきた帝都グループのメインバンクとして、都市銀行トップにあった帝都銀行が東西銀行を合併して東西帝都銀行になったことから始まり、別に進んでいた都市銀行の合併で出来上がっていたＥＦＧ銀行（関西基盤の大栄銀行と中京を基盤とする名京銀行の合併行）と東西帝都銀行が合併して生まれたのが、東西帝都ＥＦＧ銀行だった。

二瓶正平、ヘイジは名京銀行出身者としてＥＦＧ銀行時代から辛酸を嘗め続けてきていたが持ち前の飄々とした明るさで敵を作らずそつなくやってきて生き残った。

だが常に「絶滅危惧種の名京出身者」と陰口も叩かれてきていた。行内ヒエラルキーによる様々な苛めは家族にも及び、合併を繰り返す中で妻の舞衣子は精神を病んだ。

ヘイジの苦労体験は、東西帝都ＥＦＧ銀行の現行員の中では突出している。

しかし、ヘイジは明るい。

『只管打坐』という禅語を座右の銘に今を懸命に生きる。辛い時も苦しい時も今を、そして前を見た。それが周囲も惹きつける。するとヘイジを助けてやろうとする同僚、引き上げてやろうとする上司が現れてくる。

総務時代には銀行の裏の仕事も処理してきた。だが陰のような暗い雰囲気を一切纏（まと）ってない。どこまでも爽やかなのがヘイジだ。

そのヘイジが専務になったのだ。

「では全体役員会議を開催します。岩倉頭取、宜しくお願い致します」

司会の秘書役の言葉で会議は始まった。

コロナ禍で長くリモートでの会議となっていたものが、久しぶりの全員対面となる。

「こうして皆さんと直接顔を合わせるというのは良いものですね」

岩倉はまずそう言って微笑みかけて座を和（なご）ませる。だが直ぐ厳しい表情になった。

「コロナ禍は収まりを見せましたが、日本経済は厳しい状況が続いています。個人消費は低迷を続け、設備投資も先行き需要への不安と供給面からの制約もあり回復していません。そんな中でインフレ昂進の気配があります。良い形での金利上昇ではなくインフレによる金利の急上昇となれば、金融機関の置かれる状況は極めて厳しいものとなります。当行の融資においても――」

岩倉の話は暫く続いた。

三十名を超える全役員は真剣に岩倉の言葉に耳を傾ける。

そうして岩倉の話は新役員の紹介まで来た。

「厳しい状況の中、当行の高塔専務が一身上の都合で退職となりました。その後を継いで貰うのが新専務となる二瓶正平君です。二瓶君には、これまでの中小企業向け融資とグリーンTEFG銀行担当に加えて、帝都グループ向け融資とAI『霊峰』開発推進の責任者となって貰います」

会議室の空気が変わった。常務以下の少なからぬ役員が初めて知ったその内容に驚いた。

(名京の出身者が当行融資の中核である帝都グループ向け融資の責任者?!)

(帝都グループの社長たちが、絶滅危惧種を担当などと認めるはずない！)

大勢が心の裡でそう思ったのだ。

岩倉の話は終わり司会が言った。

「では二瓶専務、新専務就任の抱負をお聞かせ頂きます」

〝抱負〟という言葉は帝都銀行時代からのこのセレモニーの常套句(じょうとうく)だった。

ヘイジは立ち上がって頭を下げた。

そして改めて席に着くと話し始めた。

原稿は用意していない。

「帝都銀行……嘗てその存在は日本の金融界に冠たるものとして輝いていました。そう、聳え立つ存在であったと言えます」

その場にいる役員の中で帝都銀行出身者でないのは、ヘイジと大栄銀行出身の常務の二人だけだった。皆はヘイジのその言葉に満足げに小さく頷く。

「しかし、バブル崩壊と共に銀行業界を取り巻く環境は一変、当局の指導の下で都市銀行の合併が行われメガバンクが生まれました。それが今の当行、東西帝都ＥＦＧ銀行、ＴＥＦＧであるわけです」

そこでヘイジは全員を見回してから言った。

「私は今や跡形もなくなった名京銀行の出身者です。大栄銀行と合併してＥＦＧ銀行となり、そして東西帝都銀行との合併によって当行の行員となった。弱小銀行の出身者にとって合併は地獄を意味しました」

皆に緊張が走った。

「ここにいらっしゃる役員の中で、帝都銀行以外の出身者は私と大栄出身の常務の二人だけです。まさにここに『帝都に非ずんば人に非ず』が体現されている訳です」

ヘイジの恨み言を聞かされるのかと役員たちは身構えた。

その時、ヘイジが微笑んだ。

「？」

その微笑みがどこか恐ろしい。

「私は今でも陰で絶滅危惧種と呼ばれていることを知っています。皆さんがそう呼ぶこと。皆さんにそう言わしめるもの……。私は皆さんに訊きたい。それは何でしょうか？」

その場の全員が、初めて見るヘイジの凄みに気圧されたようになった。

「皆さんの中にあるプライド。帝都というプライドがそう言わしめてきた。しかし、その帝都は今どうなっているかを見て下さい」

そこでヘイジは全員の前に置かれている端末に表を表示した。

「私は、専務を拝命するに当たって改めて帝都グループへの融資の実態を調べてみました。過去二十年に亘っての収益性の推移がこれです。見て頂けば一目瞭然、融資額は大きいものの、収益性は当行の全企業向け融資の平均を大きく下回っている。そして……これをご覧下さい」

次に現れた表は、ＡＩ『霊峰』が弾き出した今後十年の帝都グループ向け融資の収益性予測だった。

「?!」

皆は驚愕した。

「これは高塔前専務がＡＩ『霊峰』に融資先である帝都グループ全企業の財務データ、事業データ、そしてマクロ、ミクロのデータをディープラーニングさせてシミュレーションを行った結果です」

そこに出てきたのは帝都グループの問題企業と関連企業の経営危機、それらに対するＴＥＦＧの救済融資と破綻による膨大な不良債権額が示されていた。

大勢がゴクリと生唾を呑み込む音が聞こえるようだった。

「と、当行が破綻するということか？」

そこにはＴＥＦＧの債務超過の確率が三年後に30％、五年後に50％と出されていたのだ。

「皆さんのプライドの柱に寄りかかるとこうなると、日本最高峰のＡＩ『霊峰』は告げています。帝都グループと我々は心中するのか、それとも違う道を選ぶのか……」

だがそこでヘイジは表情を和らげた。

「私は帝都グループの担当専務として、そして中小企業向け融資、グリーンＴＥＦＧの責任者として申し上げます。私は誰一人として取り残さない。誰一人として見捨てない。それは取引先も当行の行員、関連会社の社員も同じです」

皆はそのヘイジにハッとなった。

ヘイジは続ける。

「日本の過去のリストラは何も生んでこなかった。私はそう思っています。私はメガバンク、東西帝都EFG銀行の誕生の過程で切り捨てられる側だった。しかし今、こうやって皆さんの前にいる。今世間では銀行はもう終わった存在、オワコンと言われています。しかし決してそうではない。確かに過去の銀行は本当の意味で個人や企業に対し付加価値を与えてこなかった。我々銀行の構造は戦後の高度経済成長期から変わっていない。それではもう駄目なんです。AIは明確にそれを突き付けてきました。私は確信しています。これからの銀行には個々の顧客、個人や企業の個性や特性、成長性を最大限に引き出すことが求められていると。それが多様性を求められる今という時代の流れでもあります。東西帝都EFG銀行はこれからそんな銀行にならなくてはいけない。私は、専務としてその変革の先頭に立ちたいと思っています」

役員全員がその言葉に驚いた。

(これが……絶滅危惧種の人間か?!)

頭取の岩倉はヘイジを見ながら思っていた。

(二瓶君を専務にしたのは正解だった。普通の男が普通でないことをやってくれそうだ)

◇

桂光義は週末、湯川珠季とクルマで伊豆へ向かっていた。

途中、熱海(あたみ)の伊豆山(いずさん)を通った。

「確か……この辺りって土石流で大変な被害が出たところよね？」

大雨で山間の盛土が土石流となって、麓(ふもと)の多くの住居を押し流した。

珠季が訊ねると、桂が何とも言えない表情で頷いた。

「昔、熱海の老舗旅館の女将が話してくれたんだ。熱海という所は切り立った傾斜地に建物が多く建っているが……土壌の水はけが良くてどんなに雨が降っても心配ないと……元々の熱海はそういう場所なのに、人間が勝手に大量の土砂を山間に捨てたものだからあんなことになった。非道い話だよ」

珠季も、ひどいねと呟いた。

そうして二人を乗せたクルマは、熱海ビーチラインから伊豆に向かう国道１３５号線に入った。

夕焼けが美しい。

車内にはずっと、珠季の好きな女性ピアニストのマリア・ジョアン・ピリスが演奏するモーツァルトのピアノソナタが流れていたが、桂は気分を変えたくてＡＯＲにした。

♪ "Less is More"

とろりとしたギターのイントロが印象的なルパート・ホルムズの素敵な曲だ。

桂が学生時代に青山骨董通りにあったレコード店で買ったアルバム "Pursuit of Happiness" の冒頭の曲になる。

「これ本当に良い曲よね」

珠季の言葉に桂は頷く。

「昔は、色んなレコードから曲をカセットテープに編集してドライブの時に聞いたもんだ。これはその中のお気に入り……何十年も変わらずこうやって楽しめるのは良いもんだ」

珠季はそこで意地悪を言う。

「そうやって桂ちゃんは何人も女の人を泣かせてきたんでしょうねぇ」

その珠季に「まぁねぇ」と答えると珠季は腕をつねった。

桂はハンドルを取られて慌てた。

「痛ッ！　危ないじゃないかッ！」

珠季は「知らないわ」とそっぽを向く。

桂は鼻で笑いながら言った。

「男の色気の差ってことでしょうかねぇ」

珠季は今度は拳で桂の肩にパンチをした。

「危ないって言ってるだろッ!!」

それはまるで、じゃれ合う十代のカップルのようだった。

(変だな)

桂は珠季の様子をそう思った。

ずっと妙なはしゃぎ方をしているのだ。

それはどこか心を隠しているように思える。

相場で磨かれた感性の鋭い桂は、珠季の様子から不自然なものを感じていた。

その桂もどこかこれまでと違っていた。

(六十年近く生きてきた……相場の世界で死闘を繰り広げるのが人生の大半だった)

がむしゃらに走ってきた。相場と戦うことが自分の人生だと思ってきた。

その桂が〝老い〟を感じるのだ。

(還暦……六十)

生まれてから十二支を五回も生き終えたことになる。還暦とは人生の大きな節目の上手い捉え方だと桂は思う。

桂は還暦に近づいていることを感じ、初めてその年齢から〝老い〟を感じるようになっていた。

理由ははっきりしている。

相場に対する感覚だ。

世界の株式市場がコロナ禍など無視するかのように上昇を続けること。それに対する違和感は桂の心を複雑なものにしていた。

「闇の組織ハドがそこに絡んでいるのは事実だが、塚本の言うように……」

株式市場そのものが膨大なカネ余りを背景にどこまでも上昇を欲する。コロナ禍の実体経済など関係なく、それが相場の自然な流れなのだとすることへの違和感。その違和感を桂は〝老い〟かと思ってしまうのだ。

桂の資産運用会社フェニアムでは、運用はＡＩで行っていて桂のそんな本心とは関係なく順調に資産を拡大している。

桂は忸怩(じくじ)たる思いを持ちながらも「顧客あっての運用ビジネス」「相場は相場に聞け」と割り切ってきた。しかしそんな自分に苛立ちがある。

塚本は桂と同じ苛立ちを深刻に受け止め、相場や今の世界と関わることに意味を見いだせなくなり、ファンド・マネージャーを止して僧侶になる決心をした。

「……」

桂は、ハンドルを握りながらもずっと塚本のことが頭から離れないでいた。

夜のとばりが下りようとしている。

「俺は年を取ったのかなぁ」

唐突な桂の言葉に珠季は驚いた。

「どうしたの？　桂ちゃん」

桂はまた「もう年かなぁ」と呟く。

珠季は桂の腕を軽く叩いて茶化した。

「大丈夫！　桂ちゃん、夜のほうもまだ出来てるし若いわよ！」

淫靡な笑みを浮かべてそう言う。

珠季は、桂が笑って返してくるかと思ったらそうしない。

「塚本が仏門に入る決心が出来るのは……若いからなんだろうな」

そこで空気の全てが変わった。

珠季はその言葉が理解出来た。

そして塚本の顔が浮かんだ。

高校時代、自分に思いを寄せていたことは全く知らなかった。長い年月を経て再会した塚本から思いを伝えられたが、応えられない自分がいた。何故ならそこに桂がいるからだ。

桂から塚本の仏門入りの話を聞いてから、珠季の心は穏やかではなくなっていた。自分でも分からないほどの複雑な感情が生まれていたからだ。

(私はどこかで塚本くんを思っていた？)

珠季は桂を愛し桂から愛されているが……結婚は望めない。桂は結婚に失敗してから「自分は家庭に向いてない人間と悟った」として珠季とは恋人としての関係のままずっといようとしていた。

「それが一番良いんだ。そうすれば死ぬまでテレサのことを愛してやれる」

桂はいつもそう言い、その桂を珠季は理解していた。

しかし、塚本から真剣な思いを告げられた時にはその珠季が動揺した。

(本当にこのままの桂ちゃんとの関係で良いのか？　塚本くんの純粋な思いに応えて幸せになる道もあるのでは……)

塚本は高校時代の同級生だ。その時の珠季の恋人はヘイジだった。だがヘイジは去っていった。

珠季は考える。

（塚本くんから思いを告げられた時に揺らいだ私の心……あれは叶えられなかったヘイジへの心を思い出しただけ？）

深い思いを持ったヘイジ。高校時代という、青春の最高の季節を彩っていたヘイジとの記憶……その時に持っていた心を思い出したかっただけ……珠季はそう自分の心を理解し塚本には引導を渡した。

その塚本が仏門に入るという。

それも珠季に話すことなく俗世から離れると言うのだ。

珠季はそれを聞いた時からずっと動揺を抑えられずにいた。しかし桂の前ではその心を隠した。

伊豆への桂との小旅行を言い出したのは珠季だった。それは今の自分の心の揺らぎが何なのか、最愛の人と思っている桂と過ごすことで気の迷いと分かるのか、それとも自分でも分からない心の奥底を見ることになるのか、それを知りたいと思っての小旅行だった。

それで珠季はいつもよりもはしゃいだ様子を見せていた。本心を知られたくない。

桂は桂で、塚本の仏門入りを重く捉えていた。

（俺が本当にやりたかったことを……塚本にやられた？）

相場と今の世界に対する絶望に近い思い、それを拭えない自分への苛立ちをずっと抱えていた桂の、塚本の決断への嫉妬に近いシンパシーが沸き上がる。

　そんな自分の心の中に珠季がいないことに桂は少なからず驚いていた。

（本気で自分も世捨て人になりたいと思っている？　西行や鴨長明、種田山頭火のようになってみたいと……）

　そこに珠季はいない。

　そのことに後ろめたささを感じた桂は、珠季からの伊豆への誘いに乗ったのだった。

　そんな二人の複雑な思いが絡まった小旅行のドライブが、滞在先の伊東のオーベルジュに間もなく到着しようとする時だった。

「桂ちゃん」

　珠季が真剣な表情になって言った。

「ごめんなさい。私、東京に帰る」

　桂は内心驚きながらもそんな珠季をどこか予感していた。いや、そうなるのを望んでいたように思えた。

　桂は少し考えるようにしてから言った。

「そうか……じゃあ、俺も帰るよ」

　珠季は首を振った。

「桂ちゃんはゆっくりしていって。私は駅で降ろして欲しい。急に一人になりたくなったの……ごめんね。我儘(わがまま)言って」

桂は何も言わない。

桂は駅へと向かう道にクルマを進めた。

「……」

塚本の決断は何かを変えた。

桂と珠季の間に風が吹き抜けていく。

互いに自分の心が分からなくなっていた。

夜はまだ更けたばかりだった。

◇

アメリカ、バージニア州ラングレーにあるＣＩＡ本部。

そこでは米軍撤退後もアフガニスタン情勢の情報分析が行われていた。

そしてある重要な情報が長官に秘密裏にもたらされた。

「ＴＫ（トム・クドー）が⁈」

アフガニスタン分析チームが、工藤勉の痕跡を発見したというのだ。

その著作、『レオニダス』によって世界中のテロリストたちのカリスマとなったテロリスト、工藤勉。

工藤は七〇年代半ばに日本で起きた連続企業爆破事件の首魁（しゅかい）として逮捕され死刑判決を受けた後、東京拘置所に収監されて半世紀近くが経っていた。

歴代法務大臣は過激派のリーダーであった工藤を英雄、殉教者とさせないために決して死刑執行の印を押さない。獄中で死を迎えるまで収監を続ける措置が不文律（ふぶんりつ）として定められていたからだ。

だが突然、釈放された。

表向きは末期ガンの終末医療とされたが……そこには闇の組織ＨｏＤ、ハドが関わっていた。

全国会議員と各省庁のトップの預金口座を乗っ取ったハドが、政府を恐喝し釈放を実現させたのだ。

日本政府から工藤失踪の情報がもたらされて以来、ＣＩＡでは最高ランクの重要性をもって工藤の足取りを追っていた。

「まだ確かではありませんが中東や東南アジア、東欧や中南米のテロ組織の最高幹部たちも続々アフガニスタン入りしているとの情報も入ってきています」

長官はニヤリとした。

「テロリスト界のスーパースターのお出ましでファンクラブ会員が大集合か……グッド・キル（一掃）してやる！」

そうして情報は精査されていった。

翌日。

ネヴァダ州ラスベガス近郊にあるクリーチ空軍基地に、国防総省から攻撃命令が伝達された。

「CIAから、アフガニスタンで最重要ターゲットによる集会開催の情報を得た。集まるテロリストたちと共に一掃する」

この命令によって有人戦闘機が飛び立つのではない。ドローン（無人機）によるピンポイント攻撃だ。

クリーチ空軍基地内に幾つも立ち並ぶ蒲鉾形のバンガローのような建物それぞれが地上誘導ステーションで、パイロットとセンサーオペレーターの二人一組で、地球の裏側の敵への攻撃がドローンを使って行われる。薄暗い室内でテレビゲームと何ら変わることのないのが、今のリアルな戦争の現場なのだ。

攻撃には既にアフガニスタン上空にいる最新鋭無人機ＭＱ－９リーパーが使用される。

上空七千メートルを飛行する為に地上からは姿も音も捕えられない。リーパーから照射されるレーザーでロックオンされたら最後、その攻撃から逃げることは出来ない。

攻撃命令は、カブール郊外を偵察飛行中のドローンパイロットの空軍少佐に上官から伝えられた。

「デサブ地区上空」

パイロットは現在位置を告げた。

「17：00　偵察二時間目」

灌漑用水施設を上空から撮影している映像がモニターに現れた。

「標的の影なし」

そうパイロットが報告した時だった。

「新目標地点　方位90」

音声が響いた。

「東五キロの農業用サイロに武装勢力」

その声にセンサーオペレーターが穏やかに応える。

「センサー　新座標へ回転」

次にパイロットが口を開いた。

「新標的を視認　減速」

モニターには、五台のランドクルーザーから降りて来る何人かの人影が映された。

「ズームターゲット」

その中の一人……紅白の千鳥格子のカフィエを頭に巻いた男、その男の表情が分かるところまで画像は引き伸ばされた。

精悍な顔つきの年配の東洋人だ。

「画像解析終了　96・3％の確率でTKです」

紛れもなく工藤勉本人だとするCIA本部からの音声だった。

「標的確認　発射準備　発射は任せる」

上官からのゴーサインを受けパイロットはターゲットに照準を合わせる。

「マスターアーム　レーザー　レーザー照射　3……2……1……ロックオン！」

次の瞬間、引き金がひかれた。

「ライフル（発射）!!　ライフル!!　ライフル!!　ミサイル飛翔時間10秒！」

すると、それを待ち構えていたかのように工藤が空を見上げこちらを見た。モニター画面いっぱいに不敵な表情が映る。

「!!」

工藤の眼光の鋭さに皆は気圧されたが、パイロットは時計を見ながら冷静に言った。

「バイバイ、トム……　弾着!!　……？」

画面上の全てが吹き飛ぶ筈が工藤はこちらを見ている。

「な、何故だ?!　何故弾着しないッ?!」

工藤は右手中指を突き立て笑っていた。

スイス、ローザンヌの老舗ホテル、ボー・リヴァージュ・グランパレ。
パンデミックによって開店休業状態だった一年強を経て、スイスを代表するエグゼクティブホテルが賑わいを取り戻していた。
そのホテルのメインダイニングにスーツ姿で長身な、壮年の男が入ろうとしていた。
鍛えた肉体に金髪を短く整え涼し気な碧い眼をした男は、一目で米国人エリートであることが分かる。ビジネスマンか官僚か或いは高級軍人か……レストランの支配人は入って来た男に挨拶をしながら観察していた。

「ミスター・タチバナの席だが……」

男がそう告げると支配人は予約されている席まで案内した。

大きな窓からの陽光が眩しい。

二つ星レストランの窓の向こうには、光に満ちて美しく映えるアルプスが広がっている。

案内された席には二人の東洋系の男が待っていた。

男たちは立ち上がり一人が言った。

「グレーブス大佐、お会い出来て光栄です。私がマイケル・タチバナ、こちらがフランク・ワカスギです」

そう名乗り自分たちは米国人だと告げた。

それぞれと握手をしながらグレーブスは緊張した表情で囁いた。

「マジシャン……ですな？」

タチバナは「日の高いうちはその名は禁句です」と微笑みながらも鋭い視線を返した。

グレーブスは「失礼した」と言い三人は席についた。

グレーブスにタチバナは訊ねた。

「スイス・クレジット・ユニオンバンクに当方で用意した大佐名義の口座……確認して頂きましたか？」

グレーブスは満足げに頷いた。

「五百万ドル、確かに」

タチバナは「良かった」と頷いた。

グレーブスは毅然とした調子で言った。

「私が行っていることはカネの為ではない。偉大なステイツ（米国）を取り戻す為。軍事AIや極超音速ミサイルなど、決定的兵器で中国に後れを取ってしまった我が国への警鐘活動。それに協力して下さるハドに感謝してのことです」

それを聞いてタチバナはゆったりと頷いた。

「大佐の愛国心には敬意を表します。口座のカネは大佐が軍内で同憂の士を集める為の資金として使って頂ければ幸いです」

そしてワカスギが初めて口を開いた。

「釈迦に説法という言葉が日本にありますが、これから私が申し上げたいことは大佐も十二分に御認識と存じます」

一呼吸置いてからワカスギは続けた。

「今や戦争は多種多様な形を取っています。武器を取って正面切っての戦いだけが戦争ではない。フェイクニュース、世論操作等の情報戦、ハッキングやマルウエア感染などのIT戦は血で血を洗う実戦以上に重要です。ある意味そこで優位に立てるかどうか……表から見えない領域での力関係が勝負の行方を左右します。ハドはまさにそこをお支えする組織です。大佐のような方のお力になれて我々も嬉しく思っています」

グレーブスは満足したように頷いてから気に**なっている**ことを訊ねた。

「ところでミスター・タチバナ、先ほどから随分踏み込んだ話をこんなレストランでしているが……大丈夫なのかね？」

タチバナは微笑んだ。

「このホテルは昨年からハドが経営しております。完璧な対盗聴、対盗撮対策がなされています。このテーブルでの会話は電子機器を通すとジャミングが掛かりますし、あの窓の向こうからカメラで撮っても全く別の映像が映るようになっています。どうかご安心を」

グレーブスは驚いた。

「チョロいもんですね」

ワカスギはタチバナに笑いながら言った。

食事を終えてグレーブスは席を立ったばかりだ。二人は珈琲を飲んでいる。

「人間というものは実に面白い。本心はカネ目当てなのに格好をつける。『大義』や『正義』

『愛国心』などの言葉を添えてやると簡単に転ぶ、買収に乗って来る。グレーブスは五年前からずっとマークしていた。世界最強の軍事衛星網を作り上げた技術武官だからね。ホットウォーとなった場合に最も重要なのはGPS、軍事用GPSだ。そのシステムの全てを知るグレーブスは極めて価値ある人間ということ」

タチバナことマジシャンはそう言って珈琲カップに口をつけた。

「彼がGPSシステムに細工をしてくれたお陰で世界中のテロリストのヒーロー、トム・クドーは颯爽と舞台に登場出来た。アフガニスタンという……アメリカが苦汁を嘗めた地を最高の舞台に」

ドローンから工藤に向けて発射されたミサイルは一キロメートル外れて弾着、爆発していた。

「米国空軍は慌てているだろう。何故そんなあり得ない誤差が生じたのか……躍起になって原因の究明をしている筈だ。だが原因は絶対に分かることはない。外部からのハッキングや電磁気の異常でもない。位置情報の解析を混乱させるアルゴリズムの時限プログラムだから証拠は跡形もなく消えている。それが出来るのはグレーブスら数人だけ。プログラミングシステムにアクセス権限を持つのは極少数。しかし誰も彼を疑うことはない。愛国心の強い彼を、ね。だから合衆国はトム・クドーを恐れる。どんな謎の力を持っているのかと疑心暗鬼になる」

　そう言ったマジシャンに、ワカスギことフォックスは訊ねた。

「それにしてもグレーブスが最後はカネで動くとよく分かりましたね。ハドのアナリストは凄い」

　マジシャンは頷いた。

「彼がスマートウォッチをしてくれていて助かったんだよ。ハッキングした彼の脈拍の解析から、あの男が何に反応するか全て分かった。秘書の女性との関係が女房にバレての離婚、莫大な慰謝料支払いで退役後の年金の殆どを持っていかれることになったのが幸いした。五百万ドルは喉から手が出るほど欲しかったんだよ」

　マジシャンの言葉でフォックスは納得の表情になった。そして、スマートフォンを取り出しグレーブスから先ほど受け取った映像を見た。

「この映像を……合衆国大統領が見たというのが痛快ですね」

　フォックスはなんとも楽しそうだ。

「これは完全な挑戦状」

　それにマジシャンが頷いた。

「そう、世界中のテロリストのカリスマが叩きつけた挑戦状。これから彼が何をするのか？

どれほどの力があるのか……様々な疑心暗鬼が合衆国発で各国に感染していくだろう。それこそがハドの狙い」

フォックスはまた映像を見た。震えるような興奮を感じる。

（兄さん……）

コンクリートの壁に囲まれた小菅の東京拘置所で『太平記』を読んでいた工藤勉が、紺碧のアフガニスタンの空の下で、赤と白の千鳥格子のカフィエをつけて堂々と、その空を、米軍の偵察衛星を、そしてその先にいるアメリカ合衆国大統領を見据えているのだ。

中指を立て“Fuck you”と笑っているテロリストをミスタープレジデントはどんな気持ちで見たかと思うと腹の底から愉快になる。

攻撃成功率96・9%のドローン攻撃に失敗したことの意味を世界最強の軍隊はどう捉えるのか、その軍隊を指揮する大統領はどう考えるか……。

フォックスは訊ねた。

「これからトム・クドーは何をするのでしょうか？」

マジシャンは微笑んで言う。

「さぁ？　でも暫くは何もして貰わなくていい。これで世界中の為政者に恐怖を植え付けた。どこでどんなテロが行われるか分からない恐怖。最悪の事態を想像する恐怖。その為政者の心理が政治を狂わせ、経済を狂わせていく。様々な恐怖から産業の萎縮が起こり、生産や物流はコロナ禍以上に滞ってインフレは昂進する。財政と金融のひっ迫で世界中の政府は身動きが取れなくなる。そこで我々の出番だ」

フォックスはそのマジシャンに訊ねた。

「……兄、いやトム・クドーは必ず大規模なテロを起こします。世界大戦を引き起こす可能性だってあります。マジシャンはそれを想定してらっしゃるのですか？」

マジシャンは冷たい表情になった。

「フォックス、我々が欲する世界は平和な世界。自由主義、民主主義の世界だ」

エッと首を傾げるフォックスにマジシャンは言う。

「強権主義国や専制国家は要らない。独裁者などいて貰っては困る。何故なら……我々闇の官僚が最も大きく自由自在に動かせるのは自由主義、民主主義の国家だからね」

そしてゾッとするような視線をフォックスに向けた。

「トム・クドーが制御不能になれば消す。実際のトム・クドーには消えて貰い、姿形（すがたかたち）が必要な時にディープフェイクを作ればいいだけ。『神』や『カリスマ』の場合、その不在は在に勝るということだ。我々は彼のブランドを使用するだけ……」

フォックスは驚愕した。

「フォックス。君はハドの一員でもう工藤進ではないんだ。我々に私はない。我々は我々であって我々でない。闇の官僚組織という永久運動機の歯車の一つなんだよ」

そしてマジシャンは言う。

「トム・クドーの動きは完全に把握している。彼は我々の傀儡、彼自身は自由自在に動いていると思っていても操り人形なんだよ。これから彼のブランドを使用させて貰う。我々の次のステップの為にね」

◇

ヘイジは湯島天神裏にある瀟洒な小料理屋のカウンターで塚本卓也を待っていた。

「ヘイジか？　ちょっと時間作ってくれへんか？」

電話があったのが二日前だ。

ヘイジは、自分の専務昇進を塚本が祝ってくれるのだろうと思って手頃な店を選んでいた。今も気の置けない人間との会食に使う店だ。

(塚本の好む豪勢な店は苦手だ)

世界的ヘッジ・ファンド・マネージャーである塚本はカネ遣いが派手だからだ。

その時ヘイジは思い出した。

（そう言えば……高校を卒業して以来、初めて塚本と会ったのもこの店だった）

学生時代は殆ど喋ったことのない塚本からの、突然の連絡の後この店で会った。

（あれから……僕の人生は随分と変わった）

総務部の部長代理だったヘイジが今や専務取締役なのだ。

店に客が入って来た。

「お、ごめん。待たせてしもたな。元気やったか？」

塚本だった。そう言いながらヘイジの隣に座った。

板長が塚本に飲み物を訊いた。

「ほな生ビール」

次に板長がヘイジに「専務さんは？」と訊ねた時、塚本が驚いた。

「ヘイジ！　専務になったんかッ⁈　いやぁ、そら知らんかったァ！　この頃は新聞読んでないし経済ニュースも見てないからなぁ」

驚いたのはヘイジの方だ。

（どうしたんだ⁈）

ファンド・マネージャーが情報収集をしないなどありえない。

驚いて塚本の顔を見詰めるヘイジに「専務さんは？」と改めて板長が訊ねた。

「あ、僕も生で」

そして二人は乾杯した。

「いやぁ、ヘイジが専務に昇格したん知ってたらロイヤル・セブンシーズ・ホテルの和洋中、満漢全席（まんかんぜんせき）を予約したったのに……」

そう言う塚本に「ありがとう」と言いながらも気になることをヘイジは訊ねた。

「世界的ヘッジ・ファンドのマネージャーが新聞を読んでないって……完全なオフにしてリフレッシュしてるのか？」

塚本は先付けに箸をつけてから「ここは旨いな」と言って笑顔で首を振った。

「オフやない。いや、オフと言えばオフかな。完全オフということでは……」

完全オフ……とヘイジが怪訝な表情でオウム返しをすると塚本は真顔になった。

「実はファンド・マネージャー辞めたんや。別の仕事するんやないで。出家することにしたんや。来週、永平寺に入る」

ヘイジは耳を疑った。

「出家ッ?!　坊さんになるのか？」

それ以外に出家はないやろと塚本は笑う。

塚本の話はヘイジに衝撃を与えた。

「ありがとうございました。明日も宜しく」

ヘイジは運転手にそう言って役員専用車を降りて自宅マンションに戻った。

役員には銀行への行き帰りに専用車が付く。飲み会から戻る時には本当に有難いと思うが……自分が飲食している間、運転手を待たせることにはいつになっても慣れない。

運転手は「仕事ですから」と言うが気を遣ってしまうのがヘイジだ。必ず自腹でちょっとした手土産を運転手に用意する。

「こんな気を遣って下さるのは二瓶専務だけですよ」

運転手はそう言うが、悪い気はしていないのが分かる。

ヘイジは自宅の鍵を開けて入った。

「正平さん、お帰りなさい」

舞衣子の母が手伝いに来てくれていた。

「お義母さんすいませんでした。急に友達から呼び出されたもので……」

舞衣子と咲はもう眠っていると言う。

「正平さんもお風呂に入ったら？」

　ヘイジは「ありがとうございます」と頭を下げて義母に休むように伝えた。

「後は自分でやりますから、どうぞお義母さんはもう休んで下さい」

　時計を見ると十一時だ。

「分かったわ。じゃあ、おやすみなさい」

　そう言って寝床が敷いてある客間に入っていった。

（妙な夜だったな）

　ヘイジは湯船につかりながらそう思った。

　塚本と随分激しいやり取りをした。

（だけど……分かる気がする。自分も塚本のような環境だったらそれもありだと思う）

　落ち着いてくるとそう思えるのだ。


「出家⁈　坊さんになる⁈」

　驚くヘイジに塚本はそうだと言う。

「どうして？　どうしてそうなるんだ？」

　塚本は真剣な眼差しで言う。

「大好きやった香港が自由を奪われてしもて何もかも変わったんや。全然それまでとは違う空気になった。みんなどっかよそよそしいしどっか重苦しい……なんとも言えん諦めみたいもんが漂うあの空気。俺はあんな香港にはおられんと思って……まぁ、逃げたわけやけど、日本に戻ってから俺の人生は一体何やと初めて考えたんや」

ヘイジは驚いた。

「塚本の人生はとんでもなく充実してるじゃないか。世界的なヘッジ・ファンド・マネージャーとしてエドウィン・タンの名前を金融の世界で知らない者はいない」

塚本は首を振る。

刺身の盛り合わせが出されて塚本は平目を食べて「旨い」とまた呟いた。

俗世の味を惜しんで味わうようにしてから塚本は言った。

「途轍もないカネを手にした人間だけが見える世界ちゅうのがあるのは事実や。俺にとって見えたその世界は虚無（きょむ）やった」

ヘイジには分からない。

「虚無？　虚しさということか？」

違うと塚本は言う。

「嫌というほどのカネが自分の自由になると、真面目な話これで一体何をしたらエエんやと考えてしまう。まぁ俺の場合、相場が常に前にあるから相場との格闘に使えばエエことや。

ずっとそうしてきてたから何も問題はなかった。そやけどその相場に嫌気がさした。世界経済がこれからどんだけ大変なことになるかは、ファンド・マネージャーとして様々な要素から予測できる。そやけど世界中の株は上がり続けてる。この裏に例の闇の組織が絡んでるんやろうけど相場の本質はそうやない。実体経済から遊離した株式市場はまるでパラレルワールドの遊園地のようや。世界はコロナで二極化が一層進んで貧困層は増える一方やのに……。俺はそんな相場に、株式市場に、なんとも言えん違和感を持ち続けてきた。それは違和感なんて生易しいもんやなくなった。香港と同じような嫌なもん。嫌で嫌でしょうがないもんを感じてしまうんや」

そう言ってから、一気に目の前の刺身を箸ですくうようにして平らげた。やけ食いのような様子を黙って見てからヘイジが言った。

「僕は全く塚本とは違う仕事をしている。でもミクロから経済を、世界を見ているとは言える。日本全国の中小企業や地方産業を見ていて確かに言えるのは、未来は決して明るいものではないということだ。だがそれは今のままでは、ということで変革をもたらすきっかけさえあれば、一気に変えることが出来ると思っている。実際にそういう例も出てきている。小さな点の中の希望を繋げて線にして、その線を面にする。僕はＴＥＦＧでそれをやろうとしている」

　塚本はそれを聞いて嬉しそうな顔をした。
「ＴＥＦＧは流石やな。ヘイジを専務にするちゅうのは正解やと、今のお前の言葉や熱い気持ちから分かるわ。お前が言うたように俺とお前とでは環境が違う。俺は株式市場ちゅうある種のバーチャルで生きてきた。けどそれは拡張現実ＡＲに限りなく近いと思てた。株価は現実の企業の利益の先食い、ベースとなるんは実体経済や。そやけど今の株式市場は違う。マネーだけの世界……カネがカネやと皆が思うからカネであるように、今の株価は膨大なカネがあるから株が上がるだけ……上がるからマネーがさらに膨張する。日銀のＥＴＦ買いから始まって、とうとうあの転換国債や。それが世界の先進各国でも検討されてる。そこに闇の組織ハドがおるかもしれんが、とんでもない連中を招き入れてんのは市場参加者や政府や官僚、中央銀行なんや。結局世界はそんな形で、俺が吸いたない空気の世界を作り出してる。そんな世界は嫌や。そやから俺は世界を離れる。出家するんや」

　ヘイジは風呂から出てパジャマに着替えて寝室に入った。
　夫婦のベッドとベビーベッドが並んでいる。
　舞衣子も咲もよく眠っている。
　ヘイジはそっとベッドの中に入った。

目が冴えて眠れない中で考えた。

（僕は世捨て人にはなれない。舞衣子や咲がいる。そして銀行の仲間がいる。塚本のような絶望は持てない。絶対に持てない）

そう思った時、咲が泣き出した。

ヘイジは直ぐに起きて娘を抱き上げるのだった。

第三章　財閥の瓦解

帝都倶楽部（クラブ）。

それは渋谷区松濤（しょうとう）の広大な敷地内に聳えるルネッサンス様式の豪奢（ごうしゃ）な館だ。

有形文化財に指定されているその建物は日本を代表する財閥、帝都グループの上級接待用施設として使われている。

その第三金曜日の夕刻、車寄せには続々と黒塗りの高級車が到着した。

三金会（さんきんかい）。毎月第三金曜日に開催される、帝都グループの中の東証一部上場二十三社の全社長が集まっての食事会だ。夕食を楽しんだ後でグループ内の重要事項が報告される。

帝都グループの人間にとって三金会への出席は最大の名誉になる。

「社長になって三金会に出てやるッ！」

内輪の飲み会で覇気ある帝都の若手が、今でも何人かは酔ってそう口にする憧れの集まりなのだ。新社長となって初めて三金会に出席した者は例外なく感動に震えた。

出席者はエントランスから直ぐ一階大広間に案内される。

まずそこで飲み物を手に歓談となるのだ。

大広間の壁から帝都財閥の創始者、篠崎平太郎を筆頭に篠崎家歴代当主の堂々たる肖像画が訪れた者たちを睥睨している。

出席者は何度そこに入っても緊張を覚えた。

「凄いですね！」

ヘイジは頭取の岩倉に興奮して言った。

岩倉はシャンパングラス、ヘイジはウーロン茶をグラスで手にしている。

三金会で重要事項を報告する企業は、各社一人だけ随行が許される。随行者は会食には参加せず出席者の後ろに控える。

東西帝都EFG銀行頭取の岩倉は、ヘイジが帝都グループの担当専務となったことを報告する為に連れて来ていたのだ。

(これが三金会！)

話には聞いていたが、実際その場に来て財閥が持つ歴史の重みをヘイジは感じた。

(帝都の人間が『帝都に非ずんば人に非ず』と言うのが分かる気がする)

ヘイジは篠崎家歴代当主の肖像画をゆっくりと見回していった。

（日本史の授業に出て来た人物たちと一緒にいるような気がするもんなぁ）

これまで持ったことのないプライドと自信を感じる。

（これが帝都の強みなんだろうな）

だが自分がそう感じたことを奇妙に思った。

（この中に僕のような泥沼から這い出て来た人間は一人もいない。純粋な帝都エリートだけがトップになるんだからな）

それが帝都の強みであり弱みかもしれないとヘイジは思うのだった。


♪


王室執事の正装をした年配のホール長が、小さな銀のベルを厳かに鳴らした。ダイニングルームの準備が整った知らせだ。

ヘイジは英国上流階級ドラマの世界にいるかのように思った。

出席者たちは、儀式に向かうように羊角型の階段を左右に分かれて二階に上がっていく。

階上のダイニングルームに入ると巨大な楕円形のマホガニーのテーブルに、社長就任の年次順に上座である篠崎平太郎の大きな肖像画の前から、反時計回りに着席していく。

全員が着席し終わるとタキシード姿のウェイターたちが一斉に動き、ドン・ペリニヨンが注がれていく。

ヘイジは壁際に設けられた随行者用の椅子に座りながらそれを見ていた。サイドテーブルが設えられ、シャンパングラスが置かれていて回って来たウェイターが注いでくれた。

そうして全員が立ち上がった。

乾杯の音頭を取るのは、社長就任から八年と、三金会で最長の帝都海上火災保険社長の寺原征治だった。

(寺原社長は……確か父の部下だった筈だ)

ヘイジの父は帝都海上に勤めていたが、役員には遠く届かないポジションでサラリーマン人生を終えた後、好きな京都の地にマンションを買って母と二人年金生活をしている。寺原が社長になったのを新聞で知った父親がヘイジに電話を掛けてきて、嘗ての自分の部下だと自慢げに語ったのを思い出したのだ。

そんな父親からすれば、ヘイジの出世は同じ帝都グループの人間として見上げるばかりのものだ。それはヘイジの大きな誇りになっていた。

寺原は痩身、豊かなロマンスグレーの髪を綺麗に整えて帝都エリートの気品を醸し出す。

「僭越ではございますが乾杯の音頭を取らせて頂きます。コロナ禍で長く開催を見合わせてきておりました三金会もこうして開催出来ることに相成りました。日本に冠たる帝都グループのトップがこうやって一堂に会する。このことこそ日本経済の本格回復へ向けた号砲と存じます。後ほど、帝都銀行の岩倉頭取の方から我々グループに対して大事なお話があると伺っております。世界全体の経済環境がまだ――」

寺原の話は続いている。

（なるほど。そういうことなんだな）

ヘイジは、一階大広間のレセプションで岩倉と話す者たちが皆、「帝都銀行さん」と判で押したように言うことに違和感を覚えていたが、三金会では今もそして常に『帝都銀行』なのだと納得させられた。

（帝都グループの命綱である銀行は『帝都銀行』でなければならない。『東西帝都ＥＦＧ銀行』などではないんだ）

寺原の話が終わった。

「それでは乾杯に移らせて頂きます。御唱和下さい。乾杯」

「乾杯！」

十人いるウェイターがテキパキと前菜を運んで来る。帝都倶楽部が出すフランス料理は評判が高い。市中の店であれば二つ星が取れるとされている。

フォアグラのテリーヌから始まって鼈（すっぽん）のコンソメ、サラダ、岩礁魚とヤリイカのブイヤベース、シャーベットを挟んでメインである牛フィレ肉のポワレまでを全員が堪能する。

随行者のヘイジには、ランチボックスに全ての料理を詰めたものが用意されカップに入ったスープやパンも添えられている。

「美味しいなぁ……」

ヘイジは舌鼓を打った。

食事の間は皆、隣の席の者との会話に終始し食事を楽しむのが三金会の習わしだ。

チーズが出されデザートワインが行き渡ったところで、寺原がグラスを指で弾き「チン！」と音を立てた。

皆は一斉にその寺原に注目する。

「乾杯の際にも申し上げましたが、本日は帝都銀行の岩倉頭取から皆さまにお話がございます。コロナ禍から本格回復しようとする日本経済、そして帝都グループへ血液を供給する帝都銀行さんからの重大なメッセージと承（うけたまわ）っております。では岩倉頭取どうぞ」

岩倉が立ち上がりヘイジも同時に立ち上がった。

「帝都グループを牽引する三金会がパンデミックによって開催を中断してきたこの一年半と、その間の日本経済とはまさに相似形（そうじけい）であったと思います」

皆、真剣な面持（おもも）ちになっている。

「帝都とは日本経済そのもの。その帝都が凍りついていたと私は思っています。その責任の一端は我が帝都銀行にある。金融の責任は重い」

岩倉が自らに向ける厳しい言葉に皆は背筋を伸ばした。

「コロナ禍の中で私自身が銀行のリーダーとして本当の意味でアグレッシブに、プロアクティブに動いたとは思えません。パンデミックという異常事態に竦んでしまったのは事実です。そのことがグループ全体に伝播した」

そう言って岩倉は出席者を見回す。

「それを虚心坦懐に反省し、自分たち自身を見詰め直し、これから立ち直らなくてはならない日本経済を本当の意味でリードしていかなくてはならない。私は心からそう思っています」

岩倉は『ミスター帝都』と呼ばれ、名実共に帝都グループのリーダーと見做されている。

その岩倉の言葉は重く響いた。

「日本経済をリードする。その為の帝都グループであり、帝都銀行です」

皆はその言葉に頷く。

「しかし現実には帝都グループは厳しい環境に置かれている。いや、環境だけではない。帝都グループ企業の中に重い内臓疾患に苦しむものが散見されるのも……事実です」

帝都の名を冠する企業、三金会の一部上場企業の中でここ数年経営危機を取り沙汰されている数社を指していた。

自分の会社がそうだと分かっている社長は俯いた。

「日本経済、そして世界経済はコロナ禍で様々に様相を変えながら遂にインフレの昂進を迎えようとしています。これは明らかに悪いインフレです。下手をすると不況下でのインフレ、スタグフレーションとなる可能性も高い。このままでは全国各地で大小の企業倒産が出ることも避けられないでしょう。場合によってはここにお集まりの社長の会社もそうなる運命にあるかもしれないと思っています」

そこまで言うのかという驚きの表情を皆は見せた。

「私は大変な危機感を持っています。帝都グループと帝都銀行は一心同体です。帝都銀行も潰れるかもしれないという危機感を本当に持っています。そこで私はここに宣言します。今後私は帝都銀行という名を二度と口にしない。私は東西帝都ＥＦＧ銀行、ＴＥＦＧの頭取だと宣言させて頂きます」

それにはヘイジも驚いた。

「この度、当行の帝都グループ担当役員である専務取締役を新たに選任致しました。今日この場に連れてきておりますので、御紹介させて頂きます。東西帝都ＥＦＧ銀行専務取締役、二瓶正平君です」

　こうしてヘイジは帝都の中心に迫っていく。

◇

　三金会翌週の月曜日の朝、ヘイジは頭取室で岩倉と打ち合わせを行っていた。

　週一杯、担当専務として帝都グループ各社への、ヘイジの挨拶廻りが岩倉に付き添われて行われる。

「三金会では驚きました。頭取のＴＥＦＧ宣言、まるで宣戦布告に聞こえました」

　そう言ったヘイジに岩倉は微笑んだ。

「その通りだ。日本経済を甦らせるための宣戦布告だ。帝都グループ内で創造的破壊が出来ないと日本経済に未来はないからね」

　ヘイジは岩倉の覚悟に感じ入った。

「今週一杯、君の挨拶廻りだが……スケジュールは分かっているね？　これから直ぐ帝都商事だ」

　秘書役からヘイジは知らされている。それは見事に帝都グループの序列通りの順番になっている。

トップバッターは帝都商事だ。

総合商社として日本一の取扱い高を誇り一貫して『ザ・商社』と呼ばれる存在だ。

歴代総理大臣は、就任すると直ぐに帝都商事社長に挨拶に行くと言われている。

日本株式会社としての存在がそこにある。

ＴＥＦＧ本店からはクルマで五分の距離だ。

「今日は君の担当就任の挨拶だけだが……峰宮社長はうるさ型だからね。どんなことを言われるか分からん。覚悟はしておいてくれ」

ヘイジは「お任せ下さい」と微笑んだ。

三金会の時、挨拶に立ったヘイジを見ようとせず……篠崎平太郎の肖像画に視線を向けたり、ただ前を向いているだけの社長が何人かいたことにヘイジは気がついていた。

その中の一人が帝都商事社長の峰宮だ。

雑魚に視線を向ける必要などないという態度がそこにあるのをヘイジは感じた。

ヘイジは峰宮の経歴を調べ上げていた。峰宮だけでなく三金会の社長全員の経歴の詳細は頭に叩き込んである。

（峰宮義信……篠崎家の血脈を母方から継ぐ篠崎平太郎の玄孫として帝都の申し子とされている。十代前半から英国留学しイートン校を経てケンブリッジ大学を卒業後、帝都商事に入社。五年後にハーバード・ビジネス・スクールでＭＢＡ取得、ニューヨーク勤務が長く米英の政官財に広い人脈を持つエリート中のエリート、帝都の中の帝都のような人物だ）

　峰宮はアイスマンの異名を持つ。

　頭脳明晰で常に氷のように冷静……ニッコリ笑った時は人を斬る時と言われている。

「峰宮社長は高塔君と昵懇だった。例の闇の組織とは関係していないとは思うが……、高塔君のようなエリートとしか付き合わないと言われている。まぁ、いかにも帝都人という感じだがね」

　クルマの中で岩倉は自嘲気味に言った。

「高塔前専務のこと、何があったのか聞いてこられるでしょうか？」

　岩倉は小首を傾げて答えた。

「帝都商事のことだから情報は既に入っていると思う。政府のインテリジェンス機関である内閣情報調査室より帝都商事調査部の情報収集能力は高いと言われているからね」

　全国会議員の銀行預金口座が乗っ取られて政府が死刑囚工藤勉を釈放したこと、ＡＩ『霊峰』を悪用し、転換国債の売買操作や帝都グループの情報を盗み出そうとした高塔が公安に身柄を拘束されていることも……峰宮は知っているだろうと岩倉は言う。

「戦前の、帝都貿易商会の頃から政府や軍も頼ったという情報網と優れた情報分析能力。そのＤＮＡは脈々と受け継がれていると言われている。同じ帝都グループの我々も窺い知ることが出来ない」

ヘイジは、そんな能力をグループ全体で使えたら大きいと思ったところで思い出した。

「ＡＩ『霊峰』に帝都グループの全情報を集めようとした時も、帝都商事は頑として拒否しています。高塔専務が峰宮社長と昵懇であったにも拘わらず……です。ガードの堅さは相当だということですね」

ヘイジの言葉に岩倉は頷いた。

「だが帝都グループの未来を考えると、帝都商事の情報なしでＡＩ『霊峰』による帝都グループ情報活用戦略は画竜点睛を欠くことになる。なんとかしたいな」

ヘイジもそうですね、と呟いた。

そうして、二人を乗せたクルマは帝都商事ビルの車寄せに着いて二人は降りた。

受付を済ませ専用エレベーターで役員フロアーに上がっていく。

「君は帝都商事に来るのは初めてかね？」

ヘイジは「その通りです」と答えた。

「驚くなよ。豪華さではうちの比ではないからね」

ＴＥＦＧの役員フロアーの豪華さは日本一だろうと思っていたヘイジは驚いた。

エレベーターが開いた。

「!!」

廊下が、皇居の広大な緑の海を見渡せるように全面ガラス張りになっている。

「?」

絨毯の毛足が長く足を取られて歩きづらい。

「前社長の時に私が『スピードを要求される商社マンがこの超高級絨毯では走れないですね』と言ったら『帝都商事の人間はここを走るような仕事はしません。全て想定内ですから……』そう言ったよ」

ヘイジは「はぁ」と感心するしかなかった。

そうして帝都商事の役員フロアーで最も豪華とされる応接室に通された。

ヘイジでも「高いだろうなぁ」と思うようなイタリアンレザーの黒のソファに腰を掛けた。

絵が何枚も飾られているが、ヘイジには値打ちは分からない。

「うちの役員フロアーに掛かっている絵はせいぜい数百万、高くて数千万だが……ここは桁が違う。中には百億を超えるものがある」

岩倉はそう言って一番大きな絵を指さした。

どこか歪んだような人間たちが輪になっている奇妙な絵だ。子供が描いたと聞かされてもヘイジは納得しそうだった。

「あのマチスがそうだ。今もしオークションに出せば……百億から百五十億はするだろう」

ヘイジはその言葉に現実感が持てずただ小さく首を振るだけだ。

「僕には全くの猫に小判です」

その時、ドアが開いた。

岩倉とヘイジが立ち上がると峰宮が一人で入って来た。ドラマで見る英国紳士のようだとヘイジは思った。

「お待たせしました。リンゼイと電話してましてね。HBSの同窓で家族ぐるみの付き合いなんで話し込んでしまって……」

リンゼイとはアメリカの商務長官のハロルド・リンゼイ、HBSはハーバード・ビジネス・スクールのことだ。

アメリカの政府要人と昵懇とは流石は峰宮だとヘイジは感心した。

「峰宮社長。お忙しい中、時間を頂戴して恐縮です。今日は三金会でもご紹介させて頂いたように帝都グループの担当となりました二瓶専務を就任の御挨拶に連れて参りました」

ヘイジは立ち上がって名刺を差し出した。

峰宮も名刺を取り出し「どうも」と交換すると、さっさと腰を下ろし足を組んで岩倉に向かって話し出した。やはり雑魚は相手にしないという態度だ。

「岩倉頭取。三金会でのＴＥＦＧ宣言、あれは最後通牒ですよね？」

そう言って笑顔を見せる。

「帝都グループのゾンビ企業には即刻退場頂くという最後通牒。帝都の名前がついてるだけで救済を求められてもお受け致しません。帝都の中にいるゾンビ斬り。その意思表示と私は受け取りましたが……」

岩倉は何も言わない。

峰宮が続ける。

「私はあれを最後通牒として受け取ってみて〝ウェルカム！〟と思いました。帝都財閥仲良しクラブ、おてて繋いで一緒に沈んでいきましょう……なんてナンセンスですからね。もう帝都銀行など存在しないのだ。ＴＥＦＧあるのみ。そこにはＲＯＥ（株主資本利益率）重視の経営しかないという宣言。素晴らしいですよ。そういうことですよね？」

それに対してヘイジが言った。

「峰宮社長、私は当行帝都グループ担当としてハッキリ申し上げておきます。私はグループ企業を一社たりとも見捨てたりしません。グループ全体の情報をＡＩ『霊峰』を使って大きな武器へと作り上げ、新たなビジネス環境を構築しそこでの金融のあり方を……。⁈」

峰宮が右の掌をヘイジに突き出した。

黙れということだ。

峰宮はヘイジに一瞥もくれず言う。

「高塔さんから帝都商事のビジネスデータ、総勘定元帳をＡＩ『霊峰』による分析の為に開示して欲しいと言われた時、私はハッキリお断りしました。結果は大正解。高塔さんは今、公安の取り調べを受けている。どうやら彼は売国奴だったようですね。転換国債の売買システムの違法操作のことも聞いています」

ヘイジはその峰宮をジッと見た。

（やはり知っていた）

峰宮は岩倉に顔を向けるだけで、絶対にヘイジを見ない。

峰宮は続ける。

「帝都財閥などというコンセプトはもういらない。私もその血を引く高祖父の篠崎平太郎は、クリエイターだったんですよ。しかし彼がクリエイトしたものが財閥に育ってから後の連中は……その遺産でただ食っているだけです。私は帝都商事を帝都グループから独立させたいと思っています。ＲＯＥ経営ではそれが正解。そこはＴＥＦＧと同じだが……帝都商事には銀行はいらない。必要ない」

それにはヘイジも岩倉も驚いた。

◇

その日、ヘイジは岩倉に誘われ頭取室で昼食を共にした。

午前中に帝都商事と帝都商船、そして帝都海上火災への挨拶廻りを済ませた後だ。

予想していたとはいえ、帝都商事の峰宮社長からは異次元の衝撃をヘイジは覚えた。

二人は神田の老舗の鰻重を食べている。

「新専務の帝都グループへの挨拶廻り初日の昼は、頭取とこの鰻を食べることになっている。

そういう伝統が帝都銀行時代から続いているがまぁ、これはこのままで良いと思ってね」

そう言って岩倉は特上の鰻に箸をつけた。

「美味しいです。伝統が有難いです」

ヘイジはわざと嬉しそうに言った。

しかし、心の裡では帝都グループ担当になったことがいかに大変か思い知った。

「午前中の三社、帝都財閥のトップスリーだが……改めてそのキャラクターの違いを知る思いだな。商事の尖鋭的な反応、商船や海上火災は更なるビジネス拡大への期待からの好意的な反応……帝都グループは完全な同床異夢(どうしょういむ)ということだね」

岩倉の言葉にヘイジは頷いた。

「TEFG宣言は化学反応を起こしたのだと思います。僕自身、頭取の三金会での発言に驚いたのですから……」

そのヘイジに岩倉は優しい眼差しを向ける。

「あれは君へのキラーパスだと思っている。これまでは帝都銀行のエリート中のエリートが就いてきた帝都グループ担当専務に異端の人間がなった。それをグループ全体に緊張感を持って受け止めて貰うことで君が仕事をし易く出来ると思ってのことだった。が、……」

そこで顔を曇らせた。

「帝都商事の峰宮社長に関しては藪(やぶ)をついて蛇を出すことになったようだな。まさかグループからの独立を、そして銀行切りを持ち出されるとは思わなかった。だが、あの時の君の反論は見事だった。あの峰宮社長がぐらついたのを見たからね」

ヘイジはその場面を思い出した。

「帝都商事に銀行はいらない。必要ない。そう思っています。ファイナンスは社債で行うし、新規分野への投資資金はファンドから調達する。御行からの運転資金としての五百億円の借り入れも帝都財閥の悪しき慣行としてのお付き合い。直ぐにとは言いませんが、私の在任中にお返しする考えです」

　岩倉が顔色を変えた。

「峰宮社長、私のTEFG宣言は決して帝都グループからの脱退宣言ではないし、帝都グループへの融資見直しでもない。コロナ禍からの経済回復に向けて皆でグループを超えてのビジネス拡大を目指す。あれはグループ全体の士気を鼓舞する意味合いのものだったのですから……」

　峰宮は首を振った。

「失礼ながらそれは詭弁に聞こえます。賽は投げられた。私はそう受け取っています。もう帝都財閥は過去の遺産で食うこと、そこから派生した悪しき助け合いをせず、どこまでもROE改善を目指して株主の期待に応えるように収益を上げ、株価上昇で株主に還元する。その明確なあり方を追求しましょうよ。TEFG宣言はそのキックオフとなったんですから……」

　それに対して岩倉が次の言葉を探しあぐねている時だった。

「お言葉ですが峰宮社長、帝都財閥の過去の遺産で食べているということでは、帝都商事がその代表選手と呼べるのではないでしょうか？」

峰宮の頬がピクリと動いた。

「帝都商事を部門別の収益から見た場合、純利益の七割は資源関係から出ている。原油・天然ガスなどです。それらは八〇年代から九〇年代にかけて帝都グループ総出で御社をバックアップしたことで中東や崩壊直後のソ連から権益を獲得出来たものです。彼の地での帝国化学や帝国エンジニアリングによる格安のプラント設置、当時不足していたタンカーを帝都商船が赤字覚悟で持ち船を回したことで実現したものです」

クールな峰宮の顔が少し紅潮した。だがそれでもヘイジの方に顔を向けない。

ヘイジは続けた。

「今の帝都商事の好業績は資源価格の高騰によるものです。一旦資源価格が下落に転ずればあっという間に収益は悪化する。そうなれば社債の発行は難しくなり、利に敏い(さとい)ファンドは見向きもしなくなる。そんな時の数千億の資金調達は当行からしか出来ない。現状の当行からの運転資金はタダのような金利です。釈迦に説法ですが、こうして過去と現在を見ただけでも、帝都グループの結びつきがどれほどグループ企業にとって有難いものかは分かると思います。TEFGはこの帝都グループを核に、さらにビジネスを拡大していくための血液を供給する存在となるつもりです。私の仕事はそういうものだと申し上げておきます」

そこで峰宮は、ポケットから先ほどヘイジから渡された名刺を取り出して見た。

「二瓶……さんね。お名前は憶えておきましょう」

そう言って初めてヘイジに顔を向けた。

怒ったのか感心したのか……クールなその表情からは読み取れない。

「これからニューヨークとカンファレンスなのでこれで失礼します。岩倉頭取、お見送り出来ませんが、ここで……」

そう言って頭を下げて出ていったのだ。


「あの時の峰宮社長の様子には溜飲が下がる思いがした。君に見事に切り返されて、ぐうの音も出なかったからな」

岩倉の言葉にヘイジは笑った。

「頭取から峰宮社長は難しい人だと聞いておりましたから、何を言われても対応出来るように……あらかじめ事業内容と財務について過去から全て頭に入れておきました。頭取のアドバイスのお陰です」

そんなヘイジの態度が岩倉は好ましい。

ヘイジは鰻重を食べ終えて言った。

「帝都商事が帝都グループの中で最も重要な企業であることに変わりはありません。信頼関係を深めてそのデータを開示して貰い、ＡＩ『霊峰』を使っての帝都グループ情報の極大利用を可能にしなければ……ＴＥＦＧの発展はないと思っています」

岩倉は頷いた。

「君には期待している。午後からは……帝都化学、帝都機械、帝都エンジニアリングだね。今日は優良企業ばかりだが明日は……」

ヘイジは了解していますと頷いた。

その日の夜、ヘイジは紀尾井町の複合ビルの中にある日本料理店に向かった。

桂光義との会食だ。

「君の専務就任祝いをやろう」

そう連絡を受けてヘイジが「庶民的なところでお願いします」と言うと「じゃあ、おでん屋にしよう」と桂は言ったのだ。

ヘイジはてっきり銀座のおでんの老舗だと思ったが……違った。

店のカウンターに桂が座っていた。

挨拶もそこそこに桂が飲み物を注文する。

「ここは日本酒の良いものを揃えている。どうする？」

ヘイジはお任せしますと言うと、桂は好みの銘柄を常温で注文した。

切子のグラスが出され二人は乾杯した。

「二瓶君が専務かぁ……よく頑張ったよなぁ」

しみじみした口調で桂は言う。

色んな困難に二人でこれまで立ち向かって来た。二人は戦友のようなものだ。

「桂さんのお陰です。ずっと桂さんに助けられて来ました」

そう言うと桂は首を振った。

「助けられているのは俺の方だ。本当に君には助けられて来た」

それは本音だ。そうして桂は直ぐに食べ物に話題を移した。

「おでんの前に……鰺（あじ）フライとポテトサラダ、土手鍋と水菜の炊き合わせを貰おうか……」

桂はカウンターの中の板長に言う。

「銀座じゃなかったんですね？　てっきり桂さんのお好きな銀座の老舗だと思っていたんですが……」

銀座というと桂の表情が少し曇ったようにヘイジは感じた。

「ここは関西の店だがこの間、学生時代の友人に連れられて来て気に入ったんだ。まぁ、浮気するのも悪くない」

そうですかと言いながらヘイジは少し気になった。桂にどこかいつもの元気がないように感じる。

(気のせいかな?)

そうして料理が出された。

「旨いですね! お酒も美味しい! 桂さんがお好きになるのが分かります」

一通り食べてから桂が言った。

「おでんをオーダーしよう。俺はつみれと大根、それに玉子を貰おう」

「じゃぁ、僕は厚揚げと牛筋をお願いします」

ヘイジはオーダーしてから訊ねた。

「この後は銀座ですか?」

珠季の店に一緒に行くのだとヘイジは思って、家には今夜は遅くなると言ってある。

「いや……今日は別を考えてる」

ヘイジは少し驚いたが何も訊かなかった。

そうしておでんを食べながら、ヘイジは帝都グループの担当になったことや帝都商事でのことを話した。

「それは大変だな。でも君は大丈夫だ」

そう言う桂にヘイジは深い考えなしに「珠季さんはお元気ですか？」と訊ねた。

桂の顔が曇った。

そして桂の言葉にヘイジは驚くのだった。

翌日の朝、ヘイジは引き続き頭取の岩倉と共に挨拶廻りに出た。

「今日は問題企業ばかりだ。今からの帝都電機、そして午後の帝都自動車……」

クルマの中で岩倉はそう呟いた。

「帝都自動車の方はＡＩ『霊峰』を使ったビジネスネットワークの活用で新たなビジネスの方向性が出来てリストラも進められる目星はついたが、帝都電機は……」

それを聞いてヘイジは小さく頷いた。

「そうですね。言葉は選ぶように心掛けます」

岩倉は頼むよと言った。

事前の下調べはしてあるので問題はないとヘイジは思いながら、別のことを考えていた。

昨日の桂の話だ。

「エッ?!」

桂の言葉にヘイジは驚いた。

「暫く会ってないんだ」

湯川珠季のことだ。

「何かあったんですか？」

ヘイジの問いに桂は言葉を探しあぐねているようだった。いつでもどこでも明快な桂がそこにいない。

そんな桂を見るのは初めてでヘイジはそれにも驚いた。

「何かがあった訳じゃないのが……今の二人の難しいところなんだ。だが、きっかけは分かっている。塚本だ」

アッとヘイジは声に出した。

「塚本の出家ですか？」

桂は頷いた。

「俺のところに来て出家のことを話していった。奴が出家したくなる理由が俺には痛いほど分かった。今の相場のあり方と世界のあり方への絶望……がね」

ヘイジは桂のそんな様子に疑問を深めながらも訊ねた。

「塚本の出家と桂さんと珠季さんとのことが一体どう繋がるんですか？」

桂は少し考えて言った。

「俺はね、二瓶君。還暦を間近にして〝老い〟を感じるようになったんだ。それは色んな意味での〝老い〟だ。相場に対しても、自分の感覚とは遠いところで動いている違和感をずっと拭えずにいる。日銀がETFの購入を始めて以来、魂の入らない大量の株式買いで相場が歪んだと感じてからずっと持つ違和感……それだけではない。異常な膨張を遂げたマネー市場が完全に実体経済と乖離してしまったという感覚……そんな感覚は〝老い〟から来ているのではないのか？　マネー市場のほうが正しくて、各国政府がそんな株高を前提に経済運営をしていることが正常なのではと考えるようにした。するとそんな自分が嫌になってきた。それがまずひとつの〝老い〟だと言える」

ヘイジはそれはおかしいと言った。

「例の闇の組織が株式市場に関わっていることがあるんでしょう？　それと桂さんや塚本は戦っているんじゃないんですか？」

桂はそれには何も答えずに続けた。

「塚本の出家の原因となった今の相場や世界への苛立ち。それは俺が持っているものと全く同じものだった。俺は塚本に言いたかった。『俺がそうしたいんだ！　俺の方がお前よりずっとこの世界から離れたい！』そう言いたかった。塚本に先を越されたという気持ちが強い。そんな塚本に嫉妬した。出家する塚本に……」

ヘイジは啞然とした。そして続く桂の言葉になんともいえない気分になる。

「そんな俺の心の中に珠季はいなかった。俺は驚いたよ」

恐る恐るヘイジは訊ねた。

「桂さんはそのことを珠季さんに言ったんですか？」

桂は首を振った。

「口にはしていない。しかし珠季は気がついたのだと思う。珠季も塚本の出家に衝撃を受けた。何より、塚本が珠季に出家のことを告げなかったことにショックを受けたようだった」

桂はそこから伊豆でのことを話そうかと思ったが止した。だが、伊東の駅で珠季と別れた時の心の裡を思い出して言った。

「男と女のことは複雑だ。そこに〝老い〟ということが絡んでくると余計に複雑になってくるように思う」

ヘイジはその意味が分からず何も返さなかった。ただ珠季が可哀相だと思った。珠季が桂にも塚本にも棄てられたように思えた。

桂は言った。

「塚本の出家で大きな化学反応が俺と珠季の間に起きた。それが今の……距離を置いた関係になった。ここからどうなるかは分からない……分からないよ」

そう言った桂にヘイジは初めて〝老い〟を見たように感じた。

聡明で勘の鋭い珠季は桂の心の奥底を見抜いたのだろうとヘイジは思った。珠季がその時に感じた孤独を思うとやり切れない。高校生の時の、自分の小ささ弱さで珠季の孤独を受けとめてやれなかった情けなさを思い出した。

(だけど僕に何が出来る？　今の僕にも珠季に何もしてやれないじゃないか！)

桂を見ながらヘイジは心の中でそう叫んでいた。

「何か出来ること……ＴＥＦＧが帝都電機に提案出来ることはあるかね？」

クルマの中で岩倉が訊ねた。もう直ぐ帝都電機本社ビルに到着する。

ヘイジは我に返った。

「まだ見つかりません。ＡＩ『霊峰』を活用すると共にＴＥＦＧ総研にも協力して貰おうと思っています。時間を頂戴したいです」

岩倉は分かったとだけ言った。

そうして二人を乗せたクルマは帝都電機本社ビルの地下駐車場に入っていった。

「？」

車寄せに四人立っている。

(?!)

ヘイジは驚いた。

帝都電機の社長、副社長、専務、そして財務部長だったからだ。

三顧(さんこ)の礼でヘイジを迎えようとしていた。

(それだけ……自分たちは危ないと思っているのか)

ヘイジは心の裡で身構えた。

「皆さんお揃いでのお出迎え恐縮です」

岩倉はクルマを降りてそう頭を下げた。

ヘイジも深く頭を下げた。

四人は更に深く頭を下げる。

そうして役員フロアーの最も広い応接室に二人は招かれた。

岩倉がヘイジを正式に紹介し、全員との名刺交換を済ませると言った。

「うちのエースです。胆力気力、そして能力の全てに於(お)いて帝都グループ全体を任せられる男ですので何卒お引き立て願います」

　全員がすがるような目でそのヘイジを見る。

「……」

　ヘイジは頭の中に叩きこんである帝都電機の情報を思い浮かべていった。

　帝都電機……総合電機メーカーとして原子力発電を始め様々なインフラ向けの産業用電機部門、半導体部門、そして家電部門の三部門で出来ている。

　その三部門全てが問題を抱えている。

　産業用電機は一昨年から納入済機器での事前検査数値の改ざんが発覚、国や自治体から無期限の発注停止措置が申し渡され、今は保守管理業務以外は開店休業状態になっている。

　半導体部門は嘗て世界最大の半導体メーカーとして君臨したが、今は韓国・台湾勢に駆逐され自動車向けパワー半導体などカスタムに特化しているが、値下げ圧力が厳しく過去数年は赤字スレスレとなっている。

　家電部門はテレビやビデオなど嘗ての花形商品からは撤退、エアコンや冷蔵庫の白物家電も中国製品に圧倒されてシェアは激減、慢性的赤字部門で抜本的リストラが必要とされている。

東西帝都ＥＦＧ銀行からの帝都電機への融資は長期貸付が一千億円、短期貸付二千五百億円の計三千五百億円となっている。さらに今、帝都電機から新たに長期資金五百億、短期資金一千億、合計一千五百億円の追加融資を求められている。

帝都電機の社長が岩倉に訊ねた。

「三金会での帝都銀行さんのＴＥＦＧ宣言。あれは帝都グループの問題企業を見捨てるということではないですよね？」

岩倉は微笑して小さく首を振った。

「我々は未来に向けて変わらなくてはならない。その為のＴＥＦＧ宣言です」

次に副社長が訊ねてくる。

「我々にも未来があるとＴＥＦＧさんはお考えなのだと思って宜しいのでしょうか？」

その目はすがるようなものだ。彼らは、岩倉が外様のヘイジを帝都グループ担当に据えて、グループ内の問題企業切りという汚れ仕事をさせるのではないかと恐れていた。ＴＥＦＧからの追加融資がなければ、半年後に資金繰りに詰まることは火を見るよりも明らかなのだ。

そこでヘイジが言った。

「まずハッキリと申し上げておきます」

帝都電機の四人はそのヘイジに身構えた。

「当行が進めておりますＡＩ『霊峰』を使っての経営分析……それによりますと御社の五年内の倒産確率は51・８％と出ています。これは御社から求められている追加融資に応じたとしての数字です」

四人は蒼ざめた。

「ですが当行は決して御社を見捨てません」

ヘイジはそう言って微笑むのだった。

◇

「あーッ!!」

娘の咲の泣き声でヘイジは目を覚ました。

明日は土曜で休みの為にヘイジは夜中の担当だった。

「よしよし、良い子だ」

おしめを換えてヘイジは咲を抱きあげ、優しくあやしていく。

妻の舞衣子は眠っている。

「……なんでも慣れるもんだな」

咲を抱いてリビングを歩きながらヘイジは呟く。

睡眠を中断される子供の世話が苦ではなくなっている自分がそこにいる。

そこに未来があるからだとヘイジは思う。

子供の成長、そこから生まれる新たな家族の形……。

日々の仕事の中では〝今〟しか考えることが出来ない。しかし幼い子供がいる家族は常に〝未来・将来〟を考えることが出来ている。それがヘイジに子育てを楽しいものにさせているのだった。

(自分より大事なものが増えたということも大きい)

妻の舞衣子や娘の咲のことを何より大切に思うヘイジがそこにいる。家族という世界の最小単位から利他の心を強く持てるヘイジは、自然とそれが仕事の中でも発揮されるようになっていた。

帝都電機という存在に対するヘイジのあり方がそうだった。

帝都グループの中で最大の問題企業である帝都電機、それをメインバンクとしてどう立て直すか……ＡＩが倒産を予測する企業に自分がどう対応していくのか……。

「……」

娘を抱いているヘイジに、その重みが帝都電機のように思えた。

「ＴＥＦＧは決して帝都電機を見捨てません」

その言葉以上にヘイジは帝都電機の再建に対して熱い思いを持っていた。それは娘を思う気持ちと同じだったのだ。

ＲＯＥ等の数字で全て割り切るのがビジネスではない。

（それでは人生はつまらない）

ヘイジのビジネス人生は厳しいものだった。

バブル崩壊以降の都市銀行の合併という中で、ずっと呑み込まれる側の銀行で悲哀を味わい続けてきた。そこでの人の心の変容も嫌というほど見てきた。簡単に人が裏切るのを見てきた。

「貧(ひん)すれば鈍(どん)する……だよ」

そう言って自らを蔑(さげす)みながら身内のリストラを行っていく人間を見た。

ヘイジは人間が〝弱い〟ということを嫌というほど知らされた。そして自分も〝弱い〟と思っている。

それがヘイジの強みだった。

（自分は弱い。その弱い自分の周りに人がいる。その人たちを大事にしないでいて弱い自分

がどうやって生きられる）

　その心がヘイジの態度を作っていた。

　嫌な思いをさせられる人間に対しては、「この人にはこの人の立場がある」と思って割り切って接した。

「只管打坐、只管打坐」

　そう呟いて気持ちを切り替える。

　そして、今自分が置かれている立場で与えられたことに懸命に取り組む。するとただ坐禅を組んでいるような心持ちになってくる。

　この態度こそがヘイジの強みだった。

　そして今のヘイジには新たな命を、その未来・将来を思う心が出来ていた。

「……」

　咲がヘイジの腕の中で眠った。

　ヘイジは優しくその咲をベビーベッドに寝かせると小さく優しく呟いた。

「僕が君を守る。必ず守るからね」


　翌週の月曜日の午後三時、ヘイジは帝都ホテルのラウンジで待ち合わせの人物を待っていた。

相手は湯川珠季だった。

午前中に「塚本くんのことで話が聞きたい」と電話があり、その日予定されている会議の合間の時間ならと伝えてのことだった。

時間丁度に、珠季は和服で現れた。

その後で直接店に行くのだと言った。

「ここからは銀座が近いから……」

そう言って微笑む珠季はどこから見ても銀座の超一流クラブのママだ。

「御免なさいね。東西帝都ＥＦＧ銀行の専務さんに時間を取って貰って……まだちゃんとお祝いもしていなくて、それも謝らないといけないと思って……」

ヘイジは笑った。

「いいんだよ、そんなこと。それより久しぶりだけど珠季は元気だったのかい？」

桂から珠季とのことは聞かされているが、ヘイジは知らない風を装った。

「元気じゃないわ。塚本くんの出家のことを聞いてから……」

正直にそう言う珠季はやはりどこか寂しそうだ。塚本が珠季には何も言わずにそんな行動を取ったことが割り切れない風だ。

「それで？　もうお坊さんになったの？」

訊ねられたヘイジは、塚本が永平寺での修行に入った筈だと言った。

珠季は肩を落とした。

「そう……暫く会えないのね」

そう言う珠季にヘイジは、修行予定の二年が済むとそのまま更に一年、計三年籠もるかもしれないという塚本の言葉を伝えた。

「三年……」

珠季は呆然とした。

ヘイジはそんな珠季になんと言っていいのか分からない。

塚本の出家をきっかけに、桂と距離を置くようになった珠季の心の裡は一体どんなものなのかは分からない。今は妻も子もある自分が中高生の時の恋人だったからと……安易に珠季を慰めることなど出来ない。それでヘイジからは連絡はしていなかった。

塚本がずっと珠季に思いを寄せ、いつかその心を自分に向けて欲しいと……珠季に伝え続けていたことをヘイジは知っている。その塚本が珠季には何も告げず俗世を離れた。

（珠季はやっぱりショックだったんだな）

こうして実際に珠季を前にすると、その孤独をヘイジは感じる。高校生の時に自分が珠季の孤独を受けとめられなかった記憶が甦る。

珠季がポツリと言った。

「私は……見捨てられたのかな」

その言葉はヘイジに刺さった。

「私は塚本くんに見捨てられた……そして……」

そこで珠季は言葉を切ったが、桂とのことがあるのはヘイジには分かった。

「見捨てるなんて……それは違うよ。塚本は珠季と会うと決心が鈍ると思ったんだよ。それだけ珠季への思いが強かったんだよ」

そうは言ってみたが珠季に響いていないとヘイジは感じた。そこにいる珠季は肉親を失って独りぼっちになった高校生の時の珠季だと、ヘイジだから分かるのだ。

（なんで珠季がこうなるんだ？　でも僕には何も出来ないじゃないか！）

高校生の時、珠季が抱える孤独や悲しみを受けとめられずに逃げた自分がそこにまた現れていた。妻の舞衣子や娘の咲の顔が浮かび、ここで珠季を受けとめてやることなどお前がすべきことではないとその時の自分が言う。

（！）

その時だった。ヘイジの頭につい先日、自分が発した言葉がリフレインした。

「ＴＥＦＧは帝都電機を見捨てません」

決して見捨てません。誰も見捨てません。

自分はそう言っていた。

（あの自分と今の自分はどこが違う？）

そこでヘイジはハッとなった。

そして珠季に言った。

「僕は君を見捨てないよ。絶対に珠季を見捨てない」

珠季はエッとヘイジを見た。

「僕には妻も子もある。家族がある。僕はそんな家族を絶対に見捨てることはない。それと同じように珠季も見捨てない」

珠季は、そんなヘイジに何を言っていいのか分からない様子になった。

「ヘイジ……」

ヘイジは言う。

「僕は弱い人間だ。高校生の時、君の悲しみを知っていながら受けとめる力がなくて君から逃げた。そんな弱い人間だ。それは今も変わらない。でも弱いから周りの人たちを大事にしないといけないと思っている。自分を頼ってくれる人たち、自分を思ってくれる人たち、そして自分にとって大事だと思う人たち、みんなを大事にしないといけないと思っている。家族を持っている身だけど、珠季のことは友達として絶対に大事な人だ。だから僕はいつも君の味方だ。友達だ」

珠季はそこでじっとヘイジを見た。

(この人は覚悟を語っている)

それはまさしくヘイジの生きる上での覚悟だった。家族を守る覚悟、友達を守る覚悟、そして周囲の全ての人々を守る覚悟をヘイジが語っているのが分かった。

一人の人間の真剣な覚悟は人を動かす。

珠季は自分の心が揺さぶられるのを感じた。

そして珠季は自分自身を、自分を守る覚悟を持とうと思った。

(自分を守れない人間は人も守れない。孤独でも何でもいいんだ。私が私自身の人生を守る覚悟を持っていれば周囲も守れる)

そう思うと桂の顔が浮かんだ。

珠季の〝気〟が晴れた。

第四章　愛とＡＩ

ヘイジは帝都グループへの挨拶廻りを済ませた翌週、相模原（さがみはら）にある工業科学研究院（工科研）を訪れた。

そこにはスーパーコンピューター『霊峰』があり、東西帝都ＥＦＧ銀行のシステム出張所が置かれている。

ヘイジは、ＡＩ『霊峰』の開発責任者である新海貴明（しんかいたかあき）からじっくり開発コンセプトを聞きたいとミーティングを頼んだのだ。

新海は東帝大学工学部大学院教授も兼ねるＡＩの第一人者だ。

スーパーコンピューター『霊峰』の、世界最速となる演算能力を生かしてのＡＩプログラミングは新海が行っている。新海はノーベル賞候補と目（もく）されている人物だ。

「高塔前専務が突然お辞めになったのは驚きました」

新海は、高塔が闇の組織と結び『霊峰』のシステムを悪用していたことなど知らない。

プログラミングに特化していて、運用に関してはＴＥＦＧのスタッフに任せている。

(超優秀オタクという感じだな)

ぼさぼさ髪で無精ひげの新海を見ながらヘイジは思った。

「高塔前専務からは必要な予算をつけて貰えていましたが……二瓶専務になっても変わらないと考えていいですよね？」

新海は無邪気そうに言う。

ヘイジは微笑んで大丈夫ですと答えた。

「新海先生に気持ち良く仕事をして頂くのがＴＥＦＧの務めですから……」

そう言うと新海は満面の笑みを浮かべた。

「実はハード面で更なる増強をお願いしたいんです。それには――」

相当な金額を新海は口にしたが、これまでの成果と新海が純粋に研究開発だけにカネを使っていることは内部監査で分かっている。ヘイジは問題ないと思ってはいるがわざと難色を示した。

「う〜ん、さすがにそれはぁ……」

そのヘイジに新海が心配そうに身を乗り出した。

「なんとかお願いします。ディープラーニングの精度を更に高められるんです！」

そこでヘイジは切り出す。

「新海先生、我々TEFGは先生のAIプログラムを使って重要なミッションの実現を目指しています。帝都グループ各企業の売上と利益を向上させROE（株主資本利益率）の改善というミッションを……」

新海はその通りですと頷いた。

「実はこのミッションに新たなベクトルをAIに加えて頂きたいんです」

ヘイジの言葉に新海は怪訝な顔つきをした。

「新たなベクトル？」

ヘイジは頷いた。

「売上、利益の向上という中心概念は変わりません。ただその方向性を変える。それが新たなベクトルになります。それは――」

ヘイジの言葉に新海が驚いた。

「……」

少し考えてから新海の顔がパッと明るくなった。オタクがポイントを探り当てた瞬間の表情だった。

「そうかッ!! 面白いかもしれない！ 風が吹けば桶屋が儲かる。急がば回れ……ある意味その究極だ。アルゴリズムの真の完成の為にも必要なベクトル、方向性と力かもしれない！」

ヘイジはニッコリ微笑んだ。

そうしてヘイジは工科研を後にすると同じ神奈川県内のＺ市に向かった。

Ｚ市は帝都自動車の城下町だ。

帝都自動車本体、子会社、関連会社、下請け企業合わせて十万人が働いている。

帝都自動車はコロナ禍によって売上が大幅に減少、ＴＥＦＧから緊急融資を受けると同時に中長期に亘るリストラも実践中だった。

帝都自動車はグループをあげてＡＩ『霊峰』を使ってのビジネスネットワークに積極的に参加、全面的な情報提供を行うと共にネットワークを利用しての新たなビジネス展開も様々に始まっていた。

帝都自動車本社は丸の内にある為に、ヘイジの担当専務としての社長らへの挨拶は終わっている。ヘイジが訪れたのは帝都自動車の下請け企業であるタチバナ燃焼（ねんしょう）だった。

従業員三百人、名前の通りエンジン回り部品一筋の会社で、ＡＩ『霊峰』が自動車のＥＶ化が加速する中で十年後には確実に倒産するとした会社だった。

だが同じ『霊峰』が既存内燃(ないねん)機関技術の水素エンジンへの転用を提案、帝国重工と帝国電機、それにベンチャー企業とタチバナ燃焼の技術を合わせることでビジネス化が可能であることを示したのだ。

これに帝都アセットマネジメントのエコファンドが資金を出す形で新規プロジェクトが始まっていた。その一連の動きを纏めたのが中小企業担当役員としてのヘイジだった。

今そのヘイジは帝都自動車本体をも担当する専務になっている。

（帝都自動車は全面ＥＶ化に向けてリストラを進めているが、それだけでは成長は難しい。新たなビジネスやマーケットの可能性を考えないと……）

ヘイジは、メインバンクとして帝都自動車の成長まで考えた提案が出来ないかを模索していた。

（勿論ＡＩ『霊峰』が出してくる様々なビジネス提案は大きな武器になる。だが、それだけでは……）

そんな中でタチバナ燃焼を訪れたのだ。

ヘイジは社長の立花幸喜(たちばなこうき)と応接室で会った。

（余計なものにカネを掛けていない。この会社は臨戦態勢を取っている）

応接室の椅子やテーブルは古くカーペットには染みが付いている。掃除は行き届いているが……使えるものは使い続けることにこの会社の無駄のない姿勢が見える。

一方で研究開発部門には最新のシステムが導入されたのをヘイジは知っている。

(カネは使うべきところに使う。出来るようで出来ないことをやっている。三代目社長だが甘えはない。必ず期待に応えてくれる筈だ)

そう思っているヘイジに社長の立花はペーパーを見せた。

それはリストラの進捗状況が記されたものだった。

「全面的なＥＶ化で最終的に無くなる部門を中心に五十人の希望退職を募りました。予定した人数は達成される見込みです。退職者には出来る限りのことをしますが……やはり申し訳ない気持ちは拭えません」

タチバナ燃焼に対してメインバンクのＴＥＦＧは、リストラの実施を条件に既存融資の継続と新規融資を約束していた。

ヘイジはペーパーを見ながら社長をねぎらった。

「社長の断腸の思いお察しします。私も過去様々なリストラの場面を見てきましたから……大変だと思いますが宜しくお願いします」

そう言って頭を下げた。

立花は言う。

「リストラへの決心がついたのはＡＩ『霊峰』による当社の倒産可能性を聞かされたからではなく、同じ『霊峰』が提案してくれた新しいビジネスプロジェクトがあったからです。希望を持てるものがあるのと後ろ向きだけとでは、前に進む気持ちは従業員たちも全く違います。経営者としてそれがよく分かりました。二瓶専務には心から感謝しています」

そうして立花も頭を下げた。

ヘイジは訊ねた。

「帝都アセットマネジメントのエコファンドの十億円を投入しての水素エンジンプロジェクト……帝都グループの脱炭素環境ビジネスのモデルとしてこれは絶対に成功させて頂きたいんです」

ヘイジの言葉に立花は大きく頷いた。

「幸い環境ビジネスは強い追い風が吹いています。先進各国は脱炭素、脱化石燃料を加速化しています。水素エンジン車はトラックやバスなど大型輸送向けに今後のインフラ整備が進めば最も導入が進むものと考えられます。マクロやミクロの様々な情報を総合的に捉えてくれるＡＩ『霊峰』があるお陰で、今後の見通しをつけていくことも可能ですから……期待して頂いて大丈夫だと思います」

ヘイジも、国際的な環境会議で決められる方向性から脱炭素は益々加速していくと見ているが、その動きの中で何か日本をリードするものが帝都グループで出来れば様々に良い影響が及ぶと考えている。

立花がひとつ自慢げに言った。

「ＡＩ『霊峰』が詳細に分析した水素エンジンへの帝都グループ各社での取り組みなんですが、その詳細を見て凄く嬉しかったんです」

ヘイジはそれは何ですかと訊ねた。

「水素エンジン事業化の可能性は、当社の超高性能バルブの技術がコアピースだったということなんです。ガソリンエンジンには過ぎた性能のものを創り出して自己満足と思っていた技術が全てを動かした。ＡＩは全体を見て水素エンジンが可能だとしたのではなく、中小企業タチバナ燃焼のたった一つの技術をコアピースとし、それが競争力ある水素エンジン量産の可能性を開くと見たんです。たった一つの技術が何万人も動かすことを可能にして――」

そこまで聞いてヘイジはエッとなった。

（この話……どこかで聞いたような……）

それは塚本だった。今の世界に絶望しての出家をヘイジに告げた時、塚本は言ったのだ。

「禅に〝九山八海（くせんはっかい）〟ちゅう言葉があるんや。たった一人の人間の悟りが世界全体を悟らせる……俺はそんな悟りを求めたい」

ヘイジは我知らず叫んでいた。

「これだッ‼　これなんだッ‼」

それはヘイジの「エウレカ‼」だった。

ヘイジは上野駅からの列車で北関東へ向かっていた。

北関東の坂藤市、グリーンＴＥＦＧ銀行坂藤大帝本部を訪れる為だ。

専務となったヘイジの仕事は多岐に亘る。

帝都グループ向け融資の責任者であると共に、常務時代から担当する中小企業向け融資とＴＥＦＧの子会社であるグリーンＴＥＦＧ銀行の頭取でもある。

グリーンＴＥＦＧ銀行……スーパー・リージョナル・バンクとしてのそれは元々三つの関東の地方銀行から出来ている。

武蔵中央銀行、北関東銀行、そして坂藤大帝銀行だ。旧三地銀はそれぞれを武蔵中央本部、北関東本部、坂藤大帝本部とし各行頭取に代えて本部長を置いている。

ヘイジの経営方針は徹底した地域密着と中央からの支援。ＴＥＦＧ本体から様々な営業面での支援を引き出し、これまでの地方銀行には出来なかった充実したサービスを顧客に提供するというものだ。

（三行の持つ強みを活かしながらＴＥＦＧの強力な営業体制によって業務の底上げを図る）

メガバンクの中で弱小銀行出身のヘイジは、巨大銀行成立過程で斬り捨てられてしまったものの中に大事なものが沢山あったという信念がある。

（どんな銀行であっても必ず広がりと深みを備えたノウハウを持っている。それを上から押さえようとすると消えてしまう）

ヘイジは決してメガバンクというものが銀行業務の、金融ビジネスの、成功形態とは見ていない。

（コロナ前から「銀行という業態に将来はない」と言われていた）

現実にメガバンクは成長産業から遠い存在となっている。日本経済全体が低成長なのだから仕方がないとして環境に甘んじてしまうのは間違いで、メガバンクが成長していない原因は、巨大銀行という器を造るだけに固執した経営の根本にあるとヘイジは思っている。

「大事なのは各々の銀行の行員が大事にしてきたビジネスだ。そのビジネスを少しずつ大きな器に移して育てることが出来るかを考えないといけない。空っぽの大きな器を押し付けて、中身の詰まっていた小さな器を捨てさせるメガバンクの成立過程のやり方は間違っていた」

それはヘイジの信念となっている。

「グリーンTEFG銀行を理想の銀行にする。銀行が真に顧客の生活と密着し、顧客の人生を豊かに、安心できるものにするお手伝いをする。そういう存在にする」

コロナ禍で大変な状況になってもその信念は曲げずに、ヘイジはグリーンTEFG銀行の経営に当たっていた。

列車の中でヘイジは考えていた。

「日本経済はコロナ禍から回復が進んでいない。人流を抑制したことが、ある種の〝慣れ〟を作ってしまい個人消費が盛り上がっていかない。経済の最大部分である個人消費が盛り上がらないのだから企業の設備投資も活発化しない。そして……」

インフレが様々なところで経済活動の抑制を掛けるようになってきている。生活必需品の高騰は、個人消費を更に抑え原材料費の高騰は企業活動を抑えてしまう。

「全てが悪循環に入っていく。このままでは本当に経済全体がまずい方向に行ってしまう」

今のヘイジは帝都グループという日本経済の重要部分を担う存在の血液、資金をメインバンクの責任者として握る存在なのだ。

ヘイジは列車内でずっとグリーンTEFG銀行の経営状況の詳細報告に目を通していた。

「どこも厳しいが、相変わらず坂藤大帝本部は順調な数字をあげている」

坂藤大帝本部、旧坂藤大帝銀行は元々二つの銀行が合併して出来ている銀行でその二つは明確に性格を異にする。旧大帝銀行の取引地域は他の地方と同様にコロナ禍をまともに受けているが、旧坂藤銀行地域はその特殊性から殆ど影響がない。いや寧(むし)ろその強みを発揮しているのだ。

「管理経済都市を維持してきたことの強みが出ている」

坂藤の地は坊条雄高(ぼうじょうゆたか)という人物が戦後創設した同族企業によって管理されてきていた。坊条グループは各種製造業から流通、飲食業まで幅広く展開し坂藤では大帝券、Ｄ券というクーポンが市民の間で時限通貨として流通している。

日本の中で極めて特殊な都市として、治外法権のようなものを維持し続けてきていたのには理由があった。

それは戦前の満州国、大日本帝国がその傀儡として創り上げ運営していた国家に起源がある。

満州国、国務院総務庁で経済統括部長であった坊条雄高の父、坊条雄二郎(ゆうじろう)が昭和二十年四月、太平洋戦争での日本の敗色が濃い中、ソ連軍侵攻を察知して満州中央銀行が保管していた膨大な金塊を関東軍機密部隊の助けを借りて日本の坂藤の地に移送、その金を元手に経済官僚が理想とする管理経済都市を誕生させた。

特別地域の維持を担保する為、関東一円を覆う地下水脈に猛毒の化学物質をいつでも流せるようにし、中央官庁とそれを裏で動かす闇の官僚たちをも黙らせてきた。

しかし、化学物質による汚染除去などが自力では難しくなり隠蔽された都市のままでいることが限界に来て、グリーンＴＥＦＧ銀行の誕生を機に坂藤は変革を迎えたのだった。

ヘイジはその変革に立ち会い、難しい問題を仲間たちと共に解決の方向に導いた。

（そして今、コロナ禍にあって坂藤の管理経済都市、閉鎖都市の特質がその価値を高めている）

大帝券、Ｄ券という金券、クーポン（定められた地域と期間のみ有効）という時限地域通貨が狭い経済圏で消費生活を賄えてしまうこと、そして消費拡大の即効性・確実性があることから、ヘイジはコロナ禍からの経済回復に向けて全国でも採用されるのではと思っていたところ……財務省と国土交通省から協力を求められ、Ｄ券を参考に〝ＧｏＴｏキャンペーン〟のクーポンとして実現していた。

（コロナはある意味、坂藤にとっては想定された状況だった。だから市民生活も経済生活も混乱や停滞を見せることがなかった）

坂藤では全ての商品やサービスについて単品、個別のミクロの係数管理を徹底させている。

そしてそのミクロ係数を集約させて効率的にマクロ政策を行う管理経済都市にとって、コロナ禍の状況は水を得た魚だったのだ。

　そして今その坂藤は更に評価されようとしていた。

「頭取が新資本主義会議のメンバーに？」

　ヘイジは帝都グループ企業への挨拶廻りのクルマの中で岩倉からその話を聞かされた。

　コロナ禍で迎えた総選挙で新首相が打ち出した公約の目玉が〝新資本主義〟だった。新内閣発足直後にその内容を討議する会議のメンバーの人選が行われ、日本最大の銀行の頭取である岩倉は副座長として会議に参加することになったというのだ。

　岩倉は、国家緊急経済金融会議という秘密裏に開催される会議にも参加していることをヘイジには話していた。

「そちらに比べると新資本主義会議の議事録は公にされ、ある意味で与党公約のアリバイ作りのようなものだ。議論百出の末、仏造って魂入れずが落ちだと思うが……おかしな方向に行かないようにだけは注意しておこうと思ってね」

　ヘイジは岩倉の言葉がよく分かった。

「新資本主義というのは格差社会を無くす。その為に経済成長よりも分配を重視するということですよね？」

その通りだと岩倉は言う。

「格差解消を謳ってはいるが……給与所得より税率が低い金融所得課税のあり方にメスを入れようとは決してしない。富裕層には負担を掛けないということだ。日本の富裕層イコール老齢層、選挙時の最大の票田。彼らが反発することは決してしないということだ」

何ともいえない表情でヘイジは首を振った。

「それでどうやって低所得層への分配を増やすのでしょうか？　成長なしに配分のパイは増えないですし……財政は極めて厳しいですよね」

岩倉は国家緊急経済金融会議で、転換国債の更なる発行を政府が考えていることを語った。

ヘイジは更に苦い顔になった。

「そこには闇の組織ハドが関わっている。それが分かっていても……無い袖を振らせてくれる打ち出の小槌のような転換国債に頼らざるを得ないということですか？」

岩倉は頷いた。

「だが、私もここという所では政府や財務省の方針には断固として反対するつもりだ。本当に危ないと思ったらね」

そしてまた新資本主義の話に戻った時だ。

「政治家も官僚も常にお上意識からトップダウンで決めようとする。資本主義というのはそういうものではない。闊達（かったつ）な資本家と健全な金融市場、ヒト・モノ・カネのスムーズな流れがあって成り立つものだ。旧であろうと新であろうとそこは関係ないと思うがね」

岩倉のトップダウンという言葉でヘイジはハッとなった。

（必要なのはトップダウンじゃなく……ボトムアップなんじゃないか？）

するとまたあの〝九山八海〟が浮かんだ。

ヘイジは閃（ひらめ）いたという表情になった。

「頭取、新資本主義。我々にはありますよ」

ヘイジはＪＲ坂藤駅のプラットフォームに降り立った。

「やっぱり違うな」

ヘイジは思わずそう呟いた。

そこは地方都市ではあるが他の街とは明らかに景色が違う。

見慣れたナショナルチェーンのロゴが殆ど見当たらず、『坊条』や『ＢＪ』が付いた店舗が目に飛び込んでくる。ＢＪストアや坊条自動車販売等々、まったく別の国にやって来たように思える。

坂藤市の産業は坊条グループで成り立っている。坊条建設、坊条倉庫、坊条運輸、坊条石油、坊条化学、坊条商事、ＢＪストア、ＢＪレストラン等々、坂藤の市民の生活の全てを賄っている。

坊条グループの存在によって失業率は全国最低、域内新卒採用に至ってはほぼ１００％の内定率を誇っている。

坊条グループは全て非上場でビジネス需要、売上は坂藤市内とその近郊からが殆どだ。例外は坊条化学と坊条薬品で、全国展開する企業向けに売上を持っている。

ヘイジは坂藤での銀行を巡る歴史を思い出した。

坂藤には元々二つの銀行があった。国立銀行、第四十六銀行が一九三〇年に改変されて坂藤銀行となったもの。そして戦後、一九五〇年に誕生した大帝銀行の二つだ。

坂藤銀行の方が規模はずっと小さかったが、バブル期に地域外の不動産融資で莫大な不良債権を抱えて破綻の危機を迎えた。それを吸収合併する形で救ったのが大帝銀行だった。坊条グループ系列の銀行で地元密着の堅実な経営を続け、地方銀行の中でも財務内容はトップともされていた銀行だ。

貸付は少なく資産の殆どが有価証券、それも国債を中心に格付けの高いもので揃えられている。少ない貸出は住宅ローンが殆どで、坊城グループ企業への貸出はゼロという内容だ。それには坂藤の地ならではの気質があるとされている。借金を恥とし貯蓄に励む。そこでの銀行の役割は預かった金を守ること。大帝銀行はそれをやり続けていたとされている。

坂藤には過去も現在もサラ金は一軒もない。そして坂藤大帝銀行時代にはカードローンのサービスもなかった。グリーンＴＥＦＧ銀行となった今でもカードローンの残高は限りなくゼロに近い。

上場していた坂藤銀行が破綻の危機を迎え、タダ同然となった株を外資系ファンドに買い占められる。その紆余曲折には闇の組織の関与があったのだ。そうしてその後、スーパー・リージョナル・バンクを経てグリーンＴＥＦＧ銀行となっていた。

コロナ禍が日本を襲って直ぐに、ヘイジは坂藤の管理経済都市、閉鎖都市の特質がその価値を高めると直感した。

ヘイジが駅を出ると、坂藤大帝本部長の深山誠一(みやませいいち)が迎えに来ていた。

「二瓶ヘッド、お待ちしておりました」

ヘイジはグリーンＴＥＦＧ銀行の頭取だが「頭取」と呼ばれることを嫌い、皆に使って貰っている呼称が「ヘッド」だった。

(野球のヘッドコーチのようにフットワークが軽そうで良い)

ヘイジは深山とクルマに乗り込んだ。ヘイジは後部座席、深山が助手席という序列を深山は決して譲ろうとしない。

車窓から眺める坂藤の景色は、いつ来ても日本の中なのに日本とは思えない。

道路は広く碁盤の目に整備されている。昭和三十年代から都市再開発がなされての整然とした形がそこにある。

車窓からの景色もあるようでないものばかり……坊条建設や坊条化学の看板、見慣れた自動車ブランドのディーラーの看板にも坊条商事の名前が併記されている。

サラ金が存在せずパチンコ店が一軒もない。都市国家シンガポールのように人工的デオドラントを感じないでもない。

坂藤市は、JR坂藤駅を起点に北と南に向かって放射状に二つずつ広い道路があり、その道路を繋ぐように碁盤の目状に道が設けられる形で都市が形成されている。

航空写真で見ると大きなXの文字の中心に駅が位置しているのが分かる。

市の北側には官庁、ビジネス街、繁華街があり、更に北は工場群になっている。南側には野球場やサッカースタジアム、広大な市民公園があり、隣接する住宅街の更に南に田んぼや畑が広がっている。

坂藤駅からは路面電車が縦横に走る形で市民の足となっている。

戦前は陸軍の広大な演習地があった地を戦後、整然とした都市として甦らせる大規模開発工事は高度経済成長が頂点に達した一九七〇年代初頭から始まった。

その後、日本中が石油ショックで大変な時も坂藤市は開発工事のお陰で不況を知らなかった。模範的公共事業が行われていたからだ。

そんな坂藤の歴史を思いながらヘイジは路面電車を見て嬉しくなる。子供の頃、京都で慣れ親しんでいたからだ。

ヨーロッパの様々な都市でも路面電車が交通インフラとして重要な機能を果たし、一度廃止した路線を復活させたりして環境面も含めて再評価されている。

ヘイジは深山に言った。

「いつ見ても路面電車って良いですね。乗り物と人間の関係が丁度良い気がします」

助手席の深山がその通りですと嬉しそうだ。

クルマは坂藤市のメインストリートに入り北へ進んでいた。道路の両側には広い歩道と商店が並んでいる。

ヘイジが商店の並びに目をやるとやはり全国チェーンの店が全く見当たらない。

地元の商品や製品、そして個人商店を支援するのが坂藤市の方針になっている。それが地元ならではの商圏を作り、地元ならではの景色と空気を作り出す。

ヘイジは商店街にある個人商店の連なりを見ながら、京都の市場を思い出していた。

大型の店、百貨店やスーパーは全て坊条系、個人商店の仕入れなど流通面で援助しているのは坊条商事……どの商店も坊条グループだといえないこともない。

ヘイジは、最初に坂藤を訪れた時には違和感と疑問を持った。

「ここは桃源郷か？　それとも閉鎖された管理都市なのか？」

しかし、コロナ禍で一変した世界の中で坂藤はこれからの日本のあり方に大きなヒントをくれると今のヘイジは考えていた。

そうしてグリーンＴＥＦＧ銀行坂藤大帝本部に着いた。嘗ての坂藤大帝銀行本店だ。

ギリシャ風神殿造りは超高層ビルに建て替える前の帝都銀行本店を思い出させる。

古き良き銀行が持っていた重厚な印象そのままの石造りの建物。決して大きくはないが威厳という言葉を思い出させるそれは、ザ・バンクという雰囲気を醸し出す。それは旧大帝銀行本店の建物でイングランド銀行本店を模して造られたと聞いた。

ヘイジと深山は中に入り、大理石の床やイオニア式の柱を見ながら奥へ進んで行った。

古式ゆかしいエレベーターに乗り込むと三階の本部長室、旧頭取室に向かった。

「どうぞこちらへ」

深山に促されて本部長室隣接の応接室に入った。

そこはＴＥＦＧの頭取応接室より立派だなと、いつ来ても思う。

重厚な木造りの内装、格天井（ごうてんじょう）には装飾ギリシャ文字が描かれている。

マントルピースが設えられていてその上には歴代頭取の肖像画がずらりと並ぶ。

ヘイジも、危うくそこに肖像画を飾られそうになったが固辞した。

「この部屋は旧坂藤大帝銀行の、歴史のままにしておきましょう。タイムカプセルとして保存する形にしましょう」

地域を代表する銀行の、古き良き時代の名残を留めるのも必要だと思ってのことだ。

「そろそろ皆さまおいでになる時間です」

深山の言葉にヘイジが頷いた。

◇

ヘイジは東西帝都ＥＦＧ銀行の専務となり、その担当範囲は他のどの役員よりも広く責任は重い。

帝都グループ向け融資の担当役員とは、ＴＥＦＧにとって一丁目一番地を任されるということだ。さらに中小企業向け融資とグリーンＴＥＦＧ銀行の頭取を兼務している。

普通であれば虻蜂取らずになると不安になるところだが、不思議とヘイジには自信がある。

どんな状況でも難しく考えず足元から物事を見るヘイジの強みがそこにある。

ヘイジは自分などつまらない小さな存在だと端から思っている。

（上から考えるから難しいと思ってしまう。下から下から……そんな風に考えると色々と見えてくる）

ヘイジは人として、そして銀行マンとして上から目線というものを持ったことがない。弱小銀行出身者として、常に下からものを見て考えるということが習い性となってきた。

卑屈になって下手に出るのではない。どうすれば上を動かして仕事をし易くすることが出来るか……それを地道に考え自分の力で動かせるものの中から、上と繋がるものを探し出す。そんな仕事の仕方をするのだ。

（足元には色んなものが転がっている。どんな小さなものにも上と繋がる可能性がある）

そんなヘイジの姿勢が、今の東西帝都ＥＦＧ銀行の専務として与えられた広大な業務領域に次第に嵌まっていく。下から上まで、そして横にも広がるその目配り、自然と縦横無尽が出来るヘイジだからだ。

帝都グループが抱える危機、コロナ下での経済環境の悪化、苦しむ中小企業や地方産業……それらに直面して、普通なら途方に暮れるところが逆にヘイジには誰にも見えない解が見えた。

その解が坂藤にあると思っていたのだ。

「皆さんおいでになりました」

深山の秘書がそう言って入って来た。

そうして現れたのは三人の男だった。

亡くなった坊条グループ総帥、坊条雄高の息子たち……坊条美狂（みきょう）、清悪（せいお）、哀富（あいと）の三人だ。

雄高は、三人の名を英国の詩人スウィンバーンの詩から取っている。Mad Bad Sad がそれぞれの名に込められ、嘗てその与えられた単語の意味の運命に苦しんでいた。

（三人とも顔つきが明るくなっている！）

ヘイジはそう思った。

それぞれ父の雄高から坂藤の地の秘密を託され、その重みに苦しみながら生きてきていたが……ヘイジの活躍によってそこから解放され各々の道で新たに生きている。

長男の美狂は坊条商事を始めとするグループ流通部門の長を務め、次男の清悪は坊条化学や坊条食品などグループ製造業のトップ、三男の哀富は教育関連部門を統括している。

挨拶もそこそこに美狂がヘイジに笑顔を見せながら言った。

「二瓶ちゃん、凄い出世だね。この調子なら日本最大の銀行の頭取までいけるんじゃないのぉ？」

相変わらずだなとヘイジは思いながら「美狂さんもお元気そうで」と微笑んだ。

美狂は大柄で恰幅が良く年齢は六十代半ばになろうとしている。

(人相が凄く良くなられたな)

以前は昭和映画の悪役のような雰囲気だった美狂が人の好い初老男性に見えるのも、重圧から解き放たれたことから来ているのだろうとヘイジは思った。

「二瓶さんは本当に凄い。兄の言う通り東西帝都EFG銀行の頭取になってもおかしくない。いや、なって貰いたいですね」

そう言ったのは次男の清悪、還暦を越えているが中肉中背でモデルのような涼しい顔立ちの男だ。

(清悪さんも明るい感じだ)

ヘイジがそう思った時、一番雰囲気が変わった三男の哀富がヘイジに笑いかけた。

「二瓶さんがこの地に来てくれていなかったら我々はどうなっていたか……命の恩人のような二瓶さんの御出世は心から嬉しいですよ」

痩せて線は細いが以前のような陰気な雰囲気はなくなっている。五十代半ばだが無垢な少年のような趣はそのままだ。

この三人が亡き父坊条雄高から与えられた負の遺産……坂藤の地が抱えてきた隠蔽された歴史、それから解放されたことでの明るさだった。

ヘイジは三人に深く頭を下げた。

「坂藤市を支える坊条グループの皆さんあってのグリーンＴＥＦＧ銀行です。これからも深山本部長共々宜しくお願いします」

そこで深山が言った。

「事前に二瓶ヘッドから皆さまに質問状を出させて頂き、ご回答を頂戴しています。それを纏めたペーパーがこちらです」

そう言って皆に配り終えると本題に入った。

ヘイジが口火を切った。

「当グループのシンクタンクであるＴＥＦＧ総研の調査結果、そして私自身が様々な融資先を回っての認識もそうですが……日本経済はコロナ禍からの回復を見せているとはいえません。足腰が弱ったままという状態です。そして悪いことにその状況下でインフレが嫌な高まりを見せてきています。このままで行くとスタグフレーション（不況下のインフレ）にも繋がりかねない状況です」

三人は真剣にヘイジの話を聞いている。

そしてヘイジはペーパーに記載されている数字を確認しながら言った。

「そんな日本にあって坂藤市の経済は極めて安定しています。それはコロナ禍の緊急事態宣言下の時も、そして今も変わらない。日本の平均値をGDPで2ポイント以上、上回っている。そして坊条グループ全体の収益は前年比で着実なプラスを確保している。更に大事なことは域内でインフレが起きていないということです」

美狂が当然だという顔をして言った。

「それが坂藤、管理経済都市ということだよ。二瓶ちゃん」

ヘイジは素直に頷いた。

「まさにその通りです。今、美狂さんがおっしゃった管理経済……コロナ禍の中で先進各国はその模索を始めています。日本や欧米などの民主主義国では株主資本主義が行き過ぎたことによる経済格差の拡大、富裕層と貧困層、都市と地方という格差が社会の分断まで招くようになっていた。そこにコロナが追い打ちを掛け、格差の拡大は社会不安を極限まで高め分断を対立に押し上げています。そんな今の資本主義のあり方を修正しなくてはならないとどの国も考えています。そこが民主主義国の良いところですね。国のあり方としてベストではないがベターだと言えると思います。一方でコロナ禍は民主主義国だけでなく中国やロシアのような権威主義国をも襲った。国民は大変な状況に陥った。しかし、これらの国は徹底的な監視と管理によって国民の不満を押しつぶすことが可能だった訳です。不満を口にしたり体制批判など国民に絶対にさせない。そこではＩＴの発達が支配層にとっての強力な武器となっている」

そこで清悪が言った。

「それはジョージ・オーウェルがディストピア小説『動物農場』や『１９８４』で描いた世界ですね。それが現実になった……」

美狂が続いた。

「ディストピアであってもユートピアであっても、大事なのはちゃんと食えるかどうか。フランス革命はパンの値段の高騰で起こった。管理体制が万全と思われている権威主義国でも、物価の高騰で国民の多くが食えなくなれば国はひっくり返るさ」

そして哀富が呟くように言う。

「嘗てドイツでワイマール憲法という世界で最も民主的な法を戴きながら……強烈なインフレによる国民の不満がヒトラーの誕生を生んだことを考えると……今の世界の状況は本当に恐ろしいですね」

ヘイジは更に、そこに闇の組織ハドの動きがあることを知っているが、それは口にはしないでいた。

ヘイジは言った。

「我々は今何を大事にしないといけないかということです。たまたま私は東西帝都EFG銀行という日本最大の銀行の専務になった。日本のGDPの三割に帝都グループが関わっているとされる中で、そのグループへの融資の責任者にもなっています。そして帝都グループの現実を、その財務諸表をつぶさに見ることによって日本の現実が見えてきました。それはかなり深刻なものです。少子高齢化がベースとなっているこの国で企業や産業を支える様々な要素が機能しなくなってきています」

ヘイジは一呼吸置いてから続けた。

「いわゆるリストラではこの国の企業や産業は救えないことを私は知りました。これまでの株主資本主義の枠組みではダメだと……。しかし解はあると思っています」

そこで美狂がニヤリとした。

「それがこの地、坂藤ということだね？　二瓶ちゃん」

ヘイジは頷いた。

「この坂藤の地の経済のあり方。管理経済でありながら人々は生き生きと暮らしている坂藤という都市。それが坊条グループの様々なマネージメントによるものであることを私は知っています。私はそれを様々な形で応用したいと考えているんです。管理しながらも人間を活かすあり方が必要だと思っています。株主資本主義の行き過ぎで人がカネを動かすのではなく、カネが人を動かす本末転倒が蔓延った中でインフレがやって来るとどうなるのか？　それは悲惨な未来です。強欲というものが資本を動かすこれまでの枠組みでは、インフレで苦しむ世界は救えません。ではどうすれば良いのか？　私は坂藤を支えている皆さんから本当に学ばなくてはならないと思っているんです。ここに解がある。そう強く思っているんです」

そうヘイジは言った。

だが世界はヘイジの想像を超えていく。

「エッ?!」

ニューヨーク、ロンドン、パリ、そして東京の地下鉄が次々と爆破され大混乱が巻き起こった。

爆弾は、車内ではなく全て車両の連結部分に仕掛けられていて幸い死傷者は出なかった。

だがそれは明確な同時多発テロだ。

ニューヨークではＦＢＩが現場で捜査に当たった。

「なんだこれは？」

ＦＢＩの爆発物調査官はそれが旧い手製爆弾であることに驚いた。

日本の公安警察は、その爆弾の組成を知って最悪の事態だと思った。使用されたのは七〇年代の日本で連続企業爆破事件に使用されたものと全く同じだったからだ。

「名刺代わりということか……」

工藤勉が起こしたテロに間違いない。

全世界の治安当局はこの情報を共有して改めて恐怖を感じた。

敢えて犠牲者を出さないところがまさに挨拶、Tom Kudo の存在メッセージがある。

この同時爆弾テロによって全世界の金融市場は大混乱に陥った。

株や債券は暴落し原油等の資源価格は暴騰、先進各国がコロナ対応での財政拡大を賄う国債の発行は全て延期された。

そしてその一週間後、各国が最も恐れていたことが起こった。

ホルムズ海峡を航行中の日本のタンカーが、ドローンによる攻撃を受けて炎上したのだ。

ここでも死傷者は出なかったが原油先物は連日のストップ高となる。先進各国は、ホルムズ海峡への軍の派遣を決めると同時に国家備蓄の大規模放出を決めた。

一連のテロに犯行声明が全く出されない。

そのことが更なる恐怖心を煽っていく。

そして遂に犠牲者が出た。

それは世界中の富裕層の心胆（しんたん）を寒（さむ）からしめるものになった。


「いやいや大変な世の中ですねぇ。でも僕は今日も贅沢をさせて貰います。というか……これが僕の生き方だし視聴してくれている皆さんの求めるものだもんねぇ」

人気ユーチューバーのニック・ランバートは、笑顔でお抱えカメラマンのレンズに向かう。

場所はニューヨーク五番街にある超高級レストランのクォンタム・クゥイジーン……無国籍料理で世界ただ一店の二つ星として、三年先まで予約が取れない店とされている。

ニックは三十五歳の独身、金髪を独特のカールにした碧眼（へきがん）の大柄な男。出自であるランバート家は米国最大の不動産会社を営み、幼い頃から贅沢三昧で育ってきた人物だ。

「生まれながら遊んで暮らす男」

「カネから生まれ、カネがカネを呼ぶ男」

自身のセレブ生活をライブで配信することで人気を博し、登録視聴者数は全世界で一千万人を超えている。派手な衣装に身を包み天真爛漫な様子で、超高級ブティックでの買い物や超高級レストランでの食事、五つ星ホテルのスイートルームでのパジャマパーティーや、航空機のファーストクラスでのどんちゃん騒ぎなどを配信する。

「さぁてぇ今日は今月二度目のクォンタムでの食事……。あッゴメン、みんなは三年先でも予約出来ないんだったよねぇ……。でも今日も僕の食べっぷりを見て満足してよね」

前菜のスシが出された。鮪(まぐろ)の握りが二貫大きく映される。

「これねぇ……ジャパンのオオマってところのブラックツナ（黒鮪）……一本釣りで獲って冷凍じゃなくて氷に詰めてニューヨークまで空輸したんだって、一匹のお値段が三万ドルって……高いか安いかよく分かんないよね。でも味はぁ……」

そう言って一貫頬張る。

「ん〜、最高ッ！」

その直後だった。

「？」

視聴者は不思議な光景を目にすることになった。薄紅の液体が天井からニックに降り注いでいる。

「今日はずいぶん凝った演出だな」

二つ星レストランでやりたい放題のおふざけかと思って見ていると、ニックの慌てぶりが尋常でない。

次の瞬間、

「⁈」

ニックの体から炎が上がった。

「ギャァーッ‼」

叫びながら炎に包まれ床を転げ回るニックを、無情にもカメラが追っていく。

「……」

視聴者は凍りついた。

皮肉なことにそれはこれまでで最高の再生回数を記録することになる。

そして本当の恐怖がここから始まる。

――デスリスト　by　ＴＫ――

その言葉がネット上で話題となったのだ。

テロリストヒーロー、ＴＫことトム・クドーが作成した『死のリスト』……そう呼ばれるものがニックの映像に添付されて拡散されたのだ。

そこには世界各国の政治家や官僚、実業家、映画俳優、ミュージシャン、アーティスト、ユーチューバーなどの大金持ち三千人の写真と名前が載り、ニック・ランバートの名もあった。

――三千人の抹消で世界は変わる――

リストの冒頭にはそう記されていた。人々はそれをスローガンのように口にする。

そこに自分の名を発見した世界中のセレブは震撼した。テロリストの標的にされただけでなく、そのスローガンによって世界中の人々の自分を見る目が、羨望から獲物を見る目に変わったからだ。この世に存在することの恐怖を三千人は覚えるのだった。

スイス、ローザンヌのホテル、ボー・リヴァージュ・グランパレのボールルームに大勢の人々が集まっていた。

『ヘブンズ・ヘブンからの招待状　究極の安心安全を』

そうタイトルの付けられたメールを受け取った人々だった。

だがそこは現実のホテルの宴会場ではない。メタバースによる仮想空間の集まりだった。

集まったのはデスリスト　by　ＴＫに名前の載る個人資産家三百人だ。

リストが世に出回ってから二ヶ月になろうとしていた。

ニック・ランバートの次の犠牲者はニックの死のちょうど一ヶ月後、ブラジルの熱帯雨林開発で富豪となっていた実業家だった。

その死の姿は更に凄惨……両手両足を四頭の水牛に牽かせて引きちぎる古代の処刑方法で行われ断末魔の様子が配信されたのだ。

四肢を失いもがき苦しみながら死んでいくその姿は……リストに名のある人間たちを地獄の恐怖に突き落とした。だが一方で環境保護活動家たちは快哉を叫んだ。

「地球環境を破壊する者に死を！」

そんな新たなスローガンが世界中に広がっていったのだ。

世界の分断は極まっていた。

セレブたちの恐怖は極限に達し、富豪たちは身を守る為に警備会社に莫大なカネを支払って自分と家族の身を守っていたが、安心することは片時もなかった。

そんな富豪たちに『ヘブンズ・ヘブンからの招待状』は届いたのだ。


メタバースの仮想空間の中、司会者が壇上に登場した。その姿は『不思議の国のアリス』に出てくるウサギだ。

ウサギは恭しく頭を下げた。

「ヘブンズ・ヘブンからのご招待に応じて頂き誠にありがとうございます。皆さまの中にはハドの名を聞かれた方は少なからずいらっしゃるかと存じます。我々は闇の組織、恥ずかしながら全世界の政官財の中枢にいる人間たちを動かす力を持つ組織でございます。そのハドがこの場、ヘブンズ・ヘブンに皆さまをご招待したのは、皆さまに安寧（あんねい）を、究極の安心安全を得て頂き輝かしい日常を取り戻して頂きたいからなのです」

様々なアバターで参加する者たちはその言葉に聞き入っていく。

そして参加者たちは絶対に目にしたくない映像を先（ま）ず見せられた。

「?!」

それはニック・ランバートとブラジルの大富豪の断末魔の姿だった。

仮想空間に参加する者たちの心に恐怖が渦巻いていくのが分かる。

「皆さまは思っていらっしゃる筈。自分たちは選ばれた者だが努力もしてきた。頑張ってきた。その見返りに莫大な財産を手にした。その自分たちがテロリストから命を狙われ、更には薄汚い貧乏な大衆から獲物を見るような目に晒される。何故こんなことにならなければいけないのか？　こんな理不尽はない。そう、こんなことは間違っています！」

ウサギの言葉は皆に響く。

「皆さんは選ばれた人たちなのです。その皆さんに我々ハドはリアルな安寧の地を、この世に存在する天国を御用意しようというのです。そう、それは皆さま方選ばれし者だけに与えられたチャンスなのです。そこでは皆さま方の生命の安心安全だけではありません。皆さま方の命の次に大事なおカネ、財産を理不尽な存在からも守ることが出来るのです」

ウサギはニッコリ笑って続ける。

「理不尽な存在。それは各国の税務当局……そう、国家を後ろ盾に皆さんの大事な財産を略奪する存在。そんなものからも皆さんを守るのです」

そう言って映像を見せた。

「!!」

ヘブンズ・ヘブン……そこは確かに天国だった。

第五章　桂の危機

桂光義は、中央経済新聞の編集主幹である荻野目裕司と丸の内にある桂の投資顧問会社フェニアムのオフィスで話していた。

荻野目は桂と会って違和感を持った。

(疲れてるのか?)

どこか精気がない。

荻野目がそんな桂を見るのは初めてだ。

どれほど仕事で大変な状況であろうと、窮地になればなるほど生き生きとしてくる桂を知っているだけに引っ掛かる。

(仕事の疲れでないとしたら……)

荻野目は、桂の私生活は知っている。

何度か桂に連れられて銀座のクラブ『環』を訪れ、桂の恋人である湯川珠季とも知り合いだ。

（彼女と何かあったか？）

記者として様々な人間を取材するうちに鋭い観察力を身に付けている荻野目ならではだが、口には出さないでいた。

「コロナ禍での経済回復がずっと見通せない中でのインフレ、殆ど誰も経験していないインフレがこの状況に重なる中での株と債券の暴落。ここからどんなことになるか……」

桂は顔を曇らせながらそう言い、更に苦い顔になって続けた。

「その裏には五条たち闇の組織、ハドの動きがある。そして工藤勉……」

荻野目が頷いた。

「編集部内も紙面には絶対に出せないデスリスト by ＴＫの話題で持ちきりです。ネットの拡散は止められませんから……。リスト上の日本人は二百人、政官財の実力者や芸能人、スポーツ選手そして様々な資産家までセレブたちは戦々恐々のようです。あの処刑映像を見せられたらたまらないですからね」

そこで荻野目は少し明るく言った。

「でも桂さんがリストに載っていなかったのは良かったですね」

桂も自分の名前が無いのが不思議だった。

「俺も気になっている。俺だけでなくエドウィン・タンやヘレン・シュナイダー、そしてジャック・シーザーの名もない。奴らと実際に戦った者たちの名が無い。真の標的の名は隠されているように感じるよ」

そういう桂は不敵で頼もしいなと荻野目は思った。

「ホルムズ海峡でのタンカー攻撃以来、先進各国は軍を現地近郊に派遣して警戒に当たっていますが、デスリストによる混乱はそれぞれの国で大変なようです。表向きはどの国も平静を装ってはいますが、ネットの世界では私刑にある種のお祭り状態になっています。溜飲が下がる思いの庶民の方が圧倒的ですからね」

桂はなんとも嫌だという顔つきになった。

「それこそがハドの狙いなんだろう。長年に亘って先進各国で広がった社会的格差にレバレッジを掛けて更なる混乱を作り出す。分断をこれでもかと利用する。1％の人間が世界を支配している現状を99％の人間が破壊しようとするのは或る意味で自然なのかもしれんな」

厭世的な桂に、荻野目も同意せざるを得ない。

「この混乱によるインフレの昂進は、国債の発行を不可能にしました。その中でJGCBへの呼び声はさらに高まっています」

桂は苦い顔をした。

JGCB、転換国債……日本国が発行するCB（Japanese Government Convertible

Bond）のことだ。

通常のＣＢは転換社債、一定の条件で株に転換出来る社債のことをいうが、この場合の転換は〝国株〟とされる。

国株とは、日本国がその資本として発行する〝株〟のことでその発行の担保とされるのが日銀の保有するＥＴＦとなる。

日銀が市場に資金を供給する量的緩和の一環として始めたＥＴＦ購入、株式市場を中央銀行が支える前代未聞の金融政策によって、日銀の株式保有残高は東証一部時価総額の７％を超えるまでに至っていた。

そして出口戦略が議論されるようになった。

出口とは保有残高を減少させること……つまり保有する株を売るということだが、それは株価の押し下げ要因となり実体経済に悪影響を与えることになってしまう。それを避ける目的も転換国債にはある。株式市場に悪影響を与えることのない形でそれを投資家に移していくことが可能になるからだ。

それだけではない。債権を転換させた国株を後に上場させることで、国が莫大な上場益を得ることも可能になるのだ。

これはある理論から成り立っていた。

シカゴ大学で教鞭を執る経済学者榊淳平のNFP（New Fiscal Policy／新財政理論）がそれだった。

国の実質的な経済力を国債の発行残高と株式市場の時価総額を足したものと捉え、国の借金（マイナス）の額はその国の株式市場の時価総額（プラス）に乗数（過去の相関から算定）を掛けたもので相殺され、国そのものの経済金融安定性は保たれるというものだ。

荻野目は言う。

「この理論はコロナ禍で未曽有の財政支出を行った世界各国にとってインフレの昂進が現実となった今、途轍もなく魅力的に映っています。債券市場の暴落で国債の新規発行は困難となる中、転換国債なら大量のファイナンスを行うことが出来る。さらにそれに先んじて株式市場の状況が変わる。各国の中央銀行が、日銀と同じように担保となる株式購入を始めるとの思惑が広がりますからね」

桂は苦い顔を極めた。

「これが奴ら五条たちハドの狙いだ。最終的に国株を買い占めれば世界の主要企業全てを動かすことが出来る。前回は食い止めたが……。転換国債が更に発行されると決まれば株価は間違いなく上昇に転じる。日本政府としては金融市場が安定してくれれば万々歳だ。そして日本だけでなく先進各国が転換国債発行に動き、株が買い占められていけば……ハドは何でもやれることになる」

荻野目は手元の端末を見ながら言った。

「ハドがどれだけカネを持っているのか？　当紙が把握出来ている世界のヘッジ・ファンドの運用資産の総額は四兆五百億ドル、約四百七十兆円です。そしてその倍は裏のファンドが存在すると言われています。実体経済を遥かに超えて膨張したマネー……それだけの規模を以て（もって）すれば、道筋さえ整えば国家など簡単に買えてしまうということです」

桂は頷いた。

「まさに転換国債はその道筋だ。それで？　実際に先進各国も転換国債の検討を始めているんだろ？」

荻野目はその通りですと答えた。

「米国を始めG20の中央銀行は各ヘッジ・ファンドにヒアリングを行っているようです。ファンドを直接買い取ることで、マーケットにインパクトを与えず担保となる株を揃えようとしています。その際、転換国債を数％ファンド側に渡す条件で……」

桂は顔をしかめた。

「もうなんでもありだな。塚本が出家したくなる気持ちが良く分かるな」

その言葉に荻野目は驚いた。

「塚本？　塚本って塚本卓也ですか？　ウルトラ・タイガー・ファンドのエドウィン・タン？」

桂は塚本の出家について語った。

荻野目は頭を振った。

「まるで西行ですね。でも……今の状況からはそんな気持ちになるのも分かりますね」

桂はまさにそうなんだと呟いた。

（これが桂さんの元気のなさの原因か？）

荻野目がそう思った時だった。

「?!」

桂の様子がおかしい。

「ウーッ!!」

桂が脂汗を流している。

荻野目は、咄嗟に心臓発作かと思って脈をとったがそうではなかった。

桂は尋常でない痛みを鳩尾（みぞおち）から腹部にかけて感じていた。

「荻野目ッ!!　おかしいッ！　何かおかしいッ！」

そうして床に倒れ込んだ。

荻野目は救急車を呼んだ。

珠季は接客の最中だった。

相変わらず客の入りは戻らないが、本当の遊び好き、遊び慣れた常連客だけで気分良く仕事が出来るのは有難いと思った。

そこは銀座の高級クラブ、日本全国の金持ちの憧れの場所だけにどんな不況でも核となるカネを持っている者はやって来る。

黒服が珠季に近づいて来た。

耳元で囁く。

「中央経済新聞の荻野目さまからお電話です」

珠季は客に「ちょっと失礼致します」と言って席を立った。

荻野目から直接の連絡など今までないことで嫌な予感がした。

「お待たせしました。珠季です。……。?!」

珠季は直ぐに店を飛び出した。


「！」

桂は目を覚ました。

そこは築地の聖アンナ病院の病室だった。

「……」

先ほどまでの痛みが嘘のように消えている。

「目が覚めましたか？」

当直の医師がやって来た。

桂は異常なほどの爽やかな目覚めに驚いていた。よほど深く眠ったのだと思いそれを医師に語った。

「あぁ……麻薬に限りなく近い鎮痛剤を使用しましたからね。胆石(たんせき)発作です。直ぐに手術しないと駄目ですね」

桂は驚いた。

「これまでかなり我慢してきたんじゃないですか？」

ここまでひどくはないが、嫌な腹の痛みは何度か経験していたと話したその時だった。

「桂ちゃん！」

◇

桂光義は腹腔鏡下手術によって胆嚢を切除された。

「胆嚢が壊死しかかっていましたよ。よくここまで我慢していましたね」

執刀医からそう言われ、桂は他の様々なことに心を奪われていて自分の健康を疎かにしていたことに気づかされた。

そしてもう一つ気づかされたことがある。

それは珠季だった。

桂を救急車に乗せた後で、他に桂の身寄りを知らない荻野目は珠季に電話を掛けたのだ。

珠季は直ぐに病院へ駆けつけ、様々な手続きや入院の準備をしてくれた。

手術が終わって病室に戻った時にも珠季はいてくれた。

その珠季を見て桂は気がついたのだ。

（俺にはこの人が必要だ）

好きとか嫌いとか、男とか女とか……ではなく、桂には珠季という存在が本当に必要なものと感じられたのだ。

（大変な時、大事な時、そこにいてくれた）

そう思えた時、桂は何かを悟ったように思ったのだ。

（人間にはあるべき縁というものがあるんだ。その人間にとって絶対的な縁、親子や兄弟の関係よりも強い縁、絆というべきものかもしれない……）

　それを強く感じたのだ。

　そして珠季もそうだった。

　荻野目からの電話で桂が救急車で運ばれたと聞いた時、この世の全てが終わるような気がしたのだ。

　桂にもしものことがあれば自分は生きていられない。珠季は心の底からそう思った。

　若くして肉親を失い孤独の極みをこれまで生きてきた珠季にとって、桂というものがどういう存在であるかが分かった瞬間だった。

　塚本の出家によって揺れた心。

　十代の頃から自分を想ってくれていた男が世の中を棄てる……その決心を自分には伝えず仏門に入ってしまったこと。

　珠季は自分自身が棄てられたと思い、嘗ての深い孤独の哀しみを思い出した。

　そして自分が愛し愛されていると思っていた桂が塚本の出家に心を動かされ、桂も塚本のように世の中を棄てたいと思っていることを感じ取った時に孤独は更に深まった。桂の心の大事な部分に自分という存在がないことに、途轍もない哀しみを感じたのだ。

　そうして桂とは距離を置いて自分を見詰め直そうとした。だが、どこからどう自分を見詰め直せばいいのか分からなかった。

仕事に打ち込めば、そこから何かが新たに生まれてくるかと思ったが……深い孤独が癒やされることはなかった。

そこへ桂が倒れたという知らせを聞いた時、珠季は世界が終わり、全てが消え失せるような気がしたのだ。

（桂ちゃんは……私の全て？）

病院までのタクシーの中でそう思った。

珠季にとってもそれは男と女の関係を超えた、もっと深い関係、絆としか呼べないものだったのだ。

愛とか情とかをも超えた人の絆、共に時間や空間を共有することが当たり前、そうあるべきものとなる一対（いっつい）の存在、二人で一つのAtmosphereを成す存在……それに珠季は気づいたのだ。

そうして珠季は桂の入院の準備をしている時、幸福を感じた。

（何があっても桂ちゃんとは離れない。そこに結婚も普通の生活の幸せが無くても良い。桂ちゃんは私の全てなんだから……）

その気持ちは桂も同じだった。

（もう決してテレサからは離れない。もしテレサが結婚してくれと言ったら……そうしよう。彼女の全てを受け入れる。彼女は俺の全てを受け入れてくれる。俺たちは互いにそんな存在なんだ）


「どう？　桂ちゃん？」

珠季が果物を抱えて病室に入って来た。

桂の体は点滴やドレインを含め何本かの管で繋がれている。

「生まれて初めての全身麻酔の手術だったからな。怖さはあったよ。麻酔のマスクって着けるとあっという間に意識を失うんだ。途中夢でも見るのかと思ったら全く何もない完全な無。『終わりましたよ。分かりますか？』と麻酔が醒めて声を掛けられるまで何も分からない。ある意味で〝死〟だな。一回死んで蘇ったような気がする」

その桂を心配そうに珠季は見る。

「でも良かった。大きな病気じゃなくて……」

桂はその珠季に、ありがとうと声を掛けた。

二人は、互いの心が本当に通い合っていることを感じた。

（これで良い）

（良かった。これで）

人と人というものの関係、男と女、恋人同士、夫婦……そんな関係の中で核となるような大事なものを見出せる関係、それこそが絆だろうとその時の二人は感じていた。

「果物食べる？　少しぐらいなら大丈夫なんでしょ？」

桂は、珠季の抱えるフルーツバスケットを見て空腹を感じた。

「銀座の果物屋のものは格別だしな。林檎を貰おうかな」

珠季は持参した果物ナイフを使って、皮を剝いて切ってくれた。

「旨いな。やっぱり……」

桂は笑顔で言った。

「ホント、桂ちゃんは食べてる時が一番幸せそうよね」

桂は頷いた。

「人間、モノを食って旨いと感じる時が一番幸せだ。それを感じさせてくれる存在があることが本当に大事だと思うよ」

桂は素直にそう言った。

そうして二つ目を食べようとした時だった。

「ウッ!!」

桂が痛みで顔をしかめる。

「どうしたの?!　大丈夫?!」

珠季が慌てた。

桂が顔をしかめて言った。

「いや、小水(しょうすい)を流す用に男の大事なところに管を入れられててな……動くとそれがなんとも嫌な痛みで……」

尿道から管を入れられているのだ。

珠季は笑った。

「それは大事にして頂かないとぉ。退院したらそこは沢山使って貰わないとねぇ」

淫靡な顔つきになって珠季は言う。

「勘弁して下さい……」

項垂(うなだ)れて桂は蚊が鳴くように呟くのだった。

桂と珠季、二人にとっての日常が戻っていた。

◇

ヘイジは東西帝都EFG銀行の京都支店にいた。

帝都グループへの挨拶廻りを済ませ、AI『霊峰』のシステム開発やグリーンTEFGで新たな指示を行ってから次に……中小企業向け業務に掛かっての上洛だ。

前代未聞の多岐に亘る担当業務を持つ役員となったヘイジだが淡々とこなしていく。

というよりそれを楽しんでいた。

そこには、ある自信があった。

先日塚本が話した〝九山八海〟だ。

禅語で「たった一人の悟りが世界を悟らせる」という意味の言葉だ。

（あれがヒントをくれた。それで本当に色んなことが実現出来るんじゃないかと思える）

そうして京都を訪れたのだ。

京都の中小企業の行先は決まっているが、先ず支店長と帝都グループ向け融資の京都案件についての打ち合わせが行われた。

「これは……かなり大きな話だなぁ」

思わず呟いた。

それは京都の再開発だ。

「京都というところは、外から何かしようとすると極めて難しいところです」

支店長はそう言う。

それは京都で中学の時から大学、そして社会人になってからも生活をしたヘイジにはよく分かる。

腰は低く頭は高く。

途轍もなくプライドの高い京都人は、京都中に相似形で隈なく存在する。

ヘイジは言った。

「近くなればなるほど、付き合いが深くなればなるほど……難しくなるのが京都であることも分かっています。そんな土地での再開発……これは途轍もなく大変ですね」

支店長は頷いた。

「話は帝都地所から持ってこられたものです。コロナ禍からの、日本再生のプロジェクトの一つとして国内の旅行需要や海外からのインバウンド需要の復活が見込まれた時、最もその恩恵を受ける京都、そこを再開発によって以前にもまして強固な需要の受け皿にしようというものです」

世界遺産の京都は、寺社を中心に目に見えるところの再開発は市内では不可能だ。

「そこで目を付けられたのが地下です。それも京都市内の最も広い通りの地下を再開発して巨大な地下街を造り、そこに商業施設を誘致するというものになります。その場所は……」

ヘイジは地図を見せられた。

「やはりここになりますよね」

御池通だった。

「現在、地下鉄東西線京都市役所前駅を中心に地下街がありますが、それをさらに東西に広げようというものです。公道の下ですから京都でも開発は進めることが出来ます。地下街といえば大阪のキタやミナミが有名ですが、それに匹敵するような規模の地下街、いや地下都市を商店だけでなく公園やスポーツ施設、スパなども含めた複合的空間として造ろうという計画になります」

ヘイジはこれなら実現するだろうと思った。

「地下街運営ノウハウの豊富な帝都地所を中心に、地元京都の関連企業をコンソーシアムとして纏めて実現していくことになりますが……」

そこで支店長は難しい顔をした。

「京都の企業の取りまとめを、京都には馴染みのない帝都地所が旗振りをすることは極めて難しいとのこと。そこで当行京都支店が動いてくれということになった訳です」

ヘイジは支店長の話を聞いて少し考えた。

（京都のまとめ役……話の持っていく順序を間違えると大変なことになるな）

ヘイジは京都人の気質を良く知っている。

京都人は百人集まると一から百まで序列がつく。その順番を間違えると通るものも通らなくなるのだ。

ヘイジは支店長が用意したリストを見た。

そこに、TEFG京都支店が融資している京都の企業が融資額の大きい順番に並んでいる。

(これは本当の京都の序列じゃないからなぁ)

ヘイジは、京都商工会議所の理事会メンバーのリストを支店長に持って来させた。

(!)

その中にある人物の名前を見つけた。

ヘイジは支店長に言った。

「少し時間を貰えますか?　一番先に叩くべき門の主が分かるかもしれないので……」

支店長は宜しくお願いしますと頭を下げた。

「じゃあ僕は今から取引先を回って来ます」

支店長は支店長車を使ってくれと言ったがヘイジは断った。

「京都は勝手知ったる場所なんで身軽に動けますから……」

そう言って四条烏丸にある支店を出て歩いた。

それほど時間は掛からずその会社に着いた。

『宇治木染織』

社長の宇治木多恵はヘイジの高校時代の同級生、そしてそこにはＴＥＦＧから出向している吉岡優香がいる。

「ごめん下さい」

京都の日本家屋の店舗の持つ、独特の暗さの中へ声を掛けた。アポは取ってある。

直ぐに知った顔が現れた。

「二瓶専務、お待ちしておりました」

吉岡だった。

「吉岡さん、直接こうやって会うのは久しぶりだね。元気に頑張ってくれて嬉しいよ」

リモートでは適宜報告を受けているが、対面は一年以上振りだ。

「カーちゃん……いや、宇治木社長は？」

それを聞いて吉岡は少し笑った。

「社長は奥の仕事場です。お連れします」

そう言って案内された。

ヘイジは帝都海上火災に勤める父親を持つ、転勤族の息子だった。幼い頃からクラシック音楽好きの父親の影響でヴァイオリンを習い、高校では弦楽合奏部に所属、大学ではオーケストラのコンサートマスターを務めるまでになったが、特に高校の弦楽合奏部はレベルが高く全国大会にも出場し準優勝を獲得したほどだ。

それは同級生でチェロ奏者だった宇治木多恵がいたからだ。あまりにも演奏が上手いので、周囲が彼女を尊称してチェロ奏者の巨匠パブロ・カザルスの〝カ〟を取って〝カーちゃん〟と呼ぶようになった。

ヘイジは、カーちゃんの演奏するバッハの無伴奏チェロ組曲を聴いて鳥肌が立ったことがある。その演奏から京都の景色が次々に浮かんだのだ。薄く霧のかかった東山、鴨川の静かな流れ、五山の送り火……。

実際、宇治木多恵は京都を代表するような女性だった。

喜怒哀楽は決して顔に出さない。いつも無表情で何が楽しくて生きているのか、そしてどこか同級生を睥睨しているような雰囲気を漂わせる。他人に対して直接的な表現は絶対にしない。本音を絶対口にしない京都人の典型だった。全てが婉曲の極致……。

だが人を導く統率力は見事に発揮した。穏やかに婉曲的に話しながら、見事に部員全員の力を向上させ纏めていく。

ヘイジは何度もヴァイオリンの演奏にダメを出された。

「なんかなぁ……エエねんで、ヘイジの演奏はエエんやけど……なんかなぁ」

　そういう言い回しをするのだ。

　誰もがカーちゃんは芸大の音楽科に進むと思っていたら、同じ芸大でも日本画科に進学して周囲を驚かせた。

「家継ぐん、当たり前やし」

　カーちゃんは淡々とそう言った。

　その実家が、京友禅の染織業の老舗である宇治木染織だ。

　一人娘の宇治木多恵は、子供の頃から弦楽器だけでなく織物の柄を描く修行の為に、日本画も学ばされていたのだ。

　その宇治木多恵が社長を継いだ後、経営不振に陥った西陣の織物会社を買収する。しかしその会社に足を引っ張られる形で資金繰りが悪化、メインバンクのＴＥＦＧから要注意先とされながら緊急融資で息をついたのだ。

　その時に関わったのが常務だったヘイジだ。

　ヘイジは問題融資先の立て直しプランの一環として、宇治木染織に新たなビジネスプランを提示し人材まで派遣してそれを軌道に乗せた。中東向けの織物の輸出とインド、パキスタンでの技術指導だ。

ＴＥＦＧから派遣されたのが吉岡だった。

帰国子女で英語、アラビア語が自由自在のトライリンガル、そして中東での人脈を生かしてのビジネスネットワーク作りで堂々たる仕事を新人ながら実現させたのだ。


作業場に入ってヘイジは驚いた。

宇治木多恵が絵付けをしていたのだ。

筆を執って正絹（しょうけん）の生地に紋様を描いている。

（凄いもんだ！）

ヘイジは彼女の才能、チェロだけではなく絵付け職人としての才能の凄さもそこで改めて知った。

物凄い集中力の宇治木多恵はヘイジに気がつかない。

♪

お昼十二時を知らせる古い柱時計が鳴った。

「……」

宇治木多恵が筆をおいた。

「カーちゃん、お疲れさま」

ヘイジが言うと宇治木多恵が振り返った。

無表情だが少し笑ったようにも見える。

「ヘイジ、専務さんになったんやて？」

ヘイジは頷いた。

「ほな、お祝いにお昼食べに行こ」

そう言って立ち上がった。

◇

そこは、宇治木染織から歩いて五分ほどの集合住宅の一階にあるビストロだった。

オープンキッチンで席数はカウンターに六名、テーブルが二つでそれぞれ四名の小振りの店だ。四十代前半のマスターと奥さん、そして三十代の女性の三人で切り盛りしている。

「美味しそうな店だね」

ヘイジがそう言うと「まぁまぁや」と宇治木多恵は京都人独特の言い回しをする。

「凄く美味しいですよ」

吉岡が笑顔でそう返す。

ヘイジはビーフシチューを頼み、宇治木多恵と吉岡はビーフストロガノフを注文した。

宇治木多恵は、お祝いだからとグラスワインを三人に注文してくれた。

ヘイジはその店で働く三人の動きが凄く気になった。狭い厨房の中で料理を作るマスターの手際の良さ、使い終わった食器や調理器具を次々と洗い揃える奥さん、配膳を担当する女性の無駄のない動き……三人が一体となってその小さな店を見事に稼働させているのが分かる。

(だけど……)

京都だなとヘイジが思うのが三人の表情だ。全員が終始無表情……この世の中に楽しいことなんてあるのかという表情で、見事なチームワークを見せているのだ。

ワインが運ばれて来た。

「ほな、専務さんに乾杯」

宇治木多恵がそう言ってハウスワインに口をつけた。

「京都らしい良い店だね」

ヘイジが言うと「そうか」と宇治木多恵が返す。それもまた京都人だ。

「それにしても大したもんやな。ヘイジが東西帝都ＥＦＧ銀行の専務さんなんやもんな。うちみたいなしょうもない会社に来て貰うなんてありえんやろ」

そのへりくだり方も京都人だ。

ヘイジは苦笑しながら「宇治木染織さんのお陰で専務になれたようなものです。社長には大変お世話になっております。今後とも宜しくお願いします」とわざとらしく言った。

宇治木多恵は表情を変えない。

「まぁ、そうやな」

その言葉にヘイジと吉岡は微笑んだ。

ヘイジに助けて貰ったなど、口が裂けても言わないのが京都人だとヘイジは思っている。

料理が運ばれて来た。

ビーフシチューはフォンドボーの良い香りと肉の旨味が詰まった絶品の味だ。

「美味しい！　こんなお店と言っては失礼だが庶民的な店とは思えない美味しさだね」

ヘイジの言葉に「そうか」とだけ言って、宇治木多恵はビーフストロガノフをクスクスと混ぜて口に入れる。

「ここは本当に美味しいです。というか京都はどこでもちょっとしたお店でも美味しいですね。パリもそうだとよく父が言ってます」

国際経験豊かな家庭に育った吉岡が言うと「なんや嫌味やな」と宇治木多恵が返す。

ヘイジは漫才を見ているようだと思いながら美味しい料理に舌鼓を打つ。

そうして簡単なデザートと珈琲が出てランチは終わった。勘定はヘイジが支払った。

「なんや？　あんたの専務昇格の祝いやと言うたやろ？」

ヘイジは笑った。

「京都人におごって貰ったりするのは畏れ多いからね」

三人で五千円にならない金額だ。

「そうか。ほな遠慮のぉ」

宇治木多恵はそう言うだけでごちそう様とは言わない。

ヘイジは内心苦笑しながら考えていた。その京都人に助けて貰わないといけないのだ。

（京都人だよなぁ）

三人は宇治木染織に戻って応接間で仕事の話になった。

「従前から社長にもお伝えしてきた通り、吉岡優香は来月末で弊行にお返し願います」

新人で入行し、リモートでの研修を受けただけで出向させる異例の人事で既に一年半以上も経っていた。

「吉岡は当行の新たなビジネスプランに必要な人材です。御社のサポートは必要に応じてやらせるつもりですが……」

そこで宇治木多恵は笑って言った。

「大丈夫や」

本音を見せない京都人の笑顔は、怒りや不安を意味するのをヘイジは分かっている。本心は決して口にも表情にも出さず逆のことをするのが京都人だ。

そこでヘイジは同級生としての態度で宇治木多恵に言った。

「カーちゃん、中東や海外向けのビジネスでは吉岡が開拓したルートを帝都商事が引き継いでくれる。そこからビジネスはさらに大きくなる筈だ。期待して貰っていい」

そう言うヘイジに宇治木多恵はもう一度「大丈夫や」と言った。

「専務、帝都商事の担当部署とは私がいつでも意思疎通出来るようにしてありますので……」

吉岡のネットワークはビジネスだけではなくＮＧＯやＮＰＯにまで及んでいる。ある意味、ＳＤＧｓやＥＳＧを念頭に置かなくてはならない現代ビジネスの先端ともいえるものだった。

「吉岡さんには、本店に戻って貰って宇治木染織でのビジネスのあり方を発展拡大させて貰うことになるから頼んだよ」

そんなやり取りを宇治木多恵は無表情で見ている。

その宇治木多恵にヘイジは言った。

「これまで吉岡を育てて頂きありがとうございます。当行からのお礼と言ってはなんですが……」

ヘイジは商談を宇治木多恵に披露した。

それは、ＴＥＦＧの大口金融商品購入顧客向けに配る証書入れだ。

「全部で千個。最高の京染物と西陣織でお願いしたい」

大きな商売になるが宇治木多恵は無表情で「まぁ、考えとくわ」とだけ言った。

ヘイジは微笑んで「単価と納期の交渉はうちの総務部とやって貰うから」とだけ言った。

吉岡も状況が分かって安心した様子を見せた。

そこからヘイジは宇治木多恵に別件を持ち出した。

京都再開発プロジェクトのことだ。

ヘイジが説明すると宇治木多恵は「なるほどなぁ」と言って考える様子を見せる。

「京都で再開発が可能な場所は極めて限られている。その意味でもこのプロジェクトは大きい」

ヘイジの言葉に宇治木多恵は頷きながらも「話を持っていく順序を間違えんようにせんとな」とヘイジの懸念と同じことを言った。

ヘイジは頷いた。

「そこでカーちゃんに頼みがあるんだ。今の京都の商工会議所の副会長が、御菓子処『彩華(さいか)

饅頭』社長の今出川芳郎。知ってるよね？」

宇治木多恵の口角が少し上がった。

「芳郎が副会長？　京都の商工会議所も落ちたもんやな」

今出川はヘイジたちの同級生で宇治木多恵とは幼稚園からの幼馴染……というより親分子分の関係だった。宇治木多恵には絶対に頭が上がらないのをヘイジは知っている。

ヘイジは、今出川に頼んでリストを貰って欲しいと宇治木多恵に頼んだ。

「カーちゃんの言う通り京都は話の持っていき方の順序を間違えるとお終いだからね。今回のプロジェクトを遂行するために知っておくべき本当の京都財界の序列リスト。単に売上や利益で決まってはいない筈だから……それを今出川に頼んで貰って欲しいんだ」

宇治木多恵は少し考えてからぼそりと言った。

「あんたはなんやかや言いながら上手いこと人を使うなぁ……不思議やなぁ」

それは承諾の意味だった。


ヘイジはその後で、吉岡優香とＴＥＦＧ京都支店でミーティングを持った。

「スーパーコンピューター『霊峰』のＡＩ開発に私が？」

ヘイジの言葉に吉岡は驚いた。

「君が宇治木染織で行ったビジネスネットワークのあり方。中東やインド、パキスタンでの労働環境改善に向けた技術指導のあり方に、僕は次の大きなステップへのヒントがあると思うんだ」

吉岡は少し考えた。

「私は、自分が学生時代に世界各地で見た貧困の実情から本当にどうすれば貧困を無くすことが出来るか、真のESG、環境（E）・社会（S）・ガバナンス（G）の三つの観点がビジネスでどう実現出来るかを考えただけです」

ヘイジは大きく頷く。

「それが本当に血の通ったものになった。僕はそれで考えたんだ。今までずっとAI『霊峰』にはROE改善や売上、利益の拡大だけを設定する形で開発を進めていた」

吉岡は納得する。

「それは経営として当然のことですよね」

そこを変えたのが君なんだとその吉岡に言うのだ。

「どういうことですか？」

吉岡は驚く。

「今までの企業経営はROEとESGを切り離して考えてきていた。しかし君はそれを別の観点を入れることで結び付けていたんだよ」

吉岡は分からないという表情をする。

「君が行っていたのは〝利他〟だ。それが〝九山八海〟を可能にする」

益々分からない。

桂光義は胆嚢摘出手術を受けて僅か三日で退院した。

「今の医学は本当に進んでるなぁ」

腹に三点穴をあけるだけの腹腔鏡手術によって、早期退院が可能になっているのだ。

だがふと桂は考える。

（百年前までなら確実に死んでいたのが僅か三日の入院で済んでしまう。こうやって人類はどんどん長生きするということだが……）

それが本当に幸福かどうか。

（高脂血症薬や血栓溶解剤などの発明、脳梗塞や心筋梗塞、癌治療の発達で……本来なら七十代で大半が死んでいたのがどんどん寿命が延びている。それによって個人の生活も社会も

影響を受ける。健康保険や年金は大きな負担になっていく)

社会全体の中で、高齢化がどんなネガティブな意味を持っているかを改めて考えた。

(日本は長期に亘る経済の低成長の中での深刻な少子高齢化……本当にこの先どうなるのか)

桂もあと数年で高齢者の仲間入りをするのだ。

(日本全体で資産を増やすことに懸命になっている。俺はファンド・マネージャーとしてその使命の一端を担っている。マネーを扱って生きているが、そのマネーが本当に社会で生きたものとして働いているか?)

その疑問が桂の厭世感に繋がっているのは事実だ。塚本の出家の根底にもそれはあった。

格差による社会の分断、富める者と貧しい者の絶対的な格差……。

(まだ大規模な暴動などは起こっていないが、このままではどこかで爆発する。大量のマグマは溜まっている。それを解き放とうとしているのが闇の組織ハドであり、それに連動する工藤勉のテロ……明らかにそれを狙っているのが分かる)

桂はそれと正面切って戦う気力がまた戻っていた。そして正面対決では戦術ではなく戦略が重要だと桂は考えていた。

(五条たちハドは戦略を持っている。だからどんな形でも蘇ることが出来る。奴らに対抗す

る戦略、大きな戦略を描かないとこのままでは確実に負ける）

転換国債が各国で導入されていけば、ハドによる世界支配が現実味を帯びる。

（恐らくそれだけではない筈だ。何か途轍もなく大きなことを転換国債と並行してやろうとする筈だ。戦略性を持つ奴らなら）

桂は考えた。

（……）

その時ふと、ある大学時代のクラスメートのことを思い出した。

学生時代、ジャズと映画に明け暮れていた桂とは違う学究の徒の同級生で、当時から近代経済学とマルクス経済学の融合を考えていた男だ。

「あの男が昔から考えていたこと……」

東京商工大学経済学部教授の矢吹博文だ。

桂は矢吹がつい最近、中央経済新聞へ寄稿した経済理論に着目していた。

ＲＦＨ【Return for Human】がそれだ。

桂は思い立って矢吹に電話を掛けた。

「武蔵野深き」とその校歌に歌われる通り、東京商工大学のキャンパスは東京郊外にある。

桂はクルマで高速道路を大学へ向かった。

「大学なんて一体何十年ぶりだ……」

卒業以来訪れた記憶がない。

高速を下りて十分ほどでキャンパスになる。

事前のアポの承認を受けて構内に入ると、ゲートで指定された場所に駐車した。

「ここの空気は八〇年代と変わらないな」

見慣れた時計台の奥の建物に矢吹の研究室はある。桂はそこへ向かった。

矢吹研究室とプレートが掲げられている部屋をノックすると矢吹が迎えてくれた。

「世界的ファンド・マネージャーの母校凱旋（がいせん）か」

矢吹は桂にそう言って笑いかけながら握り拳を突き出した。

桂は拳を合わせながら「相場師になったのが運の尽きだ」と笑い返した。

経済学部教授として、桂の活躍を知らない筈はない。東西帝都ＥＦＧ銀行頭取にもなり、その後も世界的な資産運用会社を運営する桂は学内でも有名人だ。

「本校は在学中いい加減だった学生ほど出世すると言われるが……桂はその典型だな」

矢吹の言葉に桂は苦笑しながら「否定はしない」と言った。

「で？　株主資本主義の権化の桂が俺にどんな用だ？」

桂は真剣な表情になった。そしてこれまでの全てを矢吹に語った。闇の組織ハドの存在、転換国債の顚末、そして世界を揺るがすテロやデスリストについて……。

矢吹は暫く考え込んだ。

桂は言う。

「信じられないようなことが今の世界では起こっている。一番凄いのは闇の組織ハドは戦略的だということだ。これに対抗するにはこちらも戦略的に武装しなくてはならない。俺も今の株主資本主義ではハドの思う壺だと考えている。そうでなくてもこのままでは駄目だと考える金融マーケットの参加者も多い。そんな中でこれからの資本主義のあり方、政府が掲げる新資本主義とは根本的に違うもの。真に未来に向けて必要な資本主義のあり方……それを戦略として、背骨に入れて戦わないと奴らには勝てない」

矢吹は桂を見て言った。

「それが俺のＲＦＨだというのか？」

桂は頷いた。

「矢吹、教えてくれ。お前が本当に考えていることを……俺はお前の論文を読んでこれしかないと直感的に思った。その真髄をお前から聞きたい」

矢吹はその桂に納得した顔つきになった。

「闇の組織というものが本当に存在するかどうかはさておき、と言うか隠蔽された存在は常に世の中に本当にあるかないか関係なく〝存在〟するとは思っている。不合理を合理とし不条理を条理にする為に闇を求めるのが人間だからだ。米国ではQアノンの存在を本当に信じている者が少なくとも全人口の三割はいるという。まぁ、そこは俺としての理解だと思ってくれ」

いかにも優れた学者の矢吹らしいと桂は思った。

「資本主義は人間の歴史の中の制度として決して古いものではない。本格的に機能し始めたのは百五十年くらい前のことだ。その資本主義を加速発展させたのは株式市場だ。そしてそれを機能させるマネーという存在があってのことだ」

桂はその通りだなと頷いた。

「最大多数の最大幸福を目指すのに経済成長は不可欠だ。過去百五十年でどれだけ人間が様々な疾病を克服し、栄養価の高い食事が出来て飢餓から救われ寿命を延ばしたか……世界の人口増加は世界経済の成長なしにはあり得なかった。科学技術の発達は経済成長なしには不可能だった」

桂はそれを補足する。

「だがそこには同時に負の側面も現れた。科学技術は戦争を行う武器を発展させた。二度の世界大戦による犠牲者の数は世界史の中では空前の数となった。そして人類は人類全てを滅亡させるだけの核兵器も生み出してしまった……」

矢吹は頷きながら少し違うと言った。

「戦争は負の側面ではない。戦争が経済を発展させてきたのだと考えないと経済成長の構造を見誤ってしまう。資本主義は英国で生まれたが発展させたのは米国だ。米国はセオドア・ルーズベルト大統領が『世界の警察官を目指す』とした時から急速な発展を見せた。それは米国外でどんどん戦争を行い、そこへ米国製の武器をどんどん供給する。海外での戦争で米国内にいる国民は傷つくことはない。その構図は第一次世界大戦から始まり今も続いている。継続させられているんだ。あるものによって……」

桂は頷いて言った。

「軍産複合体だな？」

その通りだと矢吹は言った。

「誰が本当に米国を動かしているか？　嘗てアイゼンハワー大統領が退任時にその存在に警鐘を鳴らしたもの……それが軍産複合体だ。俺はな桂、これまで常に国家や組織、そして人間を見る時にその行動だけを見るようにしてきた。言葉ではない。行動だ。行動がその人間の、組織の、国の本当を表す」

言葉に熱を帯びる矢吹に桂は引き込まれていく。

「つい最近もそうだ。米国がアフガニスタンから撤退した後で何をやったか。米国大統領が何を行ったかを見るだけで、あの国を動かしているのは誰なのか明白になる」

それは桂にも分かった。

「アフガニスタンからの全面撤退を決めた後、米国は豪州に対して原子力潜水艦による防衛システムの提供を約束、豪州はフランスとの間の原潜推進計画、総額七兆円にものぼるその契約を破棄した」

矢吹は微笑んで芝居がかった調子で言った。

「ホワイトハウスの中で大統領は軍産複合体のトップからこんな風に言われたのが目に浮かぶよ。『ふ〜ん、アフガニスタンから撤退するんだぁ……それで？　我々には次何で儲けさせてくれるわけぇ？　あぁ、そうだ！　近頃、海軍関連のビジネスがパッとしてないんだよね。ちょうど豪州が中国と揉めてるし……太平洋の安全保障同盟の強化とでも言って原潜を売り込んでくれないかなぁ？』とね」

桂は頷いてから言った。

「そんな軍産複合体に匹敵する力を闇の組織ハドは持っている。それに対抗する戦略、それが欲しいんだ！」

第六章　セレブ国家誕生

「また……」

ビバリーヒルズの住人である女優ナタリー・ハリソンは呟いた。

近くにある高級宝石ブランドのブティックに、白昼に堂々と大勢の強盗が押し入って品物を根こそぎ持っていったというニュースだ。

同様の事件がアメリカ国内で頻発していた。

「これがアメリカなの？」

二〇〇一年の同時多発テロ以降、急速に変わっていったアメリカ……ただその中でナタリー自身は輝いていった。

イリノイの田舎、小さな教会の牧師の娘に生まれ質素な生活の中で育った彼女が高校生の時、友人が勝手にモデルオーディションに出した一枚の写真によって人生が変わった。

シンデレラストーリーが始まり……モデルから女優へ、三十歳でアカデミー主演女優賞を獲得、『世界で最も稼ぐ女優』をそれからずっと続けている。

　出演料だけではない。自身がプロデュースする健康食品や化粧品によって実業家としても成功を収め、その個人資産は莫大なものとなった。十億ドルを超える資産の管理は自身の運用会社が行い分散投資によって着実に資産を増やしていた。人生で不満があるとすれば理不尽な税金だけだった。

　そんな彼女を襲ったのがあのデスリスト by ＴＫだ。

　自分の名前が載り凄惨な映像も見ている。

（世界は狂っている。アメリカも狂っている。これからの人生を心安らかに過ごすにはどうすればいい？　どこに住めばいい？）

　その不安に苛まれていたナタリーにハドからの招待状が届いたのだ。

　メタバースの会場で見せられた夢の世界、自身の身の安全と快適な生活、そして財産保全が完璧に成されるという。

（選ばれし者たちの国……それだけに上手く作られている）

　それはビジネスや資産運用に関してプロとしての知識を有するナタリーならではの洞察だった。

　ナタリーはＶＲゴーグルをつけてメタバースのヘブンズ・ヘブン【Heaven's heaven】に

入った。

直ぐに『不思議の国のアリス』のウサギのアバターのコンシェルジュが現れる。

「ナタリー・ハリソン様、ようこそおいで下さいました」

ナタリーはアバターでアリスになっている。

「ハドの指定通りに納税済みの綺麗なお金はスイス・クレジット・ユニオンバンクのアリス基金口座に先ほど送金しました」

ウサギは恭しく礼をした。

「確かに着金を確認しておりますのでハリソン様にはお召し物をお替え頂きます。さぁ」

そう言うとアリスのドレスが白から銀色に変わった。

「改めて訊ねるけれど……リアルのヘブンズ・ヘブンでの安全の保障、世界最高水準の医療体制、完全なプライバシーの確保、そしてどの国へもいつでも出入り可能なビザは本当に用意されるのでしょうね？」

ウサギは、間違いございませんと返した。

「ハリソン様に申し上げます。来週の金曜日、南太平洋の仏領ニューカレンダルで実施される国民投票でフランスからの独立が決まります。その後、三ヶ月で今の住民は全て退去し次の半年で皆さま方のお住まいを建設致します」

ナタリーは笑った。

「F2（フランス国営放送）によると独立は否決される見通しと言ってたけど実際には住民の買収が完了しているということ？」

ウサギはこくりと頷く。

「その通りです。結果を見て頂ければ我々を全面的に信用して頂けると思います」

ナタリーはもう既に、ハドの力をその情報収集力から信用せざるを得なくなっていた。

表も裏も全て、ナタリーの資産と収入の状況を一ドルの狂いなく突き付けてきたからだ。

その上で完璧な税逃れを指南してくれた。汚れた金が綺麗な金の何倍にものぼるナタリーに、これほど有難いことはなかったのだ。

「ご懸念の件、一つずつご回答申し上げます。絶対的な安全の保障。国としての安全保障を確保するのが第一級エッセンシャルワーカーの軍隊です。軍隊は陸海空合わせて一千人、軍備を効率よく保持する為に最新鋭の空母を一隻、搭載戦闘機が四十機、そして原子力潜水艦を二隻保有します。これだけで英国の陸海空軍と実質的に肩を並べる抑止力を発揮することがハドのＡＩによって証明されています。何故なら空母と戦闘機には戦術核ミサイル、原潜には戦略核ミサイルを搭載しているからです」

ナタリーは驚いた。

「第一級国民の皆さまの資産を合計しますと全世界の三分の一を超えます。この程度の軍事力なら簡単に揃えることが出来ます。そして国内の警察ですがこれは全てロボットとドローンで構成されます。ＡＩ制御によるので第一級国民の皆さまに万が一でも危害を加えようとする存在が現れた場合には排除と皆さまの安全の確保、そして事故の場合には救助救命にあたります」

ナタリーは訊ねた。

「警察などのエッセンシャルワーカーに人間はいないということ？」

ウサギは頷く。

「その通りです。そのことが皆さま方の完璧なプライバシーの保護に繋がります。何故ならヘブンズ・ヘブン内での皆さま方の音声や映像は暗号化され皆さま方専用のクラウドに保管、皆さま方だけがアクセス可能となります。第一級国民のあらゆる会話や映像、行動履歴は暗号化処理されヘブンズ・ヘブンを管理するＡＩのみが使用します」

ナタリーは納得した。

「国民同士のトラブルはどう処理されるの？」

ウサギは良い質問ですねと言った。

「事故や過失が生じた場合はＡＩによって調停、お金で解決して頂きます。刑事罰は存在しません。あらゆる問題が民事として処理されます。故意の危険行動は、ＡＩが察知しロボット或いはドローンが排除しますから安全は１００パーセント確保されます」

　ウサギは更に説明を続ける。

　独自衛星を利用した完全秘密保持通信システム、国外との契約や権利関係を処理するマネジメントシステム……。

「そしてヘブンズ・ヘブンで大事なのが第一級国民の皆さまの健康です。世界最高水準のＡＩ医療システムが皆さまの日々の健康を管理し検査や診療、手術も全てＡＩが行います。ゴッドハンドとされる人間の外科医を遥かに上回る技術が提供されます。そして……」

　更にとヘブンズ・ヘブンの目玉を語る。

「安楽死を望まれる第一級国民の方には最高最良の方法が提供されます。生きるのも死ぬのもベストの環境が得られる。それがヘブンズ・ヘブンなのです」

　ナタリーは言った。

「では来週のニューカレンダルの住民投票の結果を見てから表に出せないお金を処理することにします。その場合のオプションを教えて頂ける？」

　ウサギは了解しましたとメニューを提供した。そこにはあらゆるタイプのマネーロンダリングが並んでいる。

「ロシア国内企業に外資が巨額投資を行ったもの。こちらが大きく使えて皆さまから好評を頂いております。倒産させた後に買収して頂く形を取り、巨額の税還付が受けられる仕組みです。手数料はロシア政府に払います」

ナタリーは他もチェックしていった。

そこには有名な絵画作品が並ぶ。

「話題のアーティスト、バレンシーの作品も人気です。ゴミをアートにするとして我々が創り上げた匿名のアーティストですが……今やその作品は一点一億ドルもざらです。作品をまとめたファンドも組成しました。アートとしてだけではなく金融商品にも仕立てたものです。ファンドの上場益も思い通りに扱えます。このバレンシーファンドはお奨めです。他にもお奨めは……」

更なるものとして出してきたのが暗号資産、仮想通貨だった。

「我々が扱う仮想通貨は代表的なビストコインを含めて五種類。ご承知のように仮想通貨の価格形成のポイントは売買を行う取引所と販売会社ですが……どちらも我々が運営を行っております。ヘブンズ・ヘブンの第一級国民の方々からの表に出せない資金で仮想通貨をご購入頂くことで、タックスヘイブンへのトランスファーを同時に行い売買損益を操作することで資金洗浄出来る仕組みになっています。仮想通貨そのものも今後我々が次々に生み出していきますので……扱える資金量は無限です。つまり永久資金洗浄装置ということになります。その際の手数料ですが――」

ウサギは表計算ソフトを提示しナタリーは手元で計算した。

「米国の正規の納税額の、ざっと三分の一の手数料支払いで綺麗なお金にして頂けるということ？」

ウサギはその通りですと言った。

「全てヘブンズ・ヘブンの第一級国民の皆さま方の特権です」

そして「最後に」とウサギは言った。

「ヘブンズ・ヘブンは人類が初めてその成立を実現するパートナーシップ・ネイション、〝持ち分国家〟です。選ばれし方々に国の持ち分をご購入頂く。それによってこの地球上で最も安全で自由で快適な国の国民になれる。皆さまの成功や幸運に対する刑罰のような税金、そして忌まわしいプライバシーの侵害もない。そんな国の住民になれるのです」

それを聞いてナタリーは思った。

「理想の国……本当に自分が求める場所が手に入る」

選ばれし者だけの特別な喜びに浸れたのだった。

◇

東京商工大学経済学部の矢吹研究室。

「巨大な闇の組織に対抗する為の戦略、それが欲しいんだ！」

桂光義はそう言って強く迫った。

それに対して矢吹博文は静かに言う。

「戦略……俺の理論の目的は道を誤った人類をもう一度あるべき道に戻すことだ。大仰な言い方だがそれが俺の目指すことだ」

桂は矢吹から話を聞いていた。

矢吹は自身が提唱する理論のＲＦＨ【Return for Human】について語っていく。

「この理論の大前提はハイデガーだ」

その言葉に桂は驚いた。

「あの『存在と時間』の著者であり二十世紀最大の哲学者といわれるハイデガーか？」

矢吹は頷く。

「ハイデガーは存在というものの正体を突き止めようとしていた。その哲学の射程は極めて広くて長い。彼の哲学は人間学ではない。間違えてそう捉えている学者は多いがね」

それを聞いて桂は「俺はちゃんと『存在と時間』を読んでいない」と白状した。

「有名な本だから……途中まで読んだんだが……何が言いたいのか分からなくなって投げ出した」

矢吹はまぁそうだろうなと笑った。

「あの本は未完の書だ。ハイデガーは〝存在〟の正体を暴こうとしてまず人間というもの、その精神のあり方を突き詰めようとした。アリストテレス哲学、キリスト教的人間学、現象学、カント哲学などを踏まえながらな」

だが、と矢吹は言う。

「ハイデガーの凄いところは〝存在〟を考える際に人間を中心に置いていないということなんだ。人間を中心に考えると〝存在了解〟を間違えてしまうとしている」

桂には分からない。

「お前の主張は人類をあるべき方向に戻すということだったよな？　それとハイデガーは違うのか？」

矢吹は頭を振った。

「先ず初めに〝存在〟とは何かを理解しておかないといけない。ハイデガーが言うところの

〝存在了解〟を間違えてはいけないということだ。桂、言っておく。今の人類の危機……地球環境破壊による急速な温暖化、自由主義国と権威主義国の対立、国家内の分断、貧富の格差の拡大……これらはハイデガーに言わせると〝存在了解〟を誤っているということになる」

桂はなお分からなかった。

「では正しく〝存在〟を了解するとはどういうことなんだ？」

矢吹は頷いた。

「答える前に質問しよう。人間と技術、つまりテクノロジーだが……どちらが上だと桂は思う？」

桂は笑った。

「技術は人間が理性によって創り出したものだ。人間が使うものだから人間の方が上と考えるのは当然じゃないのか？」

それが間違いなんだと矢吹は言う。

「理性中心主義、人間中心主義から言えばそうなるが……現実はそうではない。〝真の存在〟のあり方からは技術、テクノロジーの方が上だ」

桂は矢吹の言葉に驚きながらも考えた。

「……確かに、ＡＩの発達によって人間では決して成し得なかった高度な情報処理が可能になっている。ディープラーニングによって、人間しか成し得ない領域が無くなったかのようにも見えるのは事実だ」

矢吹は頷いて「結論から言おう」と姿勢を正すようにして口を開いた。

「今の状況は人間のテクノロジーへの隷属状態だ。この状況を経て人間は消えることになるだろう」

桂は笑った。

「映画『ターミネーター』の世界ということか？　ＡＩが人類を殲滅しようとする？」

あの映画は単なるフィクションではないと矢吹は言う。

「存在の順番から言うと……技術、テクノロジーは人間存在の次に現れて来た。人間が創り出したと考えるのは、人間を存在の中心とする見方からの誤りだ。存在全般から見るとテクノロジーは人間より上にある。さっき人間はテクノロジーに隷属していると言ったが、もうそれは様々なエリアで実際に見て取れる。先ずはスマートフォン。平均的な人間が自分が活動する時間のうちどれほどをスマホに費やしているか……考えたことがあるか？」

桂は相当な時間だろうなと呟いた。

「スマホを使っている人間を想像してくれ。スマホというテクノロジーを使って人間は思考しているか？　答えは否だ。全ての人間は情報の結節点となっているだけで思考を行っている者は殆どいない。俺は駅から自宅までバスで通っているが……この間一番最後尾の席に座って前を見た。五人の乗客が座っていたが全員がスマホをいじっている。そんな光景は当たり前だが……五人全員がパズルゲームに興じていた。あれは大脳での情報処理の手前の脊髄反射だ。そうやって人間は思考、そして理性というものとは遠い環境に置かれているんだ」

桂は反論した。

「現象面でのスマホによる時間の束縛は認めるが、それで思考や理性が無くなるわけではないだろう？」

矢吹は小さく頷いた。

「俺は分かり易い隷属状況をスマホの例で語ったが……見えない形でのテクノロジーへの隷属、それが実は最大の問題であり人類を破滅させるものになろうとしている。それは桂、お前が関わっているものだ」

桂は驚いた。

「どういう意味だ？」

その桂を見据えて矢吹は言った。

「マネーだよ、桂。マネーは人間が創り出した道具、技術、テクノロジーだ。あらゆる人間はマネーを求めて生きている。マネーなしに生きることは出来ない。これはもう隷属などという言葉を超えている状態だ。自給自足の農業をしない限りマネーから離れることは出来ないだろ？」

桂は分からないと反論した。

「マネーは昔から存在しているじゃないか？　人類の歴史はマネーの歴史と言っていい。それは人類が発展し豊かになる為の不可欠な道具だったということだろう？　マネーへの欲望がモチベーションを生み、株式市場を生み経済を発展させ科学技術を発達させた。もしマネーが無かったら、今も人類は石器時代と変わらない生活をしていたのは間違いない」

矢吹は頷いてからその桂に訊ねた。

「確かにその通りだ。しかし、あるところからマネーは変わった。それは何だったか分かるか？」

そう言われた時、桂は自分がずっと持ち続けている違和感の原点を思い出した。

「ブラックマンデー……グリーンスパンか？」

ご名答と矢吹は言った。

「先ずグリーンスパンの前から説明しよう。嘗てマネーは〝もの〟だった。美しい貝や大きな石から始まり宝石や貴金属……つまり〝ある〟ことで価値を持つ〝もの〟がマネーだとされてきた。それを変えたのはジョン・ローだ。紙幣を発明しルイ十四世に取り入って錬金術師を王宮から追放させた。しかし、ただの紙切れがマネーとして認識されるのは困難を極める。マネーは誰もがマネーであるという〝共通認識〟があってマネーになる。マネーが本当の意味でそうなったのは第二次世界大戦後だ。アメリカ合衆国の連邦準備制度理事会が印刷管理する、紙幣としての歴史上最強の通貨となったドルがそうだ。しかしそのドルも一九七一年までは兌換紙幣、つまり金と交換されることで価値がありマネーとして認識を得るとされていた。そして第二次世界大戦終了から三十年近く……冷戦はあったが大国間でのリアルな戦争は無くなり先進国では社会の安定が続いた。そんな状況下でリチャード・ニクソンという大統領がドルと金の交換を停止した。ドルはモノの価値から外れて単なる紙切れとなった。しかしマネーとしての認識が失われることはなかった。ドルだけでなく先進各国ではマネーがマネーである認識が出来ていた。何度も言うがマネーは人々がそれをマネーだと認識すれば足りる。今の現実世界でマネーとは記録、数字、デジタル情報ということだろ？　紙幣や硬貨は二次的なもので大半のマネーは記録としてデジタル化されて存在している。つまり情報だ。それは一瞬で消える可能性だってある。しかし人々はそれをマネーだと認識している」

矢吹は一呼吸置いた。

「ここからは桂、お前の方がよく理解していると思う。マネー、通貨……ドル、ユーロ、人民元……今これらを人類は完全にマネーとして認識している。そしてそのマネーには過去にはなかった〝新たな認識〟がその裏側に存在している。それには桂、お前も関わってきた。分かるな？」

桂は頷いた。

「マネーは〝有限〟ではなく〝無限〟だという認識だ。マネープリントは無限に可能だと各国の中央銀行は思っている。実物資産の担保など必要とせず『皆がマネーだと認識している』状況さえあれば可能だということ」

矢吹はその通りだと言った。

「そしてそんな状況を創り出したのが？」

それに対し桂は確信を持って答えた。

「株式市場の暴落、金融市場の混乱だ。ブラックマンデーやリーマン・ショック……株式市場の危機の度に、先進各国は膨大なマネー供給を金融市場に行い混乱が実体経済に波及することを抑えた。それがマネーの〝無限性〟を創った」

その通りだと矢吹は言った。

「そのことが世界を破滅させてしまうんだ」

◇

桂光義は論文を読んでいた。

「……これはどういうことだ？」

桂は矢吹に訊ねた。

「どこだ？」

桂は論文を読んで疑問に思ったところを訊ねた。

「この……技術存在が人間存在を〝創り〟技術存在が人間存在を〝亡ぼす〟というところ。技術が人間を〝創った〟とはどういうことなんだ？」

矢吹は笑った。

「桂のような人間でもここが分からないんだな。まぁ、それが人類にとって致命的な盲点ということなんだが……」

そう前置きして矢吹は語る。

「嘗て人類は熱帯や亜熱帯に生息していた。アフリカで発生した人類は、一年中温暖な環境の中で猿と同じような裸で木の実を取ったり獣を獲ったりして暮らしていた。そしてある時、獣の皮を剝いでそれを体に巻き付けた者が現れた。衣服の起源だ。衣服とは道具、技術ということだ。この衣服を身に着けた人類は、熱帯や亜熱帯から四季のある地域に移動することが出来た。すると何が人類に起こったと思う？」

桂は直ぐには分からない。

「人類は過去・現在・未来というものをそこで知ったんだ。昨日とは違う今日、今日とは違う明日……季節の移ろい、時間の流れというものを衣服という技術が人類に教えたということだ。それによって人類は初めて思考を深くした。環境や時間を〝考える〟人類が技術によって〝創られ〟たんだ」

桂はアッと思った。

「そうか……猿から人間になるのは道具を生み出したからではなく、道具が猿を人間にしたのか……」

それはコペルニクス的転回だ。

「人類が宗教や哲学を創り出すように思っているがそれは言語や文字、記録媒体という技術によって〝創り出された〟ものだ。そう考えると人類と技術のどちらが上か？　存在ということを考えた場合、どちらが上かは明白だろう？」

桂は黙り込んだ。

その桂を見詰めながら矢吹は言う。

「人類は今、存亡の分岐点に来ている。格差拡大、失業増加、社会の分断、地球環境破壊、自由主義国家と権威主義国家の対立……このまま進めば十年以内に人類は存続の危機を迎える可能性が高い」

矢吹はその原因となるものを挙げた。

国境紛争地域での戦争への発展、先進国での内戦の発生、第三次世界大戦、大規模自然災害の頻発、大恐慌、世界的食糧危機、ハイパーインフレ、そしてこれらの複合……。

「なるほど、闇の組織が介在しようとしまいと人類はあと十年足らずで終焉の危機を迎えてしまうということか……」

真剣な顔つきになった桂は矢吹の論文の次の頁をめくった。

矢吹はその頁を見ている桂に言った。

「まず〝外なるROE〟これは桂の専門分野だ。一般的なROEの概念に基づく法人・企業の財務分析から確認される収益力、その結果としての税引前利益(ぜいびきまえりえき)ということになる」

桂は頷いた。

「資本というエンジンの出力と排気量、そして走行結果ということだな」

その通りだと矢吹は言う。

「そして大事なのは次の〝内なるＲＯＥ〞だ。これは個々の人間が生存と幸福追求の為の手段（労働・投資・相続等）を極大化する行為で所得ということだ」

桂は訊ねた。

「これは企業のＲＯＥを擬人化したものとも言える訳だな？」

矢吹はそこがミソだと言う。

「ＲＯＥに染まった人間たちの蒙を啓くにはこういう概念が一番だと思ってね。この外と内のリターン、つまり利益や所得の一定割合をＲＯＥの改善ではなくＨｕｍａｎに還元させるんだ」

桂は何故そこでＨｕｍａｎという言葉を使うのかと訊ねた。

矢吹は言う。

「Ｈｕｍａｎとは人間存在、自己と他己のことだ。自己と対立する他者ではなく他己、自己の延長としての人間存在だ。そこで我々は考える。『人間存在とは何か？』これは古代からの哲学的問いだ。それに対する回答は存在している。『自立・自律した人間存在はこの世にない』ということだ。あらゆる哲学は、説明の方法が違うだけで全てこの婉曲的な回答に至っている。では人間にとって幸福とは何だ？」

桂は少し考えた。

「それには多種多様な回答があるだろうな」

矢吹は頷いて言う。

「今の桂の言葉は究極では多様な価値の獲得ということになる。それが究極の幸福だろう」

桂は納得し矢吹は続ける。

「人間は常にマネーによる〝内なるＲＯＥ〟に支配されているのではないか？　それが俺の問題提起だ。加えて真の幸福としての『多様な価値の獲得』を考える必要があるのではないか？　ということだ」

桂は矢吹の論文に目をやった。

そしてその具体的な方法が記される。

「外と内のＲＯＥからＲＦＨとしてＨｕｍａｎに還元する。その方法は――」

その内容に桂は驚いた。

ヘイジは京都の宇治木染織の社長、宇治木多恵と電話で話していた。
「あんたの頼みはちゃんと聞いたったからな」

宇治木多恵はそう言った。

京都の再開発……御池通の地下街を東西に拡大して巨大な地下施設を造るプロジェクト、政府の地方再生への肝いりで帝都地所が中心となって京都の地場企業とコンソーシアムを組んで行う一大事業ということだが……京都ならではの難しさがある。

「京都は序列が一番大事や。一から百まで、ちゃんと序列が付いてる。その順番をひとつでも間違うたら……終いやからな」

宇治木多恵のその言葉は、ヘイジが一番神経を遣っているところだった。

「京都で話を持って行く順番のリストは芳郎から貰えることになったからな」

京都の老舗御菓子処『彩華饅頭』社長の今出川芳郎のことだ。現在、京都商工会議所の副会長を務める。

ヘイジや宇治木多恵とは京帝教育大学附属高校時代の同級生で、宇治木多恵とは附属幼稚園の時からずっと一緒だった。

「芳郎の弱みは握ってるからな。私の頼みを聞かんわけないわ……。まぁ、そのことをちゃんと覚えてたヘイジが一枚も二枚も上手ちゅうことやな」

宇治木多恵と今出川芳郎との上下関係……二人の子供時代ならではの秘密の出来事がそこにはある。

附属校の場合、小学校から中学校、そして中学から高校に進学する際、成績で下三分の一が外部に出され、新たに選抜試験を経て入ってくる新入生と入れ替わる格好になる。

宇治木多恵と今出川芳郎は幼馴染だが、成績では月と鼈ほどの差があった。しかし何故か今出川は中学も高校も無事に進級出来ていた。そこに宇治木多恵の存在があったのだ。

附属校は定期試験の時の席は苗字のアイウエオ順で決められる。小学校六年の時と中学三年の時、二人は同じクラスで常に試験では今出川は宇治木多恵の前の席に座った。進学が懸かる試験の際、宇治木多恵は今出川にそっと自分の答案を見せてやっていたのだ。幼馴染であったことに今出川は甘え、宇治木多恵は姉御肌でそれに応えた。

（これで私に一生頭が上がらん）

京都の家の格では今出川の方が遥かに上だが、二人の関係はこれで決然とした上下になっていたのだ。

宇治木多恵は絶対にそのことを他言していない。それが後々まで力を発揮する。

ヘイジは何が二人の間にあったのかは知らない。しかし、いつでもどこでも威勢の良い今出川が宇治木多恵の前では借りてきた猫のようになるのを知っていた。

（何かあるんだな……）

それを覚えていたヘイジは、京都商工会議所の副会長という地位にある今出川に宇治木多恵から再開発プロジェクトの話をして貰い、根回しを進める為の関係者の序列リストを手に入れたのだ。

宇治木多恵は言った。

「今出川の家は格なら京都の五番目……京都で商売してる家だけで言うたらトップや。あいつがこさえたリストは間違いないと思うわ」

宇治木多恵の言葉にヘイジは本当にありがとうと言った。

「あと、総務から連絡を受けたけど宇治木染織の西陣織の証書入れ……、、、随分安く引き受けてくれて……ありがとう」

実際は、京都の老舗商品ならではの高額へのヘイジの嫌味だった。

「だいぶ勉強さしてもろたからなぁ」

宇治木多恵は平然と言う。

(京都人だよなぁ)

ヘイジがそう思っていると、宇治木多恵は吉岡優香のことを訊ねて来た。

「あの子、元気にやってるか？」

ヘイジは頑張っていると答えた。

「今は新しい部門の仕事に慣れようとしているところだ。彼女がいなくなってどう？　やっぱり寂しいかい？」

　京都人は言う。

「元々うちは間に合うてるさかいな」

　ヘイジは苦笑した。

「よっぽど吉岡が恋しいんだね。ホントにカーちゃんはザ・京都人だから分かりやすいよ」

　宇治木多恵は「そうか」とだけ言った。


　相模原にある工業科学研究院（工科研）に設置されているスーパーコンピューター『霊峰』、その開発と利用の為に設けられたＴＥＦＧのシステム出張所。吉岡優香はそこでＡＩ『霊峰』の開発責任者である新海貴明とミーティングを行っていた。

「二瓶専務には驚かされます」

　新海がそう言い吉岡も同意した。

「専務は本当に不思議な方です。普通の人なんですが……変な言い方に聞こえるでしょうが、その普通が途轍もなく純粋なんです。だから色んなことを思いつかれるのかもしれません」

　その吉岡の言葉にオタクの代表のような新海は反応する。

「純粋な普通……それをフラクタルに考えると……面白いかもしれないなぁ」

そして、そのことを自分のタブレット端末に直ぐにメモする。

(根っからの思考好き、思索好き。こういう人だから凄いシステムを考えつくのか……)

吉岡はそんな新海を見ながら思った。

新海が言った。

「吉岡さんから頂戴した宇治木染織のネットワークビジネスのマトリックス、非常に興味深く拝見しました。二瓶専務が、吉岡さんからインプットを受けるように言われたのが良く分かりました」

吉岡は首を振った。

「私などまだ入行して三年目の駆け出しです。全然まだ何も出来ていないのに……」

新海はタブレット端末を手にして、吉岡が作った宇治木染織のビジネスモデルのファイルを見た。

「京都の倒産寸前だった老舗の染織会社。伝統的技術による製品を世界市場で販売する……と、言葉にすると簡単で何処にでもありそうな話ですが……実は極めて難しい。それを本当にどのような形で行うことが出来たのか、更にそれをモデル化して他の分野へどのように応用させるのか……特異な例の解決から普遍的モデルを見つけようとする二瓶専務の姿勢には驚かされます」

吉岡は頷いた。

「そうなんです。二瓶専務はまるで麹(こうじ)のような存在なんです」

新海は訊ねた。

「コウジ？　コウジと言うと？」

吉岡は微笑んだ。

「発酵に使う麹です。日本酒や味噌などを作る時に使う麹のことです」

あぁと新海は納得した。

「触媒(しょくばい)ということですね？」

科学者の新海らしい言い方だった。

「そうとも言えますが……私は二瓶専務は凄く日本的な触媒だと思うんです。だから麹だと言ったんです。元々あるものにほんの少し関係を持つだけで、全く違うものを生み出す。それも元からあるものを優しく変えてしまう。日本酒もお味噌もみんな優しい味ですよね？私は二瓶専務が触れると何だかみんな優しくなるように思うんです」

また新海は端末を手にして入力する。

「優しく変える……優しいという結果を、ビジネスキャラクターの要素として普遍化するとどうなるか……」

考えてまたメモをしていく。

そんな新海を見ながら吉岡は続けた。

「日本的って凄く大事なんだと思うんです。私は幼い頃から海外で暮らして悩みました。自分とは一体何なのか？　アイデンティティー・クライシスに陥っていたんです。欧米の個人の自覚と尊重の気風、でも常に競争が働いて気疲れする。日本に戻って来て皆と同じにしてると楽なんだけど……そこに同調圧力を感じると苦しい。どちらが良いのか分からなくなって……」

新海は、自分もそれが分かると言う。

「私も米国の大学での自由闊達な雰囲気は好きですし自分に合っていると思いました。でも確かにどこか疲れる。皆の研究の、究極の目的が金儲けだと分かると違和感を持ちましたね。どこか、何か、それは違うという」

吉岡は頷いた。

「私は京都で仕事をして、ある意味で日本の中でも異界と言える街で暮らして思ったんです。個というものをしっかり持ちながら和するところは和していく。場合によって冷ややかに受け入れる。私の報告にもあるように、宇治木染織では従来の西陣織の幅を倍にする機械を作りました。和服の着物に合わせる従来の幅ではなく、中東や欧米での様々な高級ファブリックに西陣織を使う為にそうしたんです。それが今では高級車のシートに使われることが内定しています。何だか……雰囲気が優しいんですよ。豪華さの中に優しさがある。和する、受け入れることから来る日本の優しさなんだと私は思っています」

新海は深く頷いて端末へのメモを続けた。

「吉岡さんから、これから色んなインプットを頂けるのが楽しみです」

そう言って微笑んだ。

◇

スイス、ローザンヌの老舗ホテル、ボー・リヴァージュ・グランパレ。

マジシャンとフォックスの二人は、メインダイニングで食事をしながら話していた。

「全ては順調ということですね？」

フォックスはそう訊ねた。

マジシャンは鷹揚に頷いて言う。

「世界的インフレの昂進とトム・クドーによる恐怖の連鎖、面白いようにシナリオ通り進んでいる」

工藤勉の名が出ると、フォックスは複雑な思いが拭えない。

マジシャンはシャトーブリアンのステーキを口に運びながら言った。

「我々は今、あらゆるマネーを支配している」

そうしてシャトームトン・ロトシールドを口にした。最上質の赤ワインが肉の味わいを引き立てる。

フォックスは、平目のムニエルを口にしてグラスのシャルドネを飲んだ。白ワインの香りが鼻を抜けると白身魚の風味が深くなる。

マジシャンは言う。

「人間というものは面白いものだ。マネーというシンボルを皆が信じることで安心立命を得て生きている。マネーこそが神だということだね。あらゆるものを支配しあらゆるものがそれを絶対視する」

フォックスはワイングラスを置いて言った。

「そのマネーを破壊するのがインフレですね。マネーの価値を下げる。実存の価値が上がりシンボルのマネーが凋落する」

分厚いステーキにナイフをいれながらマジシャンは頷く。

「第一次世界大戦の後のドイツ。世界史上最も民主的な憲法であるワイマール憲法を有する国で起きたハイパーインフレ……マネーというものが現実世界では正に紙屑となったあの時代……だが誰も今の先進国の人間たちはそんなものを経験するとは思っていない」

　そうしてステーキを旨そうに頬張る。

　そのマジシャンを見詰めながらフォックスは訊ねた。

「この後のハドの戦略会議には、先進各国の財務官僚と中央銀行にいるメンバーが参加する訳ですね。マネーの番人たちが……」

　マジシャンは微笑んだ。

「フォックス、面白いね。人間が作ったものはどんなものでも破壊することが出来るんだが……マネーは本当に人間が創ったものなのだろうか？」

　エッという表情をフォックスはした。

「僕にはね、フォックス。マネーは人間が創ったのではなく人間を踏み台にして登場してきた存在、そしてその存在は究極の存在への橋渡しのように思えるんだ」

　フォックスは笑った。

「ハイデガーですか？」

　マジシャンは頷く。

「人間存在、ハイデガーの言葉では現存在だが……マネーという存在に対し、かくも人間存在が無力であるのを見るにつけ思うね。マネーの方が人間より存在として絶対的に上だということを……」

同意しますとフォックスは言った。

そうして食事を終えた。

「さぁ、行こうか」

二人はホテルのボールルームに向かった。

中に入ると、そこには既に3Dディスプレーに映し出された参加者たちが待っていた。

マジシャンとフォックスは席に着いた。

「お待たせしました。これよりハドの戦略会議を開催致します。G20の中央銀行並びに財務官僚の皆さん、これから皆さんがマネーの支配者から現実世界の支配者へとステップアップするロードマップをご説明します」

マジシャンがそう言うと、ディスプレー上にホルムズ海峡でのタンカーへのドローンによる攻撃のシーンとデスリスト by TKによって処刑された人間たちの映像が映し出された。

「これは御承知の通りトム・クドーによるテロ活動の模様です。世界各国の指導者やセレブたちがパニックに陥っているのは皆さんも御承知の通りです。そして金融市場も混乱を続けている……ここまではトム・クドーの独演ですがここからが皆さんの出番です」

マジシャンは一呼吸置いた。

「御承知の通り、コロナ禍への対応で未曽有の財政出動を行った各国はマネーへの希求を続けております。先進各国だけでなく、途上国に対してはＩＭＦ（国際通貨基金）はカンフル剤として六千五百億ドル（約七十一兆円）相当の特別引き出し権（ＳＤＲ）を配分するなどしておりますがインフレが昂進すれば全ては水の泡、そして株価が暴落すれば……金融市場は機能せずマネーへの信頼が失われることになりかねない。各国の財務省や中央銀行の人間たちは今、ダモクレスの剣の下に座っていることに気がつき恐怖に震えている」

マジシャンは続けた。

「この状況を我々は作り出した。コロナウイルスを創り、テロリストのカリスマであるトム・クドーを野に放った。それは何の為か？　これから行うことの為です」

そうして転換国債という文字が映し出された。

「皆さんには各国政府要人を説得し中央銀行による株式買い入れ、代表的なＥＴＦの購入をさせて貰いたい。金融市場を混乱から救えるのは、日本銀行が行っているような株式市場への介入だとして……」

そこでイングランド銀行のハドのメンバーから質問が出た。

「株を買う原資はマネープリンティングですか？」

その質問を待っていたかのように、マジシャンはあるチャートを映し出した。

「！」

皆はそれを凝視した。

「直近の十年で世界の中央銀行が買ってきたもの。そしてコロナ禍の後のインフレ懸念の中でも買い増してきたもの……それが金(ゴールド)です。直近十年での積み増し量は五千トン超、現時点での総保有量は十年前の二割増しの約四万トン……空前の量となっています。そしてトム・クドーのテロによって金価格は暴騰、インフレヘッジとしての役割は見事に果たしています」

参加者たちはその説明に納得する。

「中央銀行には金を売って頂く。その売却資金を原資として株式ＥＴＦを購入して頂く。それをお願いしたいのです」

そこでフォックスが補足説明をした。

「中央銀行が金を売却し株を買うというオペレーション。これでインフレ指標の代表である金価格は安定し株式市場も下げ止まります。世界のマーケット関係者に、インフレでも金融市場は動じないと安心させることが目的です」

それにマジシャンが続いた。

「世界は何も変わってはいない。変わらないと思わせること。マネーへの信頼は揺らがず、マネーは無限だと思わせることが今この段階では必要なのです」

そこで中国銀行のメンバーが訊ねた。

「金の売却先は誰になるのですか？」

グッドクエッションとマジシャンは言った。

「金を買うのはヘブンズ・ヘブンです」

皆はアッと言った。

「そう、我々ハドが創設するパートナーシップ国家のヘブンズ・ヘブン。世界各国のセレブたちの資産を今、どんどん集めています。加えてハドの資金でも金を購入しています。これこそが我々の今回のミッションの狙いなのです」

それに対してＦＲＢ（連邦準備制度理事会）のメンバーが訊ねた。

「ヘブンズ・ヘブン、つまりハドによる金の買占め、その真の目的は一体何なのです？」

マジシャンは頷いた。

「金本位制の復活です」

参加者は皆驚いた。

「我々は世界を支配する。その為にはマネーを支配しなくてはならない。だが今のマネーは無限性を内在しています。目を離すと我々の手を離れて独り歩きしかねない。仮想通貨のような存在もいつ何時、コントロール不能になるか分からない。我々は無限性を内在したマネーを有限に戻すことによって支配を完全なものとするのです」

欧州中央銀行のメンバーが手を挙げた。

「すると世界経済はマネーによる拡大が出来なくなるのでは?」

マジシャンは大きく頷いた。

「そう、一時的にそうなります。それによって我々が支配し易くする」

マジシャンは薄く笑った。

「揺さぶりを掛け易くする。先ずは権威主義国家に暫く大人しくして貰う。下手をすると……自由主義国の軍産複合体が暴走しかねない。局地的戦争はウエルカムだが……全面戦争は我々ハドは御免被る」

そしてマジシャンは「最も大事なことです」と前置きをして言った。

「我々闇の官僚組織は常に国家を必要とする。それも自由主義国家を……。ソビエト連邦の崩壊後に増やした自由主義国にはそういう重要な意味がありました。国民が自由だと思える国家こそ、我々闇の官僚組織が最も繫栄出来る環境なのです」

皆はその言葉に納得した。

「我々はコロナを操り、カリスマテロリストのトム・クドーを操っている。そしてヘブンズ・ヘブンという器で世界の富の三分の一を操る。我々は世界史上最強の存在なのです。それを忘れないように……」

第七章　魂のＲＦＨ

ヘイジは東西帝都ＥＦＧ銀行本店の頭取室に呼ばれた。

頭取の岩倉が暗い表情をしている。

「本来は君に真っ先に情報が入らなくてはならないのだが……まだ帝都グループは難しい話となると三金会ルートを使いたがる。申し訳ない……」

話は帝都グループ代表企業の一つである帝都鉄鋼のことだった。

帝都グループ向け融資の責任者であるヘイジを飛ばして、帝都鉄鋼の社長が旧知の岩倉に直接電話を掛けてきたというのだ。

「どういう内容でしょうか？」

そのヘイジに、岩倉は中央経済新聞の国際面を見せた。

「？」

そこには中国の不動産デベロッパー最大手である広大グループの資金繰り危機が出ている。

「ドル建て社債のデフォルト（債務不履行）のことですよね。負債総額が四十兆円近い企業って……とても日本では考えられない規模だと思いました。広大グループと帝都鉄鋼に何か関係が？」

岩倉は頷いた。

「最悪の事態になる直前だったそうだ。徳俵（とくだわら）に足が掛かったところということなんだ」

ヘイジには分からない。

「どういうことですか？」

岩倉はタブレット端末を見ながら説明した。

「実は、帝都鉄鋼が広大グループのマンション開発に食い込もうと長年プッシュを掛けていたというんだ。マンション建設用鋼材の納入を目指してきていた。だが相手は中国最大手ということで、ずっと強気でなかなか値段が折り合わなかった。しかし昨年、突然納入の契約が取れたというんだ」

ヘイジは少し考えてから言った。

「中国国内の鉄鋼メーカーが危ないと思って納入しなくなったことが、裏にあったということですか？」

岩倉は恐らくそうだろうと言った。

「帝都鉄鋼としては大量納入の為に在庫を積み上げた。金額にして三千億、だが納入直前で広大の資金繰りの問題が出た。それで帝都鉄鋼は納入をストップさせたということだ」

ヘイジは状況が読めた。

「間一髪だったということですね」

そうなんだと岩倉が言いながら問題はここからだと言う。

「モノを納入した後だと最悪だったが問題は三千億の在庫だ。これを捌くとなると簡単ではない。そこで在庫資金の融資を当行に頼んできた訳なんだ」

ヘイジは全てを理解した。

「分かりました。どう対応するか考えますので、帝都鉄鋼の財務担当専務から私の方に御連絡頂くようにして頂けますか?」

岩倉は宜しく頼むと言った。

「だが三千億の在庫資金……出すのは良いが直ぐに回収は難しくなるな」

岩倉の言葉にヘイジは少し考えた。

「AI『霊峰』を活用してみます。新たなモデルがまた発見できるかもしれませんので」

そう答えるヘイジを岩倉は頼もしく思った。

その一週間後だった。

「納入先が見つかった？」

ヘイジは、帝都鉄鋼の財務担当専務とリモートでミーティングを行っていた。

意外な専務の言葉にヘイジは驚いた。

「広大に納入する予定だった超高層マンション用特殊鋼材は当社主力の京浜工場でしか生産が出来ないものだったので、在庫管理のコストが日々莫大だったのですが助かりました。ＴＥＦＧさんからの融資は取り敢えず白紙ということで……ご心配かけましたが」

専務の言葉にそれは良かったですねと言いながらもヘイジは不思議だった。

「差し支えなければ納入先を教えて頂けませんか？　この時期に日本で大型の建設プロジェクトはなかったと思うのですが？」

専務の返事は意外なものだった。

「全量オーストラリア向けに輸出することになりました。そこからほど近いニューカレンダルに納入します」

エッとヘイジは声を出した。

「つい先日の国民投票でフランスからの独立を決めたニューカレンダルで、大規模プロジェクトが推進されることになったのです。それも早急に取り掛かるということで世界中から鋼材を集めていて……当社としては渡りに船となった次第です。ご心配をお掛けしましたがこれで大丈夫です」

当面の在庫資金の必要をヘイジが訊ねると専務は「ご心配なく」と言う。

「実は既に三千億の入金済みなんです。世界的に鋼材が不足していることもありますが、当社としては瓢簞から駒の有難い取引になった次第です」

それで帝都鉄鋼との話は終わった。

「ニューカレンダル……」

ヘイジは妙な引っ掛かりを心に感じた。

そして直ぐに岩倉に報告を行った。

「確かに引っ掛かるね……」

岩倉もヘイジの言葉に同意した。

「君の管轄外だが……当行の個人富裕層向けプライベートバンキングからこのところ大口の資金移動の報告が増えている。数百億単位で当行からスイス・クレジット・ユニオンバンクへの送金の指示が成されている」

ヘイジは少し考えた。

「そのこととニューカレンダルに何か関係が？」

岩倉はまだ確かな情報ではないが、と前置きして語っていく。

「世界中の富裕層が、ニューカレンダルへの移住を計画しているという噂がある。例の工藤勉によるリストに載ったセレブたちが恐怖に駆られてね」

ヘイジは訊ねた。

「当行の顧客でも？」

岩倉は頷く。

「数百億単位で資金を動かしているのは、全てリストに名前のある当行の顧客たちだ」

そして更にあくまで噂だがと岩倉は続けた。

「彼らは独立したニューカレンダルを、国そのものを買収し自分たちの国家にしようとしているというんだ」

ヘイジは驚いた。

「スイス・クレジット・ユニオンバンクに途轍もない資金が集まっているのは事実だ。既に一兆ドル近い金額が集まっていると言われている。世界のセレブたちが金融資産をそこから自分たちが創る国に移そうとしている可能性はある」

三千億の鋼材資金など簡単に払える筈だとヘイジは思った。

「……何だか嫌な話ですね」

岩倉もその言葉に黙った。

「裏にあの闇の組織、ハドが絡んでいるように思えますが？」

岩倉は頷いた。

「我々にはどうしようもない。政府がどうするかだが……政府要人の中にもニューカレンダルへの移住計画を進めている者がいると言われているしね」

ヘイジは桂に相談してみようと思った。


丸の内のフェニアムのオフィスに、ヘイジは桂を訪ねた。

（あれッ？）

ヘイジは驚いた。桂の様子が生き生きしている。以前会った時の〝老い〟を感じさせる桂ではない。

（珠季と仲直りしたのか？）

口には出さずにヘイジは微笑んで言った。

「桂さん、なんだか潑剌とされていますね」

桂は苦笑いをしながら「年寄呼ばわりするなよ」と言った。

だが、ヘイジの話を聞いて直ぐに真顔になり納得がいくという表情をした。

「実は……当社の顧客の少なからぬ数から解約の申し出を受けている。数百億単位での解約だ。解約したファンドは現金化せず全てスイス・クレジット・ユニオンバンクへ移すよう指示されている」

その桂にヘイジは訊ねた。

「世界中の富裕層が一斉に金融資産をひとつの銀行に集めているということですね？　セレブだけの国家を創るために……」

桂もそれが気になっていると言った。

「中央経済新聞の荻野目に調べさせた。世界の市場での動きがどんなことになっているか……すると」

一旦言葉を切ってから桂は言った。

「欧州中央銀行が、大手ヘッジ・ファンドが運用するファンドを時価で購入しようとしていたことが分かった。値段が折り合わず流れたそうだが、その裏には理由があるということも……」

ヘイジがそれに気がつくと桂は頷いた。

「そう転換国債だ。日本が先陣を切った転換国債の発行を各国が目論んでいる。その為の担保作りに株の大量購入を計画しているんだ」

ヘイジは驚いて言った。

「それが全部ハドの筋書きだとしたら？」

桂は厳しい目になった。

「全て合点がいく。世界中の富裕層をテロで脅して資産を吐き出させる。そのカネで転換国債を購入。そして……」

そこまで言ってから桂は顔色を変えた。

「転換国債を国株に転換させてから国株を買い占め世界を支配する。工藤勉に大規模テロを起こさせインフレを昂進させれば、転換国債しか先進国のファイナンスの手はなくなる」

だがそこで桂は不敵な笑みを浮かべた。

「そうはさせない。その前に世界を変える」

エッとヘイジは驚いた。

「二瓶君、大事な話が君にある」

そこからヘイジと桂が世界を変えていくことになる。

◇

ヘイジは相模原にある工業科学研究院内のＴＥＦＧのシステム出張所を訪れ、ＡＩ『霊峰』の開発責任者である新海貴明、部下の吉岡優香とミーティングを持っていた。

「ＲＦＨ……」

同時にそう呟いた新海と吉岡はレジュメを開いた。それはヘイジが桂光義から手渡されたものだった。

――RFH【Return For Human】――
ROE【Return On Equity】を超えて
東京商工大学経済学部教授 矢吹博文

表紙にそう記されているものだ。

「ＲＦＨは、様々な問題に苦しむ世界を変えるものとして矢吹教授が提唱している理論です。マネーによる世界支配を人間の手に取り戻す。それが目的とされています」

加えてハドによる世界支配を阻止する手段であることも言いたかったが、ヘイジは二人には黙っていた。

（知らない者は知らない方が良い）

二人はレジュメを読み進めていく。

「矢吹教授は、資本主義に対する社会主義というような従来の構造では、今我々が直面している問題は解決出来ないと見ている。だから資本主義の中心概念であるROEを活用することを提唱しているんだ」

新海が頷いて言った。

「今日本政府が言っている新資本主義では結局何も出来ないだろうと思っていましたが、これなら本当に経済や社会を変えられるように思えます」

ヘイジが言った。

「面白いのが〝内なるROE〟、ザックリ言ってしまえば人間の欲、それを肯定してHumanに還元させるのを大事なことだとしている点なんです」

新海はレジュメを見ながら「だがそれを本当にどう実現させるか……」と呟いて最終ページを開いた。

「！」

驚きの表情の新海にヘイジは微笑んだ。

「そう。外内それぞれのROEからのRFHとしての還元……その方法がこれなんです」

そこにはこう記されている。

ステップ２

〝外・内〟それぞれのＲＯＥからのＲＦＨ【人間存在への還元】

〝外なるＲＯＥ〟

つまり企業活動の結果生まれる税引前利益、その38・２％をＨｕｍａｎへ還元する。

『企業的　ＲＦＨ【人間存在への還元】』

例……雇用拡大、賃上げ、福利厚生改善、自然環境・地域環境の改善、教育環境の改善、ＮＧＯ・ＮＰＯの活動支援、メセナ活動等

〝内なるＲＯＥ〟

つまり各個人が得る全所得の合計、その61・８％をＨｕｍａｎ、自己への還元に用いる

『人間的　ＲＦＨ【人間存在への還元】』

マネーを使って自己の【精神性・道徳性・哲学性・社会性・家族性・芸術性・教育性・生活性】の向上を目指す

そう記されている。

「この38・2%と61・8%というのはどこから来ているんですか?」

吉岡の疑問に新海が答えた。

「これは黄金比、黄金分割の数字です。この世界の様々な場面でバランスの取れている比率、美しさの根源ともされる比率です。それを用いるというところが面白いですし、最も効果をもたらす可能性が高い」

新海と吉岡は少し興奮気味になった。

「二瓶専務はこの矢吹理論、RFHをどう使おうと考えてらっしゃるのですか?」

ヘイジは真剣な顔つきで言った。

「これをAI『霊峰』のプログラムに組み込んでシミュレーションを行って欲しいんです。〝外なるROE〟から得られる税引前利益、その38・2%を使ってRFHを行わせるとどうなるか? 現在『霊峰』が管理している帝都グループ企業のデータを使って行って貰いたいんです」

そして更に言う。

「RFHの実践を行える場があります。グリーンTEFG銀行本部がある坂藤、彼の地で先ず実験的に行おうと思っています。そしてその結果を見て……」

ヘイジはしっかり前を見据えた。

「東西帝都ＥＦＧ銀行でのＲＦＨ導入を考えます。そして新海さんと吉岡さんが開発を進めてくれている〝同心円ビジネスネットワーク〟を結びつけて銀行の新たなビジネスモデルにしたいと思っています」

新海と吉岡がヘイジの閃きにＡＩ『霊峰』を用いて開発したもの……その実例を見せられてヘイジが驚いたのが一週間前だった。

〝同心円ビジネスネットワーク〟

まさに、それは〝九山八海〟……たった一人の悟りが世界全体を悟らせるとする禅語のビジネスモデル化だったのだ。

それは、タチバナ燃焼と宇治木染織の例をモデル化して発展させたものだった。

そこではビジネスの核となる具体的商品やサービス、技術を円の中心《一人の悟り》と考える。

その円は地域、顧客、ビジネス可能性といった形で次々と描かれ、ビジネスに結びつけばそこからまた新たな同心円を描く。

宇治木染織にあった西陣織、それを中心に先ず販売地域を円で描く。すると様々な販売地域が可能性として浮かび上がり中東という地に当たった。その円を更に広げると欧州の地に当たった。だがそこでは旧来の〝西陣織〟ではビジネス化が難しいことが分かった。円の中心である旧来の〝西陣織〟の限界と問題点がそこで浮かび上がる。そうして次に〝改良型西陣織〟で円を描こうとする。すると円を描く為に必要な〝技術〟が浮き彫りになり、宇治木染織は従来の織機の幅を倍にする技術革新で円を描くことを可能にした。次にその〝革新技術〟で同心円を描くと――。

このように無限にビジネス展開が可能になっていくのだ。

更に〝利他〟という、ヘイジが新海にAI『霊峰』プログラムに組み込んで貰いたいとしたものが効果をあげていた。

同心円の中心に商品やサービスではなく〝他者〟を置いてみると、ネットワークが厚みと広がりを見せたのだ。

〝他者〟には顧客だけでなく競争相手、国や地域、NGOやNPO、教育機関、サークルなどが組み込まれて円を作っていく。

「情けは人の為ならず。利他を組み込むと多くの円の重なりや接点が結果的に得られる」

ヘイジは興奮気味に言った。

「RFHがそこに加わると〝日本発の世界経済革命〟が可能かもしれないんです」

その言葉に新海も吉岡も頷いた。

「我々には帝都グループという日本のＧＤＰの三割を占める産業体のデータという大海があります。その大海をＲＦＨと同心円ネットワークを使って航海できるんです」

そう言ってヘイジは大きな笑みを見せた。

その時、吉岡が「専務に是非食べて頂きたいものがあります」と言って持って来たものがあった。

「？」

それはどら焼きだった。

「同心円ビジネスネットワークでは色んな中心点の候補が上がってきています。その一つとしてＴＥＦＧの支店からあがってきたものなんですが……急速に円が広がり様々な別の同心円も出来ていくものだと分かったんです」

吉岡に続いて新海が言った。

「ＡＩ『霊峰』は、三年後のビジネスポテンシャルが二十億円と弾き出しています」

ヘイジはそれを食べてみた。

「美味しい！　それに懐かしい味だ」

◇

ローマ、サン・ルイージ・デイ・フランチェージ教会の中にあるコンタレッリ礼拝堂。

カラバッジョが描いた『聖マタイ三部作』で有名なその礼拝堂に、マスク姿の二人の男が立っていた。

「獄にいる時、ずっとここを訪れたくてな」

白銀の短髪に鋭い眼差し、老鶴のような立ち姿の男が感慨深そうに言った。

「カラバッジョがお好きだったとは……知りませんでした」

もう一人の壮年の男がそう返すと、老鶴は微笑んだ。

「面白いよ、カラバッジョは……。心の奥底の信仰が深ければ深いほど、ありきたりの絵画表現から作品が距離を置く。私にはその時のカラバッジョの心が分かるようだと言ったら……偉そうかな？」

フォックスは笑った。

「世界を恐怖に陥れているトム・クドー、テロリスト界のカリスマです。偉くいて下さい」

その言葉に工藤は首を振った。

「いやいや、謙虚でなくてはいけない。臆病でなくてはいけない。そうでなければ大事は成し遂げられん」

フォックスは、その言葉をまるで高僧か聖職者の口から出たもののように感じた。

「それにしても……ハドは私の名を使ってやりたい放題のようだな」

デスリスト by ＴＫによる一連の公開処刑のことだ。

工藤はなんとも言えない目をしている。

「トム・クドーはブランドです。そう思って下さい」

まぁいいと工藤は薄く笑った。

「腐った資本家や金満家の豚どもが死んでいくのだ。私がやろうがハドの暴力装置がやろうがどちらでも良い。私はこれから本当にやりたいことをやるだけ……」

その工藤にフォックスは気圧される。

「何をされるのです？　我々も当然協力させて頂きますが？」

そう言って工藤を見詰めた。

その工藤は礼拝堂の右側を飾る『聖マタイの殉教』を観ている。

ミサの最中、刺客に襲われ命を落とす聖マタイの姿が群像劇として描かれている。

襲われた聖マタイに天使が殉教の印の棕櫚(しゅろ)の葉を差し出してはいるが……それは今まさに

殺人事件が発生した現場を描いたもので、宗教画とは思えない生々しさがある。

工藤は言う。

「面白い。大勢の人間が倒れたマタイの周りにいるが……この中で一体誰が刺客なのか定かではない。カラバッジョが仕掛けた謎がそこにある」

フォックスは工藤が何を言いたいのかと思った。

工藤はフォックスに向き直って言った。

「私はテロリストだ。生まれついてのテロリスト……『レオニダス』にあるように死ぬまで変わらん。テロリストはアナーキスト、組織には馴染まん。一匹狼であるのが当然。テロリスト、アナーキストとは究極の自由人なのだよ」

フォックスは訊ねた。

「しかしトム・クドーは今や世界中のテロリストのカリスマでありリーダーです。アフガニスタンで世界中のテロ組織のリーダーと会われて、大規模なテロの計画を練られたのではないのですか？」

工藤は笑った。

「ただのセイ・ハローだよ」

エッとフォックスは驚いた。

「皆は確かに私をカリスマとして崇め預言者のように扱った。私が一言いえば大規模な世界同時テロが起きそうな勢いだったのは事実だ。『レオニダス』は効いている。多くのテロリストたちを鼓舞したことに驚いた。だがそれも……時代がすること。私が野に放たれたのも時代がさせたことだとすれば……」

工藤はどこか居心地の悪そうな表情をした。

「物事とは分からないものだ。この『聖マタイの殉教』……マタイの遭難は描かれているが刺客は誰なのか分からない。トム・クドーもそうだ。『レオニダス』によって創られたものとは違い真実のトム・クドーは謎だ。アフガニスタンでは皆の求めるトム・クドーを演じたがね」

フォックスは訊ねた。

「本当は何をなさりたいのです？　これは実の弟として申し上げておきます。ハドはトム・クドーが手に余ると思えば——?!」

工藤は掌をフォックスにかざすようにして制止した。

「手に余ると思えば、殺す。それだけだろ？」

フォックスは観念したように頷いた。

「そんなこと百も承知だ。私はいつ死んでもかまわん。だが私は……私自身を知らねばならないと思っている」

　フォックスにはその工藤が分からない。

「実は……アフガニスタンである日本人のことを知った。その男は私と同世代、医師として彼の地で無償の治療に当たっていたが、彼の地の人々の為には医療だけでは不十分だと気がついた。先ずは農業を興して食べられるようにすることだと考え灌漑用水路を自らブルドーザーを運転して造っていった。長年に亘り一人でそんな地道な努力を重ねて耕作地を広げ、何万もの人々が食べられるようにした。しかし……」

　フォックスもその人物のことは知っている。

「殺されたのでしたね？　いまだに誰の仕業かは分かっていない」

　工藤は頷いた。

「私は行動の点では、自分をその男とは真逆の人間だと思っていた。しかし理想は底辺で生きる者たちの幸福の為という共通点がある。私は腐りきった既存の政治システムの破壊を行い人を大勢殺めた。その所業は万死に値するが……私は生きている。その男は、文字通り地べたを這いつくばって底辺の者たちの為に働き医療にも従事して生きていた。だが感謝されなくてはならない彼の地で……殺された。私はアフガニスタンでその理由を聞いたのだ」

フォックスは工藤の話に聞き入った。

「利権だ。男が引いた水、そこに群がる人々の間で生まれた利権……純粋な善意の行動から生まれた欲が……あの男を殺したのだ」

そうして工藤は礼拝堂の左の絵を見た。

そこには『聖マタイの召命』が掲げられている。

画面右にイエスが立っていて、中央のテーブルには男たちが座っている。

「イエスが収税所で働いていたマタイに声をかけ、その呼びかけに応えたという『マタイの召命』の場面がここに描かれているのだが……これも誰がマタイなのか分かっていない。髭を生やしイエスに目を向けている男……この男がマタイとされているがそれも本当かどうかは分からない。画面の左奥で俯いて金貨を数えている若者……この若者がマタイだとする説も有力だ。カラバッジョはこの礼拝堂の『聖マタイ三部作』の全てに謎を掛けた。だが思わんか？　全ては謎、生きることも謎、死も謎、世界や宗教も謎だ」

工藤は続ける。

「私は快楽破壊者ではない。純粋なテロリスト、アナーキストだ。腐った既存支配システムを壊す為には死をも厭わない。何もいらない。革命の途中で死ねば殉教者だ。アフガニスタンで底辺の者たちの幸福の為に尽くして死んだ男も、富も名誉も必要としない死も厭わない人物だった。男は聖人であり……人民の幸福への殉教者とされている」

フォックスは耳を傾けながら、工藤の心の中で何が起こっているのか不安になっていた。

「謎だよ。全てが……」

フォックスはその工藤をじっと見詰めた。

インフレが昂進する中で、暴落した各国の株式市場は下げ止まりを見せていた。

コロナ禍は次々と現れる変異ウイルスの為に収まらず、グローバル・サプライチェーンの物流の滞りは解消されず、国から国への人の移動は制限されたまま……デスリストによる〝処刑〟も毎月実施され、テロの恐怖は収まらない。

だがそれにも世界は慣れていく。

実体経済を遥かに超える大きさのマネー世界の潮流は〝別物〟と捉えられていたのだ。

「世界がどのようになろうと株は上がる」

そんな空気が再び蔓延する中で、各国中央銀行は日本銀行に倣って株を買うことを金融政策に加える検討を始め、それが市場関係者に洩れ伝わることで株価は安定を見せたのだ。

中央銀行による株式購入、それが転換国債に繋がり、さらに資本主義国家の究極ともいえる国株を生み出すことになる。

インフレ下で国債の発行がままならない各国政府は、転換国債の発行に向けて真剣になっていたのだ。


首相官邸で財務大臣、財務事務次官、日銀総裁が首相と官房長官を囲んで討議を行っていた。

「日銀保有の金地金を売りに出す？」

首相は日銀の新しい総裁、団藤眞哉の言葉に驚いた。

「はい。金融市場のインフレ心理を鎮静化させる必要があります。株価は落着きを見せておりますが、インフレ昂進でまた下落に転じれば金融市場は混乱、転換国債も通常国債も発行出来なくなる可能性があります。それを未然に防ぐ意味でも、転換国債の発行で先鞭をつけている我が国が保有する金地金を売却することで、インフレ指標を下げ金融市場を落ち着かせる。そういう斬新なオペレーションです」

財務次官はそれに賛同した。

「ここは新資本主義の一環として日銀の方針を支持します。米国の連邦準備制度理事会も金地金放出を検討していると聞いておりますが？」

それに団藤は頷いた。

「米国のみならずG20各国の中央銀行が一斉に金地金の売り出しによる株式の買入れ、それに続く転換国債の発行を協議します。インフレを抑え金融市場を安定させた上で国家そのものが資本を得る。それこそまさに新しい資本主義、新資本主義です」

首相と財務大臣は日銀総裁と事務次官の言葉に強い自信を得るように感じた。

「しかし、転換国債の裏にはあのハドがいるのでは？」

そう言った官房長官に団藤が笑った。

「ハドなど都市伝説ですよ。メンバーは公安に拘束されたのですし、そんな組織はもう存在しないでしょう？」

金融庁の職員を装ってメガバンクのシステムにハッキングし、国会議員全員の預金を凍結して恐喝した者たち全員は、身柄を公安に拘束されている。

「だが、奴らの要求に従って死刑囚工藤勉を釈放した上、国外に逃げられた。今世界中のセレブはその工藤のデスリストによる〝処刑〟に怯えているのは事実です。公安が確保した連中も全員黙秘を続けている為に、組織の全体像が摑めないのも事実です」

官房長官はそう言ったが団藤は意に介さない様子で言う。

「仮にハドなどという組織があったとしても、世界全体で行う新たな財政金融政策を妨害することなど不可能ですよ。都市伝説のハドよりもインフレの方が脅威だ。ここはまずインフレを抑制する。その為に金地金の売却を先進各国と横並びで実施する。それで宜しいですね？」

誰も団藤には反対出来なかった。

スイスのイタリア語圏にある都市ルガノ。

早朝、風光明媚（ふうこうめいび）なその地の空港に三人の男の姿があった。

日銀総裁の団藤眞哉、シカゴ大学教授の榊淳平、そして日系アメリカ人のフランク・ワカスギの三人だ。

だがそれぞれは別名で呼び合った。

「フォックスはローマから？」

セントラルがそう訊ねた。

「あぁ、カラバッジョを観てね」

プロフェッサーがそれを聞いて笑った。

「君がカラバッジョ？　そんな趣味があるとは知らなかったな」

フォックスは小声で「トム・クドー絡みだ」と呟いた。

すると二人は「ほう」と感心したような素振りを見せた。

「トム・クドーは元気かね？」

セントラルが訊ねると、フォックスは少し複雑な表情をしながらも頷いた。

「あぁ元気だ。彼にはここから働いて貰わないといけないからな」

二人は頷いた。

「G20による金売却と株式購入、それに続く転換国債の発行はインフレの恐怖があるが故だ。トム・クドーの存在は今やインフレ・インフルエンサーだからな」

プロフェッサーの言葉にセントラルが同意した。

「日本政府は完全に丸め込んだよ。喉元過ぎれば熱さを忘れる。ハドの脅威よりも目先のカネ欲しさ。未曽有の財政状態のひっ迫は大変な重みだからな。榊教授のＮＦＰ（新財政理論）があるから良いようなものだが……」

三人は笑った。

「日銀は金地金を放出するんだな？」

フォックスの言葉にセントラルは頷いた。

「あぁ、全量売却出来る段取りはつけた」

そう言って微笑んだ。

「しかし、こうやって三人いると東帝大学拳闘部の合宿のようだな」

プロフェッサーは感慨深くなった。

「あの頃の関係が今を作った。まさか世界を支配するところまで来るとはな……」

三人は懐かしむ様子を見せたが直ぐに真剣な表情に戻った。

「スイス・クレジット・ユニオンバンクとの約束は午後なんだな？」

フォックスが時計を見た。

「三十分後の便でチューリッヒに飛ぶ。先方の本店で頭取と直々の打ち合わせだ。何せスイスの銀行史上、前例のないことだからな」

二人はそれを聞いて頷いた。

「ヘブンズ・ヘブン……よくその名を考えたものだな。ある意味でのマネーの終着点だ」

プロフェッサーがそう言うとセントラルが笑った。

「だがその終着点が天国なのか地獄なのか……ヘブンズ・ヘブン、天国のその先、中国語では楼外楼……まさに言い得て妙とはこのことだ」

フォックスが笑った。

「なんにせよハドの幹部たちは天才だ。長い時間を掛けて闇の官僚を世界組織化していった。

どの国も官僚は皆同じ気質を持っている。裏で全てを動かす。裏で全てを知る。そして絶対に自分たちの利益を公に明かさない。そんな人間の本質がハドだということだ」

それにしても、とプロフェッサーが呟いた。

「頭脳と腕力……途轍もない情報収集力と分析力を備えた頭脳、そして古くからある暴力装置、その二つを常に持ってきたことがハドの強みということだな」

セントラルがその通りと同意した。

「どの国の軍隊よりも今やハドの方が強い。ハイテク化、デジタル化した軍隊は実は脆い。データの改ざんや漏洩、そしてシステムそのものの乗っ取り……アナログ時代よりもハドが巨大になっていったのはそこにあるのだからな」

フォックスがそれに続いた。

「野に放たれたトム・クドーを誰も追跡出来ていない。ハドが監視システムを握っているからね。ハドはウイルスと同じだ。いつでもどこでも存在し変異を繰り返す。宿主を生かさず殺さず……そうやって自分たちは繁栄する……。?」

その時、空港のテレビのディスプレーに臨時ニュースが流れた。

「昨夜ジュネーブで起きた事故で亡くなったのは、スイス・クレジット・ユニオンバンクの副頭取、クリスチャン・バレ氏だと判明しました。氏が昨夜銀行のジュネーブ支店を出たところに銀行の巨大看板が落下、その下敷きとなって亡くなったものです。繰り返します。昨夜――」

三人はじっとそのニュースを見ていた。

「これも？」

プロフェッサーが訊ねるとフォックスが頷いた。

「そう。バレは我々の依頼に対して、行内で強硬に反対していたからね。これで今日の頭取との交渉はスムーズに行くだろう」

それを聞いて二人は微笑んだ。

「スイス・クレジット・ユニオンバンクのシンボルマーク、そしてその看板は世界的にも有名なモチーフで作られている。その下敷きになって死ぬ。どんな馬鹿でもこれからやるべきことは分かることになるよ」

三人は空港内のスイス・クレジット・ユニオンバンクの宣伝ポスターに目をやった。

そこには、積み上げられた金の延べ棒をモチーフにしたシンボルマークが描かれている。

「じゃあ、行ってくる」

フォックスは搭乗口に向かった。

◇

桂は中央経済新聞の荻野目と、銀座並木通りのビル内にある老舗洋食店でランチを取っていた。

前菜が小皿で数種類出て来る。

平目のカルパッチョに二人は舌鼓を打った。

「桂さんと初めて食事をしたのは確かこの店ですよね？　場所は変わったけど……」

桂は頷いた。

「以前は昭和通りに近い場所にあった。亡くなったフロアーマネージャーが粋な人だったよな。押しと引きを心得て……銀座ならではの玄人だった」

荻野目は頷いた。

「でも今のフロアーを仕切っている女性も素敵ですよね？」

その通りだと桂は言う。

「杏子さんというが……彼女もまさに銀座の飲食店とはどうあるべきか心得ている人だ。この店に名立たる客が訪れるのが良く分かるよ」

そう言ってカルパッチョを平らげた。

「桂さんには、銀座を本当に色々と教えて貰ったと思ってます」

桂は白ワインのグラスに口をつけてから言った。

「銀座は世界でも特別な場所だと思う。大人の街……今も昔もそれは変わらない、と言いたいところだがリーマン・ショック以降は大きく変わったな。変わらないものもあるが……」

荻野目が頷いた。

次の小皿は白子（しらこ）のトマトソース、濃厚な白子の味わいがトマトの風味で爽やかに感じられる。

「この店のように、銀座の良さを伝えるものが無くならないで欲しいですよ」

桂は頷いた。

「温故知新（おんこちしん）とはまさに銀座を表すような言葉だ。大人の楽しみという核を大切にする。日本という国の大事なものがそこにあると思うがね」

桂の言葉で荻野目が少し考えた。

「グローバリゼーションの果てで現れた格差問題、地球環境問題、強権主義国と民主主義国の対立……全てがマネー中心主義、株主資本主義がもたらしたものとも言える訳ですが、その中での日本というものを、もう一度考えた方が良いですね」

桂は興味深そうにその荻野目を見た。

荻野目はパンをちぎりながら言う。

「銀座もそうですが、日本は世界のマネーの潮流にあまりにも合わせ過ぎた。訪日観光客目当て、日本中インバウンド需要に合わせた店は全てコロナ禍で消えてしまっています。でも銀座、いや日本というものが持つ人間幸福の普遍性、それがウィズコロナの時代に活かせるものなんじゃないでしょうか？」

そう言ってから、パンを皿に残ったトマトソースにつけて旨そうに口に入れる。

桂はその荻野目に同意した。

「日本というものの特性、幸福を考える上での普遍性……日本だけで発揮されている日本の強み、それがこれからの世界に本当に必要だということか？」

荻野目は頷く。

桂は続ける。

「大人……粋。そういうものを、日本から発信出来るようにしないといけないんじゃないかな？　ゲームやアニメだけじゃなく……成熟の良さ、洗練、そういうものが今の世界には無いだろ？」

同感ですと荻野目は言った。

「それと〝和〟というものですね。私はどうも日本人は歴史を間違えて理解していると思うんです」

エッと桂はその荻野目を見た。

「我々日本人は、明治維新でそれまでの日本を否定して急速に近代化した。日清・日露の戦争に勝って一等国になったと喜び、軍備を広げるだけ広げて最終的には太平洋戦争での敗戦にまで至る。しかし、いまだに坂の上の雲を追いかけていたことが正しいという歴史認識はある。ですが、元々の日本人というのはそうじゃないのではと思うんです」

メイン料理が来た。

桂はビーフシチュー、荻野目はハンバーグだった。

荻野目はハンバーグを口に入れて「旨い」と言ってから続けた。

「徳川幕府三百年近い歴史というもの……黒船によって泰平の世は終わるわけですが、基本的に日本人は争いを好まないから平和が続いたのではないでしょうか？」

桂は思い当たるという表情をした。

「確かに我々は、映画やドラマで明治維新や戦国時代を繰り返し見せられるからそれが日本の代表的な歴史だと思っているが……争いの期間は長い歴史の中ではごく短く例外的なものだと言えるよな」

そう言ってビーフシチューを口に運んだ。

「そうなんですよ。そこに日本人の基本的な気質があるように思えて仕方がありません。奈良時代に中国から様々な制度や技術を取り入れているのに、この国は科挙を採用していないですよね。科挙は官吏登用試験、テスト、競争です。後期古墳時代以降の日本は、どうも基本的に争いは避けるということが習い性になっていると思うんですがね」

桂は食べる手を止めて考えた。

「考えてみると日本人の誰もが知っている最も古い言葉は『和を以て貴しとなす』だ。聖徳太子の時代から千数百年も経つというのにその言葉を今の誰もが知っていることに、つまり日本人の深層心理、ユングの言う集団的無意識に〝和する〟つまり争いを避けるということがビルトインされているのかもしれないな」

桂の言葉に荻野目は頷いた。

「ある意味、本当の自虐史観とはそういう日本人の真の心をちゃんと認識していないということではないでしょうか？　そして今こそ、世界はその〝和〟を必要としていると思われませんか？」

桂は考えた。資本主義というものが成長至上主義として企業間の競争を高め、それによってグローバリゼーションは拡大し地球上の多くの国が豊かになった。しかし反面、地球環境は破壊され国家間や個人間の富の格差は広がり、絶対的価値観とされてきた民主主義も、そのトップランナーであるアメリカの混乱で動揺を見せている。

「そうなんだ……。日本人は自分たちの本質をしっかりと捉え直した方が良いんだと思う。本質を見失っての自虐、バブル崩壊後の失われた二十年、経済で中国に追い抜かれ、韓国に迫られている現状を嘆くが、世界が直面している問題はどの国も同じだ」

その桂に荻野目が苦笑いをしながら言う。

「日本では子供の頃から『人に迷惑をかけるな』と言われるじゃないですか、それが韓国では『人に負けるな』で中国では『人に騙されるな』だと言います。この違いを考えても日本人が如何に周りを信頼しているか、調和を大事にしているかが分かりますね」

桂も笑った。

「まぁグローバルな競争社会ではそんな気質が裏目に出てしまうが、そのグローバリゼーションがもう立ちゆかなくなっている。実はな荻野目、俺は日本という国の調和のとり方はあの高度経済成長期にもあったと思っているんだ」

そう言って桂は、肉を食べ終わったビーフシチューにご飯を入れて混ぜている。

「これで日本で一番旨いハヤシライスが食べられる」

そう言って旨そうに口に運ぶ。

「あぁ、僕もそうすれば良かったぁ！」

荻野目が悔しそうに言う。

「それで？　高度経済成長期の日本のあり方って？」

桂は頷いてから言った。

「どの国も過去二十年のグローバリゼーションの拡大で成長を遂げたが、貧富の格差は拡大した。しかし、日本の戦後の高度経済成長期にそれは無かった。出来上がったのは『一億総中流社会』と呼ばれるものだった」

あぁ、と荻野目が気がついた。

「その通りですね！　実は日本は上手く社会の歪みがないようにコントロールされていた」

桂は頷く。

「強烈な累進課税があったからな。俺が子供の頃の映画スターや有名テレビタレントは皆言っていたもんだ。『税金を払うために働いています』とな……それによって実は社会は安定していたんだ。しかし、どの国でもグローバリゼーションがアメリカ流で行われた。個人の納める税金が少なくて済んだために、貧富の格差は急速に拡大したということだ」

荻野目はじっと考えた。

「そうか……日本という国は実は上手くやっていたんですね。全て今を見て自虐的になっていますが、ちゃんと本質を見極めないといけない」

桂は頷いてから書類を取り出してみせた。

「これは⁈」

荻野目は驚いた。

東京商工大学の矢吹教授の、ＲＦＨ【Return for Human】論文を纏めたレジュメだった。

手に取った荻野目が言う。

「実は、弊紙の〝経済スクール〟の欄に掲載されていたのを読んで気になっていたんです」

桂はその荻野目をじっと見据えた。

「荻野目、日本が、〝和〟の〝調和〟の日本が、世界経済に革命を起こすんだ。これがその処方箋だ。そしてこれがあのハドによるマネー支配、世界支配を阻止する最強の武器だ」

荻野目は驚いた。

桂から蒼白い炎が揺らめくように感じたのだ。

第八章　リターン・フォー・京都

世界経済は波乱の状況を迎えていた。

コロナ禍の、経済停滞の下での物価高というスタグフレーションが起き始めていたのだ。

日本は欧米に比べ物価上昇の度合いは小さかったが、経済の低迷状態から脱せずにいる。

そんな中、東西帝都ＥＦＧ銀行では新たな銀行ビジネスを目指す話し合いの場が設けられブレーンストーミングが行われていた。

それを提案したのはヘイジだった。

ＡＩ『霊峰』を使っての新たな仕組み〝同心円ビジネスネットワーク〟、その例を示した上で行員全員が『新たな銀行像』を考えることを始めたのだ。

それはメタバースで行われた。

「血の通った貸し出し、それを今こそやるんだ」

「銀行の命は人と人との繋がり。人と人を繋ぐことを根本から考え直そう。ＡＩ『霊峰』を顧客同士のマッチングに利用してビジネスを創造する。そこに銀行が資金を付ける」

「ＡＩには顧客を評価させない。それをやっては我々の価値は無くなる。評価はどこまでも人間がやるんだ」

「日本的ビジネスの良さをもう一度考えてみよう。ガラパゴスって見方を変えると循環型の社会だ。それって究極のＳＤＧｓじゃないか？」

「政府予算あってのビジネス、そこはゾンビ産業ビジネスだ。それは思い切って負のビジネスと捉えよう。だがその負のビジネスに付加価値をつけて競争力を持たせる。そんなビジネス構造を、ゾンビ産業を支えている銀行が作るんだ」

「もう一度面倒くさい仕事をしようよ。顧客の為に汗をかこう」

「効率ではなく充実率、行員がどれだけ充実して動けるかを考える」

「ＴＥＦＧはあらゆるものを〝活かす〟ことを目指そう。最も活かさなくてはならないのは〝人〟だよ」

「ライバル行とは〝競争〟ではなく〝交換〟、そんな風に互いにビジネス環境を作り合うことが出来たらベストなんじゃないか？」

「ありがとうございました。今日のブレストの結果は来週フィードバックさせて貰います。今回も、実際のビジネス案件や当行の組織や制度の変更に資するものが多かったと個人的には思っています。次回の開催は一ヶ月後、フィードバックをしっかり吟味して貰ってまたこのメタバース・ブレストで会いましょう」

ヘイジは、そう言ってヘッドマウントディスプレーを外した。

TEFGの様々なセクションの中堅、若手を横断的に集めたメタバース空間でのブレーンストーミング、それを幾つかのチームに分けてヘイジの主導で続けていた。

実際のビジネス環境の中にある点を掘り起こし、その点を中心に同心円ビジネスネットワークを描いて実現させていく為だ。

(さすがだな)

改めて日本最大のメガバンクの人材は優秀だと、議論を聞きながらヘイジは思っていた。そしてメタバース空間の凄さ、そこでは皆が本音で思い切った意見を、それも建設的な形で出してくるのに驚かされる。

(オワコンと呼ばれた銀行の起死回生……それは〝人〟から、それも〝底〟から起きる。極少数の人間がトップダウンで決めるこれまでの経営モデルから、多数の行員がボトムアップで参加して構成するものに銀行を転換する。それを実現出来るのは最新テクノロジー、メタ

バースでのブレストかもしれない）

　そのヘイジ自身は、ブレストにＴＥＦＧ京都支店から参加していた。

（物理的距離が仕事上なくなったのは大きい）

　ブレストの内容は全てＡＩ『霊峰』に送られ、『霊峰』が持つビジネス情報との接点が吟味されていく仕組みになっている。

　既にそれで、新規融資案件が百件以上生まれていた。

（同心円ビジネスネットワーク……スーパー・メガバンクが存在する今の日本、ＴＥＦＧだけでも国内の支店数は六百近く、そこに帝都グループの情報を重ねれば無限のビジネスが生まれてくる）

　既に大きなビジネスに成長したのがタチバナ燃焼と宇治木染織だった。

　この二社を巡る輪は更に多く大きくなっていた。

　タチバナ燃焼のバルブ技術は水素エンジンへの小型バルブの供給だけでなく、大型バルブをアンモニアによる発電設備向けに使用する目途が立っていた。

　脱二酸化炭素の流れの中で石炭火力発電からの転換の方針を政府が打ち出し、中でも有力なアンモニアによる小型発電設備が、タチバナ燃焼のバルブ技術があれば可能であることがＡＩ『霊峰』によって示され、具体的に動き出していたのだ。

ヘイジは、その話を社長の立花が喜び勇んで伝えてきた時には心から嬉しく思った。
(円が大きくなり、また別の円が接点を作る形で出来ていく。そんな風にビジネスが広がっている)

そして宇治木染織。

社長の宇治木多恵のもとにTEFGの新入行員・吉岡優香を出向させ、まさにそこで西陣織というものを中心点とした同心円ネットワークビジネスプランが生まれ、中東で拡大した西陣織のマーケットを築いた。

そして同心円に入って来た欧米に日本古来のテイストのテキスタイルへの需要があることが分かり、そこをこんどは中心として円を描いた時に技術革新が起こった。

従来の西陣織の織機の横幅を広げることで、格段に需要が生まれることが分かったのだ。

それが欧州の自動車メーカーの目に留まった。そこで自動車のシートに西陣織を使う実験が行われた結果、耐久性をクリアすれば十二分に、それまでにない豪華な内装のクルマになることが示された。

それをブレークスルーしたのが宇治木多恵だった。

宇治木染織は京都でも珍しい染めと織りの両方を持つ染織会社だ。そのことで経営危機を迎えたのをヘイジは救ったが、宇治木多恵は染めに独自の工夫をすることで布の耐久性を格段に上げ、それを織りに繋げることに成功していた。

（AI『霊峰』がどこにブレークスルーポイントがあるかを示したのは事実だが、それを可能にしたのは人間、カーちゃんこと宇治木多恵だった）

宇治木染織は売り上げを伸ばし、京都の染織産業に一大革命を起こしていたのだ。

そして同心円ビジネスネットワークは様々に新たなビジネス領域を広げていた。

それは環境やSDGs、ESGという社会の要求に応えるものだった。

そこにはヘイジの〝利他〟というファクターを入れたAI『霊峰』のプログラミングが生きていた。

ヘイジは思う。

（更にここにRFHを結び付ける。今のあり方があればそれが可能になる）

今やTEFGは、従来の銀行のような資金需要を取引先から待つというビジネスモデルから脱皮しようとしていた。

（銀行がそのビジネスネットワーク情報を基に新たなビジネスを創造する。そこに資金を付けてビジネスを円滑に動かす。それが出来るのも帝都グループというものがあるからだ。日本のGDPの三割を占める産業グループの存在、その途轍もない量の情報がこれまでは全く活用されていなかった。それを開示させて結び付けるだけでどんどん新たなビジネスが生ま

れている）

まさにＡＩ『霊峰』のディープラーニングと同心円ビジネスネットワークの融合が成し得るものだが、各企業が協力するのはそこに地球環境問題やＳＤＧｓ、ＥＳＧという時代の重要な要求もあるからだ。

（企業のあり方が変わらないといけなくなった。これまでの企業のあり方とは枠組みが変わったんだ。ここで銀行が変わっていかないと日本は終わる。日本の企業はまだまだ銀行が支えている。だが銀行に支えられている企業は弱い。そんな企業を強くし日本経済を回復させるのがビジネスネットワークだ。古くからグループで持つ情報を活用しての新たなビジネス。文字通りの温故知新、ＴＥＦＧはそれに気がついた。まさに〝九山八海〟だ）

帝都グループという存在がそれを可能にしていることが、ヘイジに自信を与えていた。

（これを伸ばして行けばいい。だが……）

だがヘイジは、そこに画竜点睛を欠いていることが気になっている。

帝都商事だ。

社長の峰宮義信は、ＡＩ『霊峰』へのビジネス情報の提供を拒否し続けている。

（ＡＩ『霊峰』では個別具体的な情報は暗号化されてからモデルに使用される。実際に新たなビジネス化の可能性が見えた段階で同意を求め、承認されて初めて暗号を解いて関係者に開示される。個別情報に関しては相互承認まで誰も知ることが出来ない。完璧な情報管理を行っているのに……）

ヘイジは、ＡＩ『霊峰』の利用と同心円ビジネスネットワークの具体例を帝都商事調査部にはもれなく送っていた。

（なしのつぶてだが、送り続けておこう）

それからヘイジは京都支店の中の会議室に移動した。

支店長と帝都地所の副社長、そして帝都建設の社長が揃っている。

国家的な京都再開発プロジェクト〝温故知新は京都から〟が始まろうとしていた。

ヘイジの手腕が問われる。

◇

「なんだとッ?!」

丸の内の帝都商事本社ビル、最上階の社長室で峰宮義信は調査部からの報告に驚いた。

帝都商事調査部、内閣情報調査室より優れた情報網を持つ日本最高のインテリジェンス機関だ。

「旧ソ連の中央アジア各国での同時多発テロ計画?!」

帝都商事は中央アジアに莫大な石油天然ガス権益を持っている。もしテロで施設が破壊されれば大打撃だ。

トム・クドーによると見られる中東でのテロをきっかけに、石油天然ガス価格は高騰を続け帝都商事の資源部門からは莫大な利益が生まれている。中でもソ連崩壊直後に獲得したロシアや中央アジア各国の石油利権からの収益は過半を占める。開発に掛けたコストは既に回収し、今や石油が出るだけ利益となっていた。

帝都商事はその権益をファンド化し、金融商品として新たに収益を獲得しようとの思惑がある。そこからの金融収益は石油単独よりも遥かに大きく見積もられている。

(銀行を介さないマネービジネス、帝都商事はマネーの商社にもなる)

峰宮の野望がそこにある。

(中央アジアでテロが起これば……吹き飛ぶ)

ホルムズ海峡でのテロ以降、峰宮はその可能性を恐れたが旧ソ連圏ではないとの調査部の報告に安心していた。

だがそれが根底から覆される事態だ。

その峰宮にはもう一つ大きな心配があった。

峰宮の名がデスリスト by TKに載っていることだ。

日本では既に一人、闇金融からのし上がってサラ金大手となり莫大な富を築いた男が何者かに白昼、短刀で太腿を刺され出血多量で死んでいた。

典型的なヤクザの手口であることから、仕事上のトラブルでデスリストとは無関係とされていたが、峰宮は調査部からの情報でそれがトム・クドーの指令によることを掴んでいる。

調査部は『レオニダス』を入手し、中に記されている暗号の作成と解読をマスターしていたのだ。全世界に向けて、ラジオや新聞を使って発信される何気ない情報から次のターゲットが示されその通りに〝処刑〟が行われていることを知っていた。

リストに載る峰宮はハドからヘブンズ・ヘブンへの招待を受けていた。

だが、日本に冠たる帝都財閥を創り上げた篠崎平太郎の玄孫としてのプライドが国外逃亡を決して許さない。

(日本の象徴として殺された方がましだ)

峰宮はノブレス・オブリージュを持つ男だったのだ。

帝都商事を世界有数の企業にした中興(ちゅうこう)の祖として死ねれば本望だと思っている。

(帝都商事を世界最大のトレーディングカンパニーにする。あらゆるヒト・モノ・カネを扱うスーパーカンパニーにする。その為には帝都グループからの脱却が必要だ)

峰宮が、ゾンビ企業と目する企業の多い帝都グループを切り捨てて最強企業を目指す。真のグローバル企業として、株式時価総額で世界のトップテンに入ることが峰宮の目標だ。その実現には資源事業からの利益が最も重要になる。もし中央アジアでテロが実行されれば、その時点で目標への道は断たれてしまう。

（爆弾一発で何もかもが夢幻）

自分の命より帝都商事の成長が大事な峰宮は、真の企業人とも言えた。だが、同時に峰宮は自分の狭量な性格で損をしていることも知っている。エリート意識の途轍もない強さは弱さでもある。それが自分でも分かりながら変えることが出来ない。

その最たるものが、東西帝都ＥＦＧ銀行のＡＩ『霊峰』によるビジネスネットワークへの参加拒否だ。自社の調査部を信じ、自分たちの持つ情報が何よりも価値があるとの考えに固執している。

（ＴＥＦＧ……旧来の銀行から脱せないと思っていたが……）

そのＴＥＦＧからは、ＡＩ『霊峰』による同心円ビジネスネットワークの具体的成功例が次々と調査部に送られてきている。中には、峰宮がどうしても詳しく知りたくて資料を手元に置いているものまである。

さらに峰宮は、ＴＥＦＧの変化が帝都グループに変化をもたらしていることを様々な方面から摑んでいた。

帝都自動車のように、峰宮が典型的ゾンビ企業と決めつけていた企業が創造的破壊といえる新たな展開を、ＴＥＦＧが主導するＡＩ『霊峰』を用いたビジネスネットワークで進めていることを知っている。そして地球環境問題やＳＤＧｓ、ＥＳＧというビジネス環境の変化への対応も、ＡＩ『霊峰』が同時に示していることも聞かされていた。

（本来それは帝都商事が主導でやらなければならないことだった？）

そう思った時、あの男の言葉が蘇った。

「お言葉ですが峰宮社長、帝都財閥の遺産で食べているということでは、帝都商事がその代表選手と呼べるのではないでしょうか？」

東西帝都ＥＦＧ銀行の専務、二瓶正平だ。

「帝都商事を部門別の収益から見た場合、純利益の七割は資源関係から出ている。原油・天然ガスなどです。それらは八〇年代から九〇年代にかけて帝都グループ総出で御社をバックアップしたことで、中東や崩壊直後のソ連から帝都商事が権益を獲得出来たものです」

「今の帝都商事の好業績は資源価格の高騰によるものです。一旦資源価格が下落に転ずればあっという間に収益は悪化する」

ヘイジのその言葉は図星を指していた。

雑魚と思った男からのその言葉は、峰宮の心に棘のように刺さっていた。峰宮の脱帝都グループ戦略は、全て資源からの収益を当てにしてのものだったからだ。

そしてその資源ビジネスに、トム・クドーによるテロの危機が迫っている。

調査部の報告では、日本帝国主義の代表企業として、帝都商事はトム・クドーによるテロ標的企業のトップランクだという。

秘書が入って来た。

「？」

持って来た書類の束の中に、美しい毛筆で峰宮の名が記された封書があった。

帝都商事社長、峰宮義信を乗せたメルセデスSクラスは、赤坂の一等地にあるその場所目指して走っていた。

「……」

都心のエアポケットのような一千坪の森に囲まれた場所、柳城(りゅうじょう)流茶の湯本部だ。

柳城流茶の湯……謎の人物である初代 宗匠柳城武州(そうしょうやなぎぶしゅう)は徳川家康の茶頭(さどう)を務めたとされ、武士の茶の湯の流派として、江戸時代から連綿と続いていた。

ただの茶道の流派ではなく歴史を創る者たちの結社としての性格を持ち、明治維新の後も日本を動かす者たちが門人となっていた。

令和の世でも特別な地位にある者だけが入門を許され、誰が門人であるのかは明らかにされないし門人である者も自ら明らかにしてはならない。

門人と宗匠だけがその絆を結ぶ……一対多の関係が柳城流茶の湯であり、門人の誰一人他の門人を知らないということで、秘密結社よりも秘密が守られた組織になっている。

茶会は月のない夜、森の中の茶室で行われる。灯りは宗匠の手元の小さな蠟燭一本。茶室の中は殆ど闇。そして、茶会では宗匠以外一言も発してはならない。茶会に参加している者が誰なのか……誰も知ることが出来ない。

そして……誰も宗匠の素顔を知らない。

門人が宗匠と直接対峙するのは茶室でのみ、その時、宗匠自身は隠された空間か闇の中にいてその姿を見ることは出来ない。

声はするが……男なのか女なのか、年配者か若者か……分からないのだ。

だがただ一人、現在の柳城流茶の湯の宗匠第十三代柳城武州が誰なのかを知る者がいた。

それがヘイジだ。

嘗て東西帝都ＥＦＧ銀行の中に『グリーンＴＥＦＧ銀行準備室』が設立され、その室長に任命されたヘイジの部下となった桜木祐子がその人だ。

共にグリーンＴＥＦＧ銀行の設立に尽力し、坂藤の問題にも対処してきたヘイジにとって頼もしい部下だった。

当然だが、桜木の秘密をヘイジは他言してはいない。

（秘すれば花、全てそういうこと）


峰宮はクルマの中で考えていた。

日本を代表する企業の社長である峰宮も柳城流茶の湯の門人だ。だがこれまで個人的な茶に宗匠から誘われたことは一度もない。

四季折々の大寄せの闇の茶会に参加するだけだ。

（それが何故？）

そうして本部建物の前に着いた。

若い男が待っていた。

「峰宮さま、こちらへ」

男は建物ではなく庭の方へ案内する。

大きな欅（けやき）や楠（くすのき）が茂る中を歩く。

暫くすると深山幽谷（しんざんゆうこく）の中にいるような気がして来る。空気が変わるのだ。

「……」

森の中の茂みに溶け込んでいるような小屋が見えた。

その入口まで案内されると「どうぞお入り下さい」と促された。

靴を脱いで中に入ると、六畳一間、障子張りの明かり取りで中の様子が分かる。

そこは茶席の待合だった。

(宗匠がお見えになるのか？)

そう思っていた峰宮が出会ったのは、思いもよらない人物だった。

◇

ヘイジは京都御池通の地下街にいた。

ＴＥＦＧ京都支店長、帝都地所の副社長、そして帝都建設の社長が揃っている。

市役所と寺町（てらまち）通のそば、京都では珍しい地下街だ。

「ここを更に東西に広げていくということですね？」

帝都地所の副社長はその通りですと頷いた。

それは国家的な京都再開発プロジェクトだった。国が援助し、帝都地所がデベロッパーとなっての一大事業なのだ。

「京都からアフターコロナの日本の再生を実現する。インバウンド需要の回復を見込んでということもありますが、日本の地方都市の再生のモデルとなる開発のあり方が求められています」

その名も、プロジェクト〝温故知新は京都から〟が始まろうとしていた。

「世界でも類を見ない地下街を創ることになります。街そのものが世界遺産の京都の下に超近代的な街を創る。譬(たと)えて言うなら、ルーブル美術館のガラスのピラミッドのようなものです」

地下空間にこれまでなかった施設を創る。商店街だけでなく遊戯施設や運動施設、公園やオフィス街まで創る計画なのだ。

「太陽光をグラスファイバーで取り入れ、ＡＩが照明をコントロールします。屋外にいるのと変わらない環境を創り出す。そして火事や地震、テロなどの災害に対してはどんな場所より安全な空間にする。そこにいるだけ、歩くだけで気分が浮き立つ空間にするんです」

帝都建設の社長は興奮気味に話す。

それを心配そうに見るのがＴＥＦＧの京都支店長だった。

「本当にそんなことがこの京都で出来るのでしょうか？　この難しい京都で」

それを聞いたヘイジが言った。

「確かに難しい。何か新しいことを行う上での人間関係としては、世界で一番難しい場所でしょうね。だからこそやりがいがある」

　そこまで言ってヘイジは笑った。

「なんてことは、いかにも京都を知らない人間が言いそうなことなんですよ。正攻法はこの地では通用しない。裏口から腰を低くして入らないと……動くものも動かない。そして一番大事なのは序列。挨拶の順番、話を持っていく順番……一般論が通じないのが京都ですからそこが一番大事ですね」

　そのヘイジの言葉に、支店長は改めてホッとしているのが分かる。

「専務はちゃんと京都の序列を摑んで頂いてるんですね？」

　ヘイジは微笑んだ。

「今も昔も変わらないのが京都。信頼出来る筋から摑んでいます」

　そうして三人は京都市役所に向かった。

　市役所内の大会議室には京都市長、経産省事務次官と大臣政務官、京都商工会議所の会長と副会長が揃っていた。

「？」

　ＴＥＦＧ京都支店長は、そこに京都の第二地銀である洛南（らくなん）銀行の頭取がいるのに驚いた。

（京都の最大地銀ではなく……何故？）

ヘイジたち帝都グループの人間たちがそれぞれと挨拶を交わすと、市長が言った。

「京都の歴史的な再開発プロジェクトです。政府と京都市、そして京都の方々に帝都グループの皆さんが協力して行って頂くもの。是非ともこの〝温故知新は京都から〟を成功裡に導いて頂きたく存じます」

そして経産省の大臣政務官が言った。

大臣政務官は京都選出の衆議院議員だ。

「これは京都市と国、そして京都商工会議所の皆さんと帝都グループというチーム日本でのプロジェクトになります。総理も並々ならぬ関心を示されております。何卒皆さま宜しくお願い致します」

その後は、市長の指名で帝都地所の副社長、帝都建設社長と挨拶が続きヘイジの番になった。

「京都は日本の文化の中心です。日本人の心です。街そのものが世界遺産であるこの地を発展させると同時に、遺産を後世の人類の為に残していく。経済の発展と文化や遺産の継承、それが〝温故知新は京都から〟プロジェクトになります。我々帝都グループはそんな京都の皆さんを十二分にお支え致します。そのような存在として見て頂きたく存じます」

実際のプロジェクトは国が補助金を出し、全て帝都グループで絵を描いてお膳立てを行うが、ヘイジはどこまでもへりくだった言い回しに徹する。

市長は次に意外な人物に話を振った。

「では京都の金融機関を代表する洛南銀行頭取、三条幹久様からお言葉を頂戴致します」

八十歳を超えている三条は、痩せて枯れ木のような姿で立ち上がった。

「うちのような弱小銀行が、なんでこんな立派な話の場に呼ばれてんのか……よう分かりませんが、市長さんからの御指名ですんで御挨拶させて頂きます。京都は――」

話は長々と続いた。

ヘイジの横にいるＴＥＦＧ京都支店長は、何故洛南銀行の頭取が京都商工会議所の会長よりも先に先に挨拶するのか不思議だった。

（何故なんだろう？）

支店長の隣にいるヘイジは、黙ってその長い話を聞いている。

そのヘイジはある人物と目が合った。

商工会議所副会長、御菓子処『彩華饅頭』社長の今出川芳郎だ。

一ヶ月前になる。

「話は多恵ちゃんから聞いてるわ」

今出川芳郎は、二条城そば御池通を上った老舗洋食店で、ヘイジにビールを注いで貰ってからそう言った。

芳郎とヘイジは京帝大附属の中高での同級生だ。

ヘイジの方は、手酌でビールをグラスに注いでから乾杯した。

「それにしても……ヘイジが天下の東西帝都ＥＦＧ銀行の専務なんやもんな」

ヘイジは「運が良かっただけだよ」と笑った。

「まぁそやろな」

その芳郎の言葉にヘイジは、芳郎らしいと苦笑しながら言った。

「それで？　リストは大丈夫？」

ヘイジがそう言うと、芳郎は鞄から書類を取り出した。

「これが京都の序列表や。門外不出、絶対に他のもんに見せたらあかんぞ」

そこには数百の個人名と商店、企業の名が順番に並べられている。

オードブルの盛り合わせが出されて、芳郎はスモークサーモンを口に運んだ。

ヘイジは料理には手をつけずその書類を凝視していた。

「エッ⁈　京都の金融機関で序列トップは洛南銀行なのか？」

芳郎は鷹揚に頷いた。

「洛南銀行は弱小銀行やけど問題は頭取や。三条幹久さんはどこより家柄がエエ。お飾りの頭取をもう三十年近くやってるけど……それは京都の序列のシンボルやからや」

そして企業序列のトップは今出川の家になっている。今の商工会議所会長は産業機械メーカーの社長で、企業規模からトップに就いてはいるが家柄の序列では番外、副会長の今出川が実質のトップを務めているのだ。

ヘイジも納得してスモークサーモンを口にした。

「すると……京都市長との挨拶には必ず呼んだ方が良いんだな？」

芳郎は勿論と頷く。

「そうでなかったら……京都は動かへんで」

その芳郎の言葉にヘイジが頷いた時に、別の人物が現れた。

「あぁ、芳郎。ちゃんとやってるか？」

宇治木多恵だった。

芳郎の顔に緊張が走ったのをヘイジは見逃さなかった。

「うちは東西帝都ＥＦＧ銀行さんにはえらいお世話になってるさかいな。芳郎、二瓶専務さんに失礼ないやろな？」

芳郎は苦い顔つきで「ちゃんとやってる」と返した。

ヘイジは宇治木多恵にビールを注ぎながら言った。

「今出川からとても大事なものを受け取った。カーちゃんからもお礼を言ってよ」

宇治木多恵は表情を変えず芳郎に向かって言った。

「うちに恥かかさんようにしてくれたんやな。おおきに」

芳郎は「同級生の頼みやしな」と呟いた。

ヘイジは書類を見ながら呟いた。

「これで行ける。京都再開発プロジェクトは進められる」

京都市役所での顔合わせは無事に終わった。

そして帝都グループの者たちはＴＥＦＧ京都支店に集まり、今後の具体的な進め方をヘイジから聞いていた。

「京都の内は京都に、京都の外は帝都グループに……『カエサルのものはカエサルに』ということです。カネは外から入れてもヒト・モノは京都で調達してカネを落とす。そうでないと京都では大きなプロジェクトは不可能です」

帝都地所も帝都建設も、儲けの半分は地元企業に落とす青写真を作っていた。

「それで良いと思います。そして仕事の話の持っていく順序はこのリストの通り間違いなくやって下さい」

そう言って今出川からのリストを見せるのだった。

そのヘイジには京都で更に大きなことがある。

帝都グループ最大の問題への取組だった。

京帝大学経済学部教授の根本美也子（ねもとみやこ）は、突然そのメールが来た時は驚いた。

「東西帝都EFG銀行の専務？」

ミーティングのアポを取りたいとの大学総務からの連絡に理由を訊ねると、根本の研究について教えて貰いたいことがあると言う。

そうしてその人物は根本の研究室にやって来た。

(予想外に普通の人……)

根本はそう思った。

「TEFGの二瓶正平と申します。本日は貴重なお時間を頂戴し誠にありがとうございます。実は東京商工大学の矢吹先生の理論に感銘を受けまして……その理論の補足論文を発表になった根本先生のお話を、是非伺いたいと思って参った次第です」

根本は合点がいった。

「でも……日本最大のスーパー・メガバンクである御行が、矢吹先生のRFH理論や私の考えに興味があるとは……意外です」

根本は正直にその気持ちを話す。

ヘイジは微笑んだ。

「その意外なTEFGがRFHを経営に導入し、更には帝都グループ全体にまで広げることを考えていると言ったら……先生はどう思われますか？」

根本は目を剝いた。

「革命です！　それが出来たら日本は本当に変わります！　グローバリゼーションの果てに全体崩壊の危険性を秘めている市場経済、資本主義を変えることが出来ます！」

そこでヘイジは何故根本の論文に興味を持ったかを語った。

「京都再開発プロジェクト！」

その実現に向けてこれまでの開発とは違う理念を求めていた時に根本の論文を見つけ、それがRFHを補完したものだと知って、どうしても直接会って話がしたいと思ったというのだ。

「先生の理論はＲＦＲ【Return for Region】つまり企業活動の利益を源泉から地域に還元することを目指すものですね？　そしてそれはこの京都で古より行われてきたものだとする？」

根本は頷いた。

「実は私は元々東京の人間なんです。京都に嫁いできて二十年近くなる中で京都人と接し、そして京都という土地で暮らす中で気がついたこと、それが研究の核となったんです」

ヘイジは、自分も中学から大学、そして職業人となっても暫く京都で過ごしたことを話した。

「なるほど……二瓶専務ご自身が京都を知っていらっしゃるから興味を持って頂けたのですね？」

それもありますとヘイジは言った。

「ですが根本先生は学術的に京都という都市のあり方……街全体が世界遺産でありながら産業面では先端的な電子部品や電子材料、そしてゲーム産業をも生み出す地であること……そんな発展には街そのものに大きな理由があるとする点を指摘されている。それがとても重要だと感じたんです」

ヘイジの言葉に根本は頷いてから言った。

「京都という狭い地域の中で無限の美、それは様々な空間や衣食住などに及びます。それが世界中の人々を惹きつけ、京都人には内なる刺激を与え続けて新たな技術や洗練された製品を創造し続けている。それには、元々この地の人々がＲＦＨをＲＦＲという形で実践してきていたからだと考えるのです。街と人、そして歴史との関係性の中で、まさに人類が目指すべき安定した発展の方法が、この地を手本とすることで見つけることが出来るのではないか？　それが研究の発端だったのです。そしてそれが矢吹教授のＲＦＨを知ったことで一気に化学反応を起こした。この日本から今の世界の行き詰まりを打開することが出来る。まさに革命が起こせると思ったのです」

ヘイジは、それに自分たちが参加していきたいのだと言う。

「我々が参画する京都再開発プロジェクト〝温故知新は京都から〟。実はこれは京都でとどまるものではありません。帝都グループは少子高齢化が進む日本のあり方に大きな危機感を持っています。その中でこれまでの成長モデルではなく、全く新たな枠組みでの経済や産業、企業のあり方を考えなくてはならないと思ってきました」

それを受けて根本が言った。

「それでＲＦＨを帝都グループで導入しようと？」

ヘイジは頷いた。

「その為にも根本先生のＲＦＲを理解したいとお邪魔したのです」

根本は大きく頷いて言った。

「京都というものを、これまで本当の意味で経済・産業・企業の枠組みで分析研究を行ったものはありませんでした。しかしこの地は全て昔から人の手が入り続けたものなんです。あらゆる場所に物に人の神経が行き届いている。桜も紅葉も全て昔から人工的に造ってきたものです。自然に手を入れ、自然の美を自分たちの楽しみにしてきた。京都という地の美に利益を還元し続けてきたからこそ『世界で最も人気のある都市』となり世界的な電子産業の中心地にもなっているのです」

ヘイジはそこでニッコリ笑った。

「根本先生、先生の理論を実践する上でのアドバイスを当行にお願い出来ますでしょうか？当行のアドバイザーとなって頂きたいのですが？」

根本は願ってもないことと承諾した。

そして更にヘイジは言う。

「更にお願いですが……先生のご主人に我々帝都グループのことをお話し頂くと共に私をご紹介頂けたらと思うのですが？」

根本はエッという表情をした。

「二瓶専務は私の夫が誰なのかご存知なんですか？」

失礼ながら、ひょんなことから知ることとなりましたとヘイジは笑顔で言う。

「実は……ご主人の会社を、我々のＡＩがあるビジネス上の最重要企業としてピックアップしました。それと根本先生御自身の研究への、私のアプローチが重なったことに驚いていたんです。偶然ではありますが先生の理論とご主人の会社、どちらにも帝都グループの命運が懸かっています。日本のＧＤＰの三割を占める産業体の……」

そのヘイジを根本は驚きの目で見た。


「おたくさんが……例の東西帝都ＥＦＧ銀行の専務さんですか？」

ヘイジの名刺を見ながら、村本電産社長の村本丈彦は呟いた。

村本電産……電子部品の世界的企業として京都に君臨している。村本は創業者の長男で二代目の社長だ。

「家内から話は聞きましたが……当社は無借金経営で銀行さんとのご縁はおませんが？」

京帝大学経済学部教授の根本美也子の夫、それが村本丈彦その人なのだ。

ヘイジは微笑んで言った。

「社長は当行が開発を進めているスーパーコンピューター『霊峰』はご存知ですね？」

村本は頷いた。

「うちの製品も『霊峰』の周辺機器にかなり使てもろてますからな」

ヘイジはその『霊峰』をAIとしてビジネス活用していることを語った。

「同心円ビジネスネットワーク……なかなか興味深いお話ですな。ほんで？　それと当社がどない関係がおますんや？」

その村本にヘイジは資料を手渡した。

「窒化ガリウム（GaN）による半導体？　うちは低電圧・小電流のシリコンが専門でGaNのような化合物半導体には全然関わりおませんけど？」

窒化ガリウム半導体……青色LEDと同じ素材であり、化合物半導体の一つで高電圧・大電流に使用される。

ヘイジは言った。

「しかし、社長はカーボンニュートラル、温室効果ガスの排出量ゼロ……には関心ございますでしょう？」

村本はじっとそのヘイジを見た。

「同じ電機関係でらっしゃるので既にご存知だと思いますが、帝都電機は非常に厳しい状況にあります」

京都人らしく村本は全く無表情だ。

「ＡＩ『霊峰』が帝都電機の起死回生として出してきたのがＧａＮ半導体です。御承知のように需要は高電圧・大電流向け、電気自動車（ＥＶ）をメインターゲットにエネルギー蓄電、送配電のシステム向けを狙っています」

村本はフッと笑った。

「そら確かにそういうパワーデバイスにＧａＮは適してますけど……量産は出来ませんわなぁ？　高品質結晶を造らなあかん。青色ＬＥＤやったら光るだけですよって1㎠当たり10の8乗から9乗の結晶の乱れが許されますけど、ＥＶとなると……10の4乗ぐらいまで抑える精度が要りますわ。それにはまだまだですわ」

ヘイジはそこでニヤリとした。

「社長は、シリコン専門と仰るわりにはＧａＮにもお詳しいですね？」

村本は直ぐ無表情に戻った。

「御社が量産技術に目途を付けられたのは、出されている特許論文で知っています。しかし、量産してビジネス展開するとなると一千億を超える投資と新規顧客開拓が必要になる。御社としてはさすがに勝負に出られない。そうですね？」

村本は何も言わない。

「帝都電機はＧａＮに命運を懸けると言っています。特許を売って頂きたいんです。これには日本の半導体産業の命運が懸かっています。そこには御社も責任の一端があるのではないでしょうか？」

ヘイジはそう言って村本を見詰めた。

桂光義は機内にいた。

間もなくスイス、チューリッヒ空港に着陸する。

アルプスの山並みが手に届くように見える。

桂はスイスに来る度に、この国の不思議さを考えてしまう。

（永世中立国……歴史の中で真の意味でそれを維持出来たのはスイスだけだ）

ドイツ語圏、フランス語圏、そしてイタリア語圏の三つの地域が契約で国を形成している国スイス。国家としての安全保障の為にどの国とも同盟を結ばずにいる。

嘗て歴史の中で中立を宣言していた国は他にもあった。オランダやベルギーだ。

しかし、第二次世界大戦時、両国ともナチス・ドイツにあっという間に武力によって蹂躙(じゅうりん)されてしまっている。

「だがスイスは侵略されなかった」

そこにスイスという国の力がある。

「スイスにとっての絶対的力……それは銀行だ。昔から世界の政治・経済を動かす者たちの財産を管理してきている。だから誰もスイスには手を出さない」

スイスの銀行業務、プライベート・バンキングと呼ばれるものがそれだ。

世界各国の政治家、実業家、映画スター、スポーツ選手……功成り名遂げた者たちの財産を運用・管理しその秘密は絶対に守る。

（スイスを物理的に攻撃すれば自分の財産を傷つけることになる。だから誰もスイスには手を出さない）

そのスイスに気になる動きがある。

それで桂はスイスを訪れたのだ。

スイス最大の銀行であるスイス・クレジット・ユニオンバンクに全世界からの資金移動、途轍もない金額が集まっているからだ。

搭乗機が着陸しゲートまで進んでいく時だった。

「？」

桂は異様なものを目にする。

ロシア製の巨大軍用輸送機が三機並んでいる。そこへ厳重な警備のトラックが横付けされ、中から小型のコンテナが幾つも輸送機に運び込まれていく。

「なんだ？　凄い数だな」

桂には見たことのない奇妙な光景が強く記憶に残った。

入国し、空港からメルセデスのタクシーで市内のホテルに向かった。桂のチューリッヒでの定宿だった。

ホテルに到着しチェックインを済ませると、ダイニングルームで珈琲を注文した。五つ星ホテルであるサボイ・ホテル・ボー・アン・ビル、美味しい珈琲を飲みながら桂は思う。

（スイスという国の控えめな豪華さ……この国の象徴のようなホテルだ）

瀟洒さを小さく纏める中に、深い贅沢な趣を宿泊客に感じさせるホテルなのだ。

直ぐにそこへ旧知の男が現れた。

スイス第二の銀行である、スイス・ナショナル銀行頭取のステファン・アッカーマンだ。

桂が若き日に東西銀行のニューヨーク支店で為替ディーラーとして活躍していた時、ステファンもスイス・ナショナル銀行のディーラーとして敏腕を発揮していた。共に為替市場と格闘する中での情報交換を通じ信頼関係を築いた三十年来の友人だ。

東西帝都ＥＦＧ銀行の頭取まで昇り詰めた桂と同様に、ステファンも出世を遂げスイス第二の銀行のトップに就いていた。

「ステファン！　随分貫禄がついたな。どこからどう見てもスイスの銀行のトップだ」

握手をしながらそう言う桂にステファンは笑った。

「マイク、お前は体形が変わらんな。それはまだマーケットと格闘している証拠だな」

その通りだと桂は返した。桂はファーストネームを海外ではマイクにしている。

ひとしきり近況を話し合ったところで桂が訊ねた。

「空港で妙なものを見た。巨大な軍用輸送機が三機もいたが……あれは一体なんだ？」

ステファンの顔つきが変わった。

「マイク、それに関して見せたいものがある。お前が空港で見たものと、このスイスで知りたいと言ってきたことには関係がある」

そうして二人はホテルを後にした。

ステファンの社用車であるマイバッハの後部座席に二人が乗り込むと、石畳の市街地を走り出した。

二十分ほど走った時だ。

「？」

車両の前後を厳重に警固されたトラックの一団とすれ違う。

空港で見たのと同じ種類のトラックだ。

「……」

そうしてその場所が見えてきた。

「中には入れないがここから見ると分かる」

少し先に見えるのはスイス・クレジット・ユニオンバンクの特別施設だという。10万㎡の敷地の中に研修施設や多目的ホール、各種運動場やレクリエーション施設が設けられていると説明した。

「だが……一番大事なここの役割は別のものだ。いや……別のものだったと過去形になろうとしている」

ステファンの言葉に桂が怪訝な表情になった。

「どういう意味だ？」

そう言った時、また新たなトラックの一団がゲートから出て行くのが見えた。

「マイク、これはスイスの銀行関係者、それもトップクラスだけが知ることなのだが……スイス最大の銀行であるスイス・クレジット・ユニオンバンクは世界最大の金地金、金塊（インゴット）の保管管理者なんだ」

桂は、そのステファンの横顔をじっと見詰めながら聞いた。

「世界各国の中央銀行、そして大口の預金者、投資家は金を保有しているが決して現物の金地金を持っているわけではない。購入した金の現物は保護預かりにして貰う。金保有は単に帳簿上で付け替えをするに過ぎない」

桂はアッと気がついた。

「金の現物、金塊が全てこの施設に？」

ステファンは頷いた。

「第一次世界大戦後、スイス・クレジット・ユニオンバンクはこの場所に途轍もなく巨大な地下金庫を建設した。そこに金地金は全て保管されている。核攻撃を受けても大丈夫な地下数百メートルの金庫の中に、世界の金地金の六割超はあるとされている。金塊はスイスから動くことはなく、その管理は全てスイス・クレジット・ユニオンバンクが行ってきた。それは過去から変わらない」

その言葉とこれまで見たものから桂は全てを理解した。

「そ、その金塊が今、大量に持ち出されているということか？」

ステファンは頷いた。

「あのトラックでここから空港へ運ばれ、巨大輸送機に載せられてスイスの国外に持ち出されている。行先が……どこか分かるか？」

そこにあの闇の組織ハドが絡んでいることは推測出来るが、大量の金地金をどこへ持っていこうとしているのかは想像が及ばない。その桂はステファンの言葉に驚愕する。

「空港の管制官から情報を取った。行先は南太平洋のニューカレンダルだ」

住民投票によってフランスからの独立を決めたニューカレンダルだ。

ステファンは、ニューカレンダルがセレブたちの移住先になるのだと語った。

ヘブンズ・ヘブンという名のセレブ国家がそこに建設されていると言う。

桂は、世界中の富裕層の膨大な資金がスイス・クレジット・ユニオンバンクに集められていることの裏に、ハドがいることまでは推察出来ていた。

「俺はその資金で先進各国が発行する予定の転換国債を購入し、最終的に国株に転換させて世界の全ての企業を支配するつもりだと思っていたが……本当に国を創っていたとは……だが何故？」

ステファンの話では莫大な資金の半数は金の購入に充てられ、そして買った金は現物での引き取りを主張してスイス・クレジット・ユニオンバンクの地下金庫から運ばれているのだという。

「私もその事実はつい最近摑んだんだ。それはある事故から分かった。先日、スイス・クレジット・ユニオンバンク副頭取のクリスチャン・バレがジュネーブで事故死した。いや、バレは間違いなく殺された」

　桂は驚いた。

「バレはスイス・クレジット・ユニオンバンクのブランドマークである金のインゴットの巨大看板の下敷きになって死んでいた。バレはスイスから金地金を大量に持ち出すことに大反対していた。スイスの安全保障に関わるとして、バレは愛国心から現物の移動はさせないと頑張っていたというんだ」

　桂はなんとも嫌な思いがした。

「そのバレが殺された。それも黄金の下敷きになって死ぬという象徴的姿で……。それを見て、スイス・クレジット・ユニオンバンクの幹部たちは相手の恐ろしさに気づかされ金地金の輸送を認めたんだ」

　ゾッとしながら桂は言った。

「ハドの奴らは暴力装置を使いテロリストも使う。そうやってセレブ国家を創り、その国で膨大な金塊を持つその狙いは……。?!」

　桂は気がついた。

「まさかッ?!」

　桂はそのハドの深謀遠慮に肝が冷えた。

第九章　資本と通貨の絶体絶命

ヘイジは京都出張から戻った週末、自宅で娘の咲の世話をしていた。

妻の舞衣子は買い物に出掛けている。

つかまり立ちが出来るようになった咲が楽しそうにするのが、親としてなんとも見ていて可愛い。

数日家を空けただけで娘が大きくなったように思えるのが不思議だった。

「子供って凄いな」

ヘイジは子供が出来てから自分の人生観が変わったのを感じていた。

「身近で人が育つのに自分が関わる。育てることのなんたるかを知る。それが人間にとってどれだけ大事なことか……」

ヘイジが銀行マンになってからの人生を顧(かえり)みると、そこには戦いしかなかった。

自分が生き残るための戦いだけだった。

弱小銀行の出身者として合併の連続の中で常に呑み込まれる側だったヘイジは、虐げられる中でどう生き残るかを考えて生きてきた。

(周りを育てるなんていう空気は、あの頃の銀行の状況では消えていた)

それは銀行だけではなかった。バブルが崩壊した後の日本の企業は、余裕を失いまさに一斉にそんな状況になっていった。

(育てる・育てられるという優しさや包容力は失われていった)

そこに人生を重ねる自分がいた。

(だけど今は違う)

ヘイジは東西帝都EFG銀行を変えようとしていた。銀行だけではなく銀行に関わる全ての存在を〝本当にあるべき生き生きとしたものにする〟ことを考えていた。

娘の咲はその象徴のように思えた。

(子供を育てる責任感、子供を愛おしむ喜び、それを仕事の中にも持つ)

帝都グループ全体の融資責任者となって、日本を代表する企業の問題に取り組んだ。

その中で見えてきたもの。

仕事をする仲間、グループ、ヒトとヒト、ヒトとモノ、ヒトとカネ……その〝結びつき〟を愛おしむように見るとネットワークというものが最も大事なものだと分かった。

そこに、ＡＩ『霊峰』を利用した同心円ビジネスネットワークという武器が出来て本格的に稼働を始めた。

ヘイジは二週間前の、帝都電機との話し合いを思い出していた。


「窒化ガリウム（ＧａＮ）半導体への転換？」

それは同心円ビジネスネットワーク推進チームの吉岡優香とＴＥＦＧ総研の半導体アナリストの二人がＡＩ『霊峰』を使って導き出した、帝都電機生き残りへの希望の光だった。

「はい。帝都電機は、現在パワーデバイス向けにシリコン半導体を製造していますが……その競争力は強いとは言えません。リストラで半導体部門を残すとしても、今のままでは収益の柱とはならないのが実情です」

アナリストは言う。

「しかし、ひょんなことから宝の地図が発見されたんです」

吉岡は笑顔でそう言うのだ。

「二瓶専務からＲＦＨのＡＩ『霊峰』へのアプリケーション活用の指示を受けて調べるうちに、京帝大学経済学部の根本美也子教授の論文に当たりました。その根本教授を中心とする同心円情報を『霊峰』に描かせると、根本教授の夫である村本電産社長の村本丈彦氏がピックアップされ……その村本電産が持つ特許論文にヒットしたのです。それがＧａＮ半導体、宝そのものなんです」

ヘイジはまだ分からない。

「そのＧａＮ半導体がどうして宝なの？」

同じように分からなかった吉岡は、ＴＥＦＧ総研の半導体アナリストに話を持っていったという。そこからアナリストが説明した。

「窒化ガリウムは、パワーデバイスにはシリコンよりも優れていることは知られているのですが……実用化する為の量産化の技術に目途が立たなかったのです。しかし、そのブレークスルーをしたのが村本電産の研究者だったんです」

ヘイジはアナリストに訊ねた。

「じゃあ、村本電産がその技術でＧａＮ半導体を製造するんじゃないのかい？」

そうはいかないのだとアナリストは言う。

「その為の投資には、一千億以上の投資資金と村本電産には新規顧客の開拓が必要になります。だから村本電産としては勝負に出られないんです。京都の電子部品メーカーはそれでなくとも慎重ですから……」

ヘイジは重ねて訊ねた。

「じゃあその特許を帝都電機が買って、ＧａＮ半導体の製造に乗り出せばいいのでは？」

問題はそこだとアナリストは言う。

「帝都電機は当然、その特許のことは知っている筈です。しかし日本の電機企業の代表のような帝都電機は、一千億円という思い切った投資に踏み切れないんです。過去二十年、五百億を超える投資は一度も行っていません。その為に半導体では、韓国や台湾に完全に置いていかれたんですが……」

ヘイジは状況が分かった。

「で？『霊峰』はこれで、ＧａＮ半導体で、勝負に出ろと？」

二人は頷いた。

「新たな収益の柱が作れないと、五年後に帝都電機は債務超過に陥る可能性があると出ています。兎に角、リスクを取って進ませることを『霊峰』は告げています」

吉岡の言葉でヘイジは動いたのだ。

「そうか……それで君は担当専務としてどう考える？」

ヘイジは頭取の岩倉に帝都電機の件を話した。

「帝都電機にリスクを取らせるには、当行から最低でも一千億の追加融資が必要になります。

私としては帝都電機がやると決めれば、腹を括って融資に応じるつもりです」

岩倉は少し考えた。

「そうか……AI『霊峰』の神託と心中しようということか……」

それは違いますとヘイジは言った。

「人と、帝都電機の経営陣との心中です。そこはハッキリ申し上げておきます」

岩倉はそのヘイジに明確に言った。

「帝都電機が決めることだ。君が腹を括っているなどと言って背中を押しては駄目だぞ」

ヘイジは肝に銘じますと頭を下げた。


ヘイジが帝都電機本社に出掛けると、社長以下五人の関係役員が揃っていた。

社長はバツが悪そうに言う。

「まさか二瓶専務からGaN半導体の話が出ようとは思ってもいませんでした」

ヘイジはこれが帝都、これが日本企業なんだと思った。

「どうなんですか？　帝都電機としてはリスクを取るおつもりはないのでしょうか？」

ヘイジは詰め寄った。

それに対して副社長が自信なげに呟いた。

「世界でもまだ量産化出来ていないものです。それに当社が先鞭をつけるのは……」

どこまでも弱腰だ。

「ＡＩ『霊峰』は、今のままでは五年後に御社は債務超過と予測を出しています。そのことはご存知ですよね？」

全員力なく頷く。

「座して死を待つか、打って出て突破口を開くか……今この場が大事だと思いますが？」

社長がそのヘイジに目を向けた。

「御行はどう見ていらっしゃるのですか？」

ヘイジは首を振った。

「当行は帝都電機さんの決断次第です。帝都電機さんが腹を括られるなら善処します」

ヘイジは、自分も腹を括るとは言わない。

それを聞いて財務担当専務が言った。

「新規投資となると一千億超の追加融資……御行からの借り入れ総額は六千億を超えますが？」

ヘイジはそれに対しては決然と言った。

「貸し出しのリスクは当行の話です。当然相応の担保は出して頂きます。御社は御社で決めて頂ければ良いだけです。御社が決断されたらこちらもそれに基づいて融資に応じるかどうか、応じるなら条件を決定するだけです」

社長は全員の顔を見回した。

「もし、韓国や台湾メーカーが村本電産の特許を取得しＧａＮ半導体量産に成功したら……そこで当社のパワー半導体部門は終わることになる。それでも良いのかね？」

リストラの後に収益の牽引役となる筈が、新たな不採算部門に半導体部門がなってしまう可能性があるのだ。

「どうする？　過去二十年のように、韓国や台湾からガッツを見せつけられて臍を噛むという経営を続けるかね？」

社長はそう言って厳しい顔つきになった。

皆は黙っている。

そこでヘイジは言った。

「頭取からは皆さんの背中を押すなと釘を刺されたのですが……申し上げます。私は東西帝都ＥＦＧ銀行の中で、絶滅危惧種と呼ばれてきた人間です。弱小銀行の出身者として地獄を見て生き抜いた経験があります」

皆はそのヘイジを真剣な面持ちで見た。

「その経験から言わせて頂くと……ここというところでは言うべきことを言い、やるべきことはやるということです。だから私は言わせて貰います。やりましょうよ。私は御社の担当責任者として腹を括ります」

そうして話を決めたのだ。


「あーッ！」

咲が転んで泣いた。

「大丈夫、大丈夫」

ヘイジは娘を抱き上げて言った。

「僕がついてる。だから大丈夫だよ」

◇

「あなたは？」

そこは柳城流茶の湯総本部の森の中、茶室へと続く待合にその男は入って来た。

「初めまして、矢吹博文と申します」

矢吹……峰宮はどこかでその名前を聞いたことを思い出そうとした。

「東京商工大学経済学部で教鞭を執っております」

そう言われ思い出した。

「あぁ、矢吹先生でございますか。私は峰宮義信、帝都商事で社長をしております」

お噂はかねがねと矢吹は言う。

(？)

峰宮は不思議だった。

(柳城流茶の湯は誰が門人なのかは宗匠以外は知らない筈……大寄せの茶会でも闇の中で行われて誰が誰だか分からない……なのに、何故だ？)

その峰宮の疑問を察したように矢吹は言う。

「極めて大事な時だけ……こうやって宗匠は門人同士を引き合わせるということらしいです」

峰宮は怪訝な表情になった。

「何故、矢吹先生と私を？」

矢吹はふっと上を向いてから言った。

「宗匠の柳城武州様が、私の提唱する理論を峰宮さんが帝都グループで実践されることを願っておられる。そういうことなのかと思いますが……」

そこで峰宮は、中央経済新聞に矢吹が寄稿したものを読んだことを思い出した。

「先生の理論……確かＲＦＨ【Return for Human】でございましたね？」

その通りですと矢吹は頷いた。

「ここは柳城流茶の湯の席です。お互い腹蔵なく話しましょう。先日私の学生時代の友人が研究室を訪れて話してくれました。闇の組織ハドの存在、転換国債の顚末、そして世界を揺るがすテロや工藤勉によるデスリスト実行などの所業……」

突然の言葉に峰宮は少し身構えた。

「私も実はあのリストに名前があります」

峰宮がそう言うと、矢吹も存じておりますと真剣な表情になった。

「この世で信じられないような恐ろしいことが起こっている。友人はそう言いました。闇の組織ハドは途轍もなく戦略的だと……それに対抗するには戦略的に武装しなくてはならないと……。彼は今の株主資本主義ではハドの思う壺だと言っていました。ハドに対抗するには資本主義のあり方、政府が掲げる新資本主義とは根本的に違うものが必要だと。真にこれから必要な資本主義のあり方……それを戦略として、背骨に持って戦わないとハドには勝てないと……」

　そこまで言って矢吹は峰宮を見た。

「その武器がＲＦＨだと仰るのですね？」

　峰宮の言葉に矢吹は頷いた。

　そうして自分の論文を取り出して峰宮に手渡した。

「是非読んで頂きたい。そして、日本のＧＤＰの三割を占める帝都グループで実践をして頂きたい。これは夢物語ではなく、今やらなければ人類は取り返しのつかないことになってしまう。そこに気がついて頂かないと駄目なんです」

　真剣な表情の矢吹に「拝読させて頂きます」と峰宮は言った。

「ところで、先生のお友達とはどなたなのでしょう？　差し支えなければ」

　矢吹は微笑んだ。

「帝都グループでは有名人でしょう。東西帝都ＥＦＧ銀行元頭取の桂光義君です」

　峰宮は驚いた。

「あの桂さん……」

　今は日本有数の資産運用会社を運営している桂のことは、峰宮も知っている。

（高名なファンド・マネージャーであり世界的なマネーネットワークを持っている男だ。その男がＲＦＨを……）

そこで峰宮はＲＦＨの価値を考えさせられたのだった。

そうしてそれから二人は茶室に案内された。

そこは宗匠が特別な時に使う茶室だと分かった。大寄せの闇の茶会への道とは違う。

闇の中の路地を蠟燭一本の明かりで進む。

そうして躙り口から茶室に順番に入った。

正客は矢吹で次客が峰宮になる。

「……」

ほのかな蠟燭の灯りは茶室の下半分しか見せてくれないが、三畳間だということが分かる。

土壁には藁苆が混じり、腰壁には反故紙が貼ってある。

（古典的な茶室だな）

峰宮はそう思いながら静かに心を落ち着けていた。

「？」

男なのか女なのかも分からない亭主が現れたが、炭点前が行われているのが気配で分かる。

「……」

そうして霰釜から松風の音が響き始めた。

黒漆の切目の水指、茶碗は青磁だ。

（安井茶碗？）

峰宮は驚いた。

安土桃山時代に、天下に三つの茶碗とされた大名茶碗の一つだ。

茶筅を動かす音が軽やかに聞こえる。

そうして客の二人は茶を呑んだ。

亭主が言った。

「どうか……日本のこれからのこと宜しくお願い致します」

その声は不思議な響きを持ち、男なのか女なのか、年寄か若いのかも分からない。

ただどこかこの世のものでない声の主に思える。それだけにその言葉は重く心に沁み入ってきた。

そうして茶会は終わった。

「叔父様、ありがとうございました」

柳城流茶の湯総本部の応接室、そこで矢吹はくつろいでいた。

茶会は終わり峰宮は既に帰った。

そこにいるのは、柳城流茶の湯の宗匠である桜木祐子だ。

「私は茶の湯が嫌で成人した後は茶から離れたが……死んだ兄が残した祐子ちゃんは可愛い。その祐子ちゃんが私の理論を重要と考え、柳城流茶の湯の門人、つまり日本を動かす人たちに向け啓蒙してくれることは本当に有難い。中でも旧財閥は大きい。もし帝都商事がＲＦＨを採用してくれたら……日本は変わる。闇の組織にも対抗出来る筈だ」

その言葉に桜木は頷いた。

「私の浅知恵でこのような場を設けておりますが、叔父様にそう言って貰えると嬉しいです」

桜木は思っていた。

（これで世界が変わるかもしれない）

そしてヘイジの顔を思い浮かべていた。

（あの人もきっとやってくれる）

◇

南太平洋のニューカレンダルは、建設ラッシュに沸いていた。

世界各国から建設会社が集まり、都市開発が急ピッチで進められていた。

超高級コンドミニアムは勿論、多くの大邸宅が海岸沿いに建設されていく。

空港には連日、大型の輸送機が様々な資材を運んでやってくる。中でも超大型のロシア製軍用輸送機は目をひく。それが一日に多いと五機ほどくる。

中から小型コンテナが幾つも運び出されていくが、相当な重量があるのか積み込みのトラックの荷台が深く沈む。

その積み荷を載せたトラックの一団は、ダウンタウンを離れ内陸部にある旧フランス軍施設へ向かう。

そこは嘗て、原子力潜水艦に搭載するＳＬＢＭ（潜水艦発射弾道ミサイル）の核弾頭が貯蔵されていた場所だ。

一九六〇年代に地下五百メートルに造られた強固な地下倉庫は、誤って核爆発が起こっても地上では弱い地震程度にしか感知されない。

今そこには、十発の核弾頭と共に膨大な量の金のインゴットが貯蔵されている最中だ。

核弾頭はフランスから独立して新たに国家となったニューカレンダル、別名、ヘブンズ・ヘブンがロシアから購入したものだった。

そして……金地金の量は、既に世界に存在するインゴットの三分の一に達していた。

「簡単なものだね」

マジシャンは南太平洋の明るい太陽の下でそう言った。

「何がです？」

フォックスが訊ねた。

「世界を動かすということが……だよ。本当に簡単なことだ。今や我々は世界の財産の三分の一を意のままに動かしている。それで新たな世界を創り出そうとしている」

マジシャンは鶯（うぐいす）色の麻のスーツにパナマ帽を被ってのサングラス姿、フォックスはアロハシャツにバミューダパンツ、それにサングラスというラフな観光客スタイルだ。

フォックスはふと笑った。

「？」

マジシャンがどうしたと訊ねると、あることを思い出したと言う。

「いえなに……昔、ある若い女性の小説家と、同じく若い女性漫画家の二人が屋台のおでん屋で深夜、コップ酒を飲みながら交わしていた会話……というのを思い出したものですから」

マジシャンは微笑んで何かねと訊ねた。

「二人はこう話していたと言うんです。『どうする？　ハワイに別荘でも買う？』『う〜ん……その前にクルーズ船のファーストクラスで世界一周しようかなぁ』と……。それをおでん屋の親父は微笑ましく聞いていたということがあったそうです」

フォックスは続ける。

「おでん屋の親父は、当然のようにごく普通の女の子二人が冗談を言い合っていると思っている。ですが小説家は書いた作品が歴史的ベストセラーになり数百万部の売上で国民的作家と呼ばれ、漫画家は描いたマンガがアニメ化されたのを機に単行本が数百万部も売れ、共に大ブームになっていた。つまり二人には莫大なカネが実際に入っていて……そんな話を屋台で飲みながらしていたと言うんです」

マジシャンは笑った。

「で？　二人はその後どうした？　別荘を買ったりクルーズ船を楽しんだのかね？」

フォックスは首を傾げた。

「おそらく買っても乗ってもいないでしょう。その後ずっと仕事に追われる日々を送り……せいぜい時間を作っては、屋台でコップ酒を飲み交わしていたことでしょうね」

マジシャンは頷いた。

「それが日本人だろうな」

その話はそこで終わった。

南太平洋の爽やかな風が頬を通り過ぎる。

「さて、金地金（ゴールド）の方は君のお陰でスムーズにここへ動かすことが出来ている」

マジシャンの言葉に、フォックスが少し複雑な顔つきをした。

「はい。ただ人の生き死にを……これほど簡単に扱えるとは……今更ながらハドの力の凄さには恐れ入ります」

スイス・クレジット・ユニオンバンク副頭取のクリスチャン・バレの事故死……バレの件を暴力装置に依頼したフォックスの言葉だ。

マジシャンは微笑む。

「人は死ぬもんだ。そんな自然なことを気にすることはない。そして暴力とは大小様々に使える道具だ。人を制する為の使い勝手の良い道具……それは古来から変わりない。それはハッキリしている」

微笑みながらそう言うマジシャンの横顔をフォックスはじっと見詰めた。

「ここまでは順調だ。ヘブンズ・ヘブンが出来上がっていく。トム・クドーの存在はやはり大きい。大富豪、セレブなどという連中は疑心暗鬼、恐怖心の塊だ。周りは皆自分たちを食い物にしようとしていると考える。そして既存の国や政治家に対し今ほど疑念を持っている時はない。資本主義や自由主義のあり方を変えるとか、格差を是正するとか……自分たち資産家から財産をむしり取ろうとしているように聞こえる。そしてそこへ自分たちを標的にするテロリストが現れ、処刑リストまで公表し同類を無残な姿で殺していく……そんな世界から逃げ出したいと思うのは自然なこと。だからヘブンズ・ヘブンへ皆は移って来る」

スーパーリッチだけが暮らす国、世界の富の大半がその国に集められる。

「？」

大型の輸送機が頭上を飛んでいく。

「またゴールドがやって来る。世界中の金塊が集まってくる。いやはや簡単なものだ」

マジシャンは淡々とそう語る。

そして突然「あぁ」と何か気がついたようになった。

「さっきの話、良いじゃないか」

何です？　とフォックスは訊ねた。

「屋台のおでん屋、ヘブンズ・ヘブンでも出そうじゃないか」

フォックスはそれに苦笑して言った。

「世界は何も変わらないのかもしれませんね。世界的にインフレは広がっているのに株価は下がらない。資本市場の安定の為に、各国中央銀行が日銀と同様に金融政策として株を買うという噂でそうなっている。さらにその先に転換国債があるという安心感がある。そんな中央銀行が保有している金地金をこれから売らせる。中央銀行から大量に売りに出るゴールドをヘブンズ・ヘブンが密かに買い続ける。全てが表面上安定していて何も変わらないように見える。そこまでの絵を描いたハド、何も変わらないと思わせることこそ、世界支配への要諦なのかもしれませんね。日本からヘブンズ・ヘブンに移住して来たセレブが屋台のおでん屋を見つけてホッとする。『なんだ！　どこも変わらないじゃないか！』そう口にするのが目に見えるようです」

その言葉に笑いながらマジシャンは言った。

「その通りだね。しかし一つだけこれまでとは違うことが起きている。通貨が無限、永遠だと誰もが思っている中で我々が行っていること……それは全く違う」

マジシャンは空を見上げた。

また大型の輸送機が飛んで来る。

「我々がここで行っていること。それがどんなことになるのか？　世界が全てを知った時どうなるのか？　いやはや……面白いね」

そのマジシャンにフォックスは言う。

「トム・クドーがこれから何をするか、先日ローマで会った時に確認しようとしましたが……分かりませんでした。トム・クドー、工藤勉は純粋な無政府主義者、アナーキストでありテロリストである。それだけは分かりましたが……」

マジシャンは小首を傾げた。

「トム・クドー、極めて人間的人間だということだね。彼こそがハイデガーが求めていた真の人間かもしれない。生の一回性をまさに生きている。理想の世界というものを求める永久革命者であり続けようとする。そういう男なんだろうね」

フォックスは頷いた。

「その通りです。兄は、いえトム・クドーは国家のない世界を創ろうとしています」

それを聞いてマジシャンは微笑んだ。

「ハドは彼の動きを完全に摑んでいる。ここからはトム・クドーによるリアルな破壊活動を行って貰わないといけない。史上最大のショーを見せて貰わないと困る。そこに観客の国家がいる。国家はあり続ける。テロリストと戦うために、民主主義国家も強権主義国家も一致団結してあり続けて貰わないといけない。そうでないと我々の存在はない。我々の支配もないのだよ」

分かっています、とフォックスは言った。

そして海を眺めた。

◇

東西帝都ＥＦＧ銀行は活気づいていた。

「銀行ってこんなに面白い仕事をするところだったのか！」

そんな声がそこここから聞こえてくる。

ヘイジが専務となってからの変化だ。

同心円ビジネスネットワークを全営業担当行員に対して実施、メタバースでの『新たな銀行ビジネス』がさらなる局面を生み出していたのだ。

「中堅や若手行員がこんなに生き生きとするなんて……」

メタバース営業空間に次々と持ち込まれる案件にＡＩ『霊峰』が情報を与え、そこから具体的なビジネスを様々な中心点から設定し同心円を描く。

シャッター街となっている商店街に新たな店舗を呼び込んで町興しを行うという中心点に対し、ヒト・モノ・カネの情報が次々に与えられて同心円が描かれる。

ＡＩ『霊峰』はＴＥＦＧ本・支店の持つ情報だけでなく帝都グループ企業の情報、そして地方自治体や大学、ＮＰＯやＮＧＯ、ボランティア団体の情報までを網羅して同心円に重ねていく。

〝店舗〟という中心点から食品・飲食の円が描かれる。すると近郊にあるどら焼きが評判の老舗和菓子店の情報に当たった。独特の皮の風味と餡(あん)の美味しさが評判のその店が、後継者が無く事業の継続が難しいという情報が自治体からもたらされていたのだ。

そして同じく近郊でパンケーキが人気のカフェが店舗の拡大を考え、資金調達をＴＥＦＧの支店に求めて相談に訪れていた。

そこに調理師専門学校を好成績で卒業し、菓子職人を目指すやる気ある若者がピックアップされ、経理や管理で経営をバックアップする人材をＴＥＦＧのＯＢから探し出す形で揃えて店舗営業のメニューが出来上がる。

それをＴＥＦＧのメタバースでの経営会議に掛けた後に関係者と意見調整、商店街の中に老舗どら焼き店を継承して出すことが提案される。

これでパンケーキが評判の店に新たな業態として老舗どら焼き店の暖簾(のれん)を継承して買収させ、その資金をＴＥＦＧが融資する。和菓子店のノウハウは若手の職人が吸収して、評判のどら焼きをシャッター街に店舗を出して売り出す。

そのシャッター街の再生、そこに命題としてナショナルチェーンによるビジネス展開ではなくどこまでも地元のヒト・モノ・カネを活かす町興しを置いたのだ。

その舵取りをＴＥＦＧの行員がする。

メタバースでその行員は言った。

「オリジナルであって懐かしいもの。そんな商店街を作るんです」

それはＡＩ『霊峰』ではなくまさしく人間による付加価値のつけ方だった。

中心となるどら焼き店が出来るとその同心円に地域ならではの麺類の店、居酒屋が作られていくことになった。

ＡＩ『霊峰』は街並みの統一を提示し、そこに昭和レトロの味わいのある店舗を並べることで極めてユニークで魅力的なテーマパーク的な商店街になると示した。シャッター街にはそのまま昭和の外観として使える店が何軒もあった。

そして自治体に対して大々的にコンセプトに合った店舗誘致を行わせた結果、どんどん店は増えてカフェや雑貨店、ミニシアターまで出来て『昭和にぎやか商店街』という名物商店街になっていく。

ＴＥＦＧでは、メタバースでも同じ商店街を作り商店街の中で何十人もの行員が議論することでどんどん実際の商店街を活性化させる情報の発信を行っていく。

ＴＥＦＧの関連融資の総額は五億円、帝都グループ企業を含め年商は予測が二十億円に上っている。その間、僅か一年半……。

「何もないゼロだったシャッター街、自治体からもお荷物扱いされていた場所からこれだけのものが作り出せている。あの美味しいどら焼き、まさにあれが全てを作った。一つの悟りが皆を悟らせる。〝九山八海〟そのものだ」

ヘイジはその案件の詳細を知ると心強くなった。

同心円ビジネスネットワークのメタバースは、TEFGの営業体制を変えていた。

「これまでのトップダウン型、縦割りの組織ではこれは出来ない。役職の上下を完全になくしプロジェクトユニット毎に人が集まって行っていく。そういうやり方に銀行ビジネスを変える」

実はそれはまさに、最先端のアメリカのITビジネスが行っていることだった。

ヘイジは同心円ビジネスネットワークにプロジェクトの大中小を設けず、参加する行員たちがやりたいものをどんどん進める方針を取らせた。

「急がば回れ。こうやって行員たちのやりたいことでやる気を出させれば元々は優秀な人間たちだ。身近に本当の戦力がある。青い鳥とはこのことだな。銀行というオワコンの起死回生は末端の行員からのボトムアップのモチベーションにあって、上からの改革などでは出来ない」

そのヘイジも驚くことを言い出す行員がいた。

「インドに行きたい?!」

　ヘイジは吉岡優香の言葉に驚いた。

「私がTEFGに入った時に思った私しか出来ないこと。それがTEFGにとって大事なもの……それをここできちんとやっておきたいんです」

　吉岡は、インドでの児童労働改善の状況をコロナ禍の中でちゃんと検証したいというのだ。TEFGは途上国での融資の際に、環境問題と共に児童労働などの改善を前面に打ち出している。

　吉岡は父親が外交官だった為に様々な国で育ってきた。

　日本語、英語、アラビア語のトライリンガルで子供の頃から日本人であることを強く意識して育った。

　そんな吉岡は、大学のサークルのネットワークを通して世界中の環境・人権保護NPO、国連組織に人脈を作り上げ様々な情報や意見の交換を行うようになっていた。

　その吉岡が言う。

「二瓶専務からAI『霊峰』と同心円ネットワークビジネスプランの開発に向けたプロジェクトに参加しろと言われて、最初はどうなるかと思っていましたが、私が持っていたネットワークもそこに活かすことが出来て、様々に広がりを行内で見せていることは本当に良かったと思っています」

それはヘイジが一番よく理解している。

「ただ、ある意味で、私がまだまだ半人前ながら新たなプロジェクトに貢献出来るのはここまでだと思っています。それで更にここで私がやっておかなくてはならないこと、難しいことに挑戦させて頂きたいんです」

真剣な目で吉岡は言う。

「TEFGは途上国での融資の際、環境改善や労働条件、人権の改善などをセットで行っていますが……インドやパキスタンではまだまだ児童労働がなくならないのが実情です。大手輸出企業の下請けで規制の目が届きにくいところで行われ……現地では深刻な問題になっています」

そういった問題は、日本を含む先進国ではまだ十分に知られていないのだと吉岡は強調する。

「TEFGは、国際的な銀行として人権問題解消でのリーダーシップを発揮する目的で地元産業に融資を行う見返りに児童労働を止めさせ、子供たちに教育を受けさせるよう指導するプロジェクトを立ち上げ成功させています。しかし、それはまだ小さな動きです。それをどうやったら大きなうねりに出来るか。そこに二瓶専務が導入されようとしているＲＦＨ、ＲＦＲを取り入れられないかと、それを現地にちゃんと出向いて確かめられないかと思ったのです」

ヘイジはハッとなった。

「本当の意味で、発展途上国の産業や企業がその地域に単に経済発展をもたらすだけではなくて地域のあらゆる人々、特に弱者や子供たちにまで恩恵が届くようにしていかなくてはいけない。その為のＲＦＨやＲＦＲであると思うんです」

ヘイジはじっとその吉岡を見た。

「まだコロナが収まっていないインドやパキスタンに行って仕事をするとなると大変な覚悟がいるが……やりたいんだね？」

吉岡は大きく頷く。

「私はＴＥＦＧという組織の凄さを知りました。それも二瓶専務のような方がいらっしゃることで、本当にその凄さを知ったと思っています。そして私の全てを活かして下さるのは二瓶専務です。何卒宜しくお願い致します」

そう言って深く頭を下げる。

ヘイジは胸が熱くなっていた。

「分かった。人事と話して君の希望を実現させるようにしよう。だが危険なところまでは絶対に行かないようにしてくれよ」

ありがとうございますと深く頭を下げる吉岡を、ヘイジは心から頼もしく思った。

桂光義はスイスから戻り、中央経済新聞の荻野目と話し合っていた。

「金地金が大量にスイス国外に?!」

桂が緊張の面持ちで頷く。

「大量どころではない。世界の三分の一近い金のインゴットだ……行先はニューカレンダル」

荻野目がさらに驚く。

「フランスから独立した南太平洋のニューカレンダル?! 一体何故そんなところへ?」

桂はハドの底知れぬ戦略性を想像しながらスイス・ナショナル銀行頭取のステファン・アッカーマンから聞いた話をした。

「セレブ国家?! ニューカレンダルが世界中の大富豪の為の国家に?!」

桂は頷いた。

「ハドはテロリストのレジェンド、工藤勉を野に放たせ、テロを行わせ、デスリストの実行で世界中のセレブを恐怖のどん底に突き落とした。そして実に巧妙にそのセレブたちに資産を提供させている。安全な国家をご用意しますと言ってな」

荻野目は考えた。

「メガバンクの大口個人顧客の預金が大量にスイスに移されていると聞いていましたが、それがまさか……」

桂はそのカネで金地金が購入され、その現物を移動させているのをこの目で見てきたと語るのだ。

「奴らは現物の金を求めている。何故そんなものが必要か？　荻野目、金とは嘗て何だったか考えてみろ」

荻野目は直ぐに答えた。

「金とは最高の通貨代替物……嘗て紙幣は兌換紙幣、つまり金と交換できるものとして通貨はその価値を維持していた」

そこだと桂は言う。

「奴らはスイスから金地金を全て動かし、モノ自体としての金を手に入れている。そこに魔法を吹き込もうとしている筈だ」

荻野目は怪訝な顔つきになった。

「魔法？」

桂は頷いて言った。

「奴らの狙いはセレブ国家での金本位制だ。間違いない」

あッと荻野目は声をあげた。

「工藤勉がテロを世界中で行いインフレ不安をさらに煽る。そうして世界中のマネーを吸い上げて金を手に入れ……囲い込む。もし……もし、インフレの昂進で世界が紙幣に対して信用を示さなくなった時、マネーとして再登場するものが金本位制しかなくなったら……」

荻野目の言葉に桂は厳しい顔で言った。

「通貨は完全に奴らに支配される」

荻野目はゾッとした。

桂は恐怖を目に滲ませて言った。

「奴らは二段構えなんだ。転換国債を発行させて世界中の企業の資本を握る。そして金本位制を復活させて通貨も握ってしまう」

二人はじっと黙り込んだ。

「昨日、日銀を取材して、手持ちの金地金を全て売却することを内々に決めたことを知りました。Ｇ20は今一斉に株式購入と転換国債の発行の検討を行っている。日銀と同様に株の購入の為に保有する金地金売却を決めたら……完全にハドの思う壺ですね」

桂は頷く。

「そうすれば永久に資本と通貨を支配出来る。ハドは一連の流れを仕組んでいる。奴らは凄い戦略を描いて動いている」

そこまで言って桂は黙った。

「!!」

桂を見て荻野目は驚いた。

桂が不敵な笑みを浮かべているのだ。

（大相場に向かう時の桂さんだ!!）

荻野目はその桂をじっと見た。

「相手にとって不足はないじゃないか。途轍もない戦略でやって来る相手に小手先では勝負にならない。であれば、こちらも戦略的に大きな絵を描いて動かないといけない」

荻野目は桂が自分の相場を描いているのを感じた。

（こんな時の桂さんは凄い勝負をする）

桂は言った。

「荻野目、ＲＦＨで行くぞ」

エッと荻野目は声を出した。

「どういう意味です？　矢吹教授のＲＦＨ理論を具体的にどうすると？」

桂は目を光らせている。

「中央経済新聞でキャンペーンを張るんだ。政府の新資本主義、賃上げでの税優遇などでは実効性がないことを明確に示し、ＲＦＨを全ての上場企業が採用する流れを作るんだ」

荻野目は驚いた。

「ここで先進国が株主資本主義を改めて、資本から得られる利益を人間に還元することを明確に掲げて実践するとなるとハドの思惑が外れる。それは決して難しいことではない。ＲＦＨ理論はやれば出来る。問題はそれを株主が評価するかどうか、株式市場が、投資家がちゃんと評価するかどうかだ。ＥＳＧやＳＤＧｓでの評価は曖昧だがＲＦＨはクリアーだ。真に資本から得られる利益を人間に還元するのは、透明で見える」

荻野目はまだ分からない。

「どうやるんですか？　どうやってＲＦＨを株主が評価し、企業に採用させるようにするんですか？」

桂はニヤリとした。

「ファンドを作る。巨大なファンドを作って世界中からカネを集める。特に年金、公的年金のカネだ。年金は真の長期成長企業への投資が必要だ。今のままではどの企業も成長は出来なくなる。地球環境や社会環境の悪化が成長を止めてしまう。それを打破するのがＲＦＨであり、採用する企業の株を集めるのがＲＦＨファンドだ。それによって嫌でも市場はＲＦＨを評価することになる」

荻野目は驚いた。

桂はファンド・マネージャーだ。それも世界的なファンド・マネージャーであることを改めて思い出した。

「そうか……でも、具体的にＲＦＨを採用する企業があるんですか？」

桂は大きな笑みを作った。

「帝都グループがやる」

エッと荻野目は目を見開いた。

「専務の二瓶正平が進めている。具体的にＲＦＨがどんな効果をもたらすか……それを見せれば企業が変わり、経済が変わる」

アッと荻野目は気がついた。

「そうすると資本のあり方が変わる。ＲＦＨを採用する企業の株価が評価されると市場全体を買うＥＴＦの価値がなくなる」

桂はそこで荻野目に強い口調で言った。

「中央経済新聞が創った日本を代表する株価指数である中経平均株価、あれを発展解消させて欲しいんだ」

荻野目は瞠目した。

「新たな株式指標、中経ＲＦＨ平均を創って貰いたい。そしてそれを世界中の株式市場が倣うことで、ハドの資本支配とは全く違うものを創り出せる。それでハドの戦略に対抗出来るんだ」

体の芯が震えるように荻野目は思った。

「しかし……工藤勉がテロを実施してさらなるインフレの昂進が起こったら……株式市場の安定と財政の拡大の両方を獲得する転換国債への流れが完全に出来上がってしまいますよ」

桂は厳しい顔つきになった。

「急がないといけない。今直ぐにＲＦＨへの流れを作らないと世界は終わる」

第十章　人への銀行

スイス、ローザンヌの老舗ホテル、ボー・リヴァージュ・グランパレのボールルーム。

そこにハドのメンバーが全員、会議の為に集まっていた。

無論メタバースによる空間だ。

「我々の組織は誕生して百五十年の間、ずっと闇の存在でありました」

司会であるマジシャンのアバターがそう言って会議の口火を切った。

「維新の後、一等国を目指した明治政府の裏金作りの為に誕生したのが我々。自由且つ強力な資金を生み出して動かす組織、それは闇の組織として存在を続けながら世界的組織となったのです」

全員それぞれのアバターで会場にいる。

タキシード姿の狐はフォックスだ。

「世界中からお集まりの方々の半数は各国の財務官僚、そして中央銀行幹部……つまり世界のマネーを牛耳る存在です」

そこで空間が南太平洋の島に変わった。

「ここはヘブンズ・ヘブン。今ここに世界の金地金のほぼ三分の一が運び込まれています。それは全て、世界中のセレブたちの資産から購入したものであるのはご存知の通りです」

するとまた空間が変わった。周りは堆(うずたか)く積み上げられた金のインゴットになった。

「我々ハドの組織は、これまでマネーと暴力装置で政治・経済を動かしてきました。しかし、完全支配には至っていない。それを我々の世代で成し遂げようと思います。それにはマネーと資本の二つを支配することが必要です」

空間は漆黒の闇に変わった。

「ここにお集まりの財務官僚の皆さんの仕事は、皆さんの政府に転換国債を発行させることです。そして中央銀行の皆さんの役割は、各国政府の持つ金地金を全て売却させて各国の主要株式ETFを購入させることです。そうやって中央銀行が購入した株を担保に転換国債を発行させ、それを国株に転換した後に我々ハドが手に入れる。つまり資本を全て手に入れる。そしてマネーは、ヘブンズ・ヘブンに蓄積させた金地金を世界支配に利用する。マネーの、通貨の無限性をそこで断ち切り、マネーの有限性を金本位制で明確にさせる」

そこで質問が出た。

「その為に必要なのは更なるインフレ昂進、その恐怖を各国政府に与えて金融市場を混乱させ、通常債券の発行を不可能にし、転換国債しか手がないように持っていく。そういうことですか？」

マジシャンは頷いた。

「その為のトム・クドーです。我々の暴力装置の最終兵器。彼が世界同時大規模テロを行う情報は摑んでいます。それを合図に皆さんは一斉に動く。世界各国はインフレの恐怖に慄き通貨がその価値を失うことを知る。そこで我々が動くのです。我々のゴールドを使って世界各国に金本位制を敷かせる。しかし彼らには通貨発行権はない。全て我々が支配する」

皆は深く頷いた。

空間はまたボー・リヴァージュ・グランパレのボールルームに戻った。

「さて大事なことを改めて言っておきます。我々ハドは闇であるから自由であるということ。自由であるためには奴隷が必要だということ……権威主義国はトップをカネで動かすのが容易で奴隷化が簡単なのはご存知の通り、大事なのは自由主義国です。その存在は在り続けて貰わなくてはならない。我々は彼らに気づかれぬまま彼らを奴隷として使うことで生きていける。我々の最も快適な空間は自由主義国だということ……だが彼らにやらせたグローバリゼーションの果てで世界は我々の想定を超えて分断してしまった。このまま行くと軍産複合体を暴走させ第三次世界大戦となってしまう。それでは地球の終わり。それだけは避けなければなりません」

マジシャンは厳かに言う。

「我々は世界の平和と環境を守るのです。マネーと最小限度の暴力装置で世界秩序を守る。それこそが我々の使命なのです」


会議が終わってからリアルのボー・リヴァージュ・グランパレのダイニングルームで、マジシャンとフォックスは珈琲を飲んでいた。

「トム・クドーの動きは摑んでいるね？」

マジシャンの問いにフォックスは頷いた。

「準備に入っています。世界中のテロ組織のトップと連絡を取り合っていることは分かっています。世界同時多発テロ、それも9・11とは比較にならない大きなものが実施される筈です」

マジシャンは満足そうに頷いた。

「それが我々の真の世界支配の号砲になる」

世界各国の諜報機関はやっきになってトム・クドーの行方を追っていた。

アフガニスタンにいるところを米軍が殺害に失敗した情報は、工藤の勝ち誇った様子の映像と共に各国とも摑んでいた。

「完璧な米国の攻撃態勢からどうやってトム・クドーは逃れたのか？」

その大きな謎は米国の国務省、国防総省、諜報機関、そして軍内でも様々な憶測を呼び、国内外組織への疑心暗鬼の広がりは防衛や攻撃の能力への不安に繫がっていた。

その後のトム・クドーの足取りが摑めない中で「もし今、大規模テロが行われたら……」との不安は増幅していた。

そこへその情報は飛び込んで来た。

「トム・クドーがニューヨークに現れる?!」

諜報機関が確かな情報として摑んだのだ。


「同志諸君!!」

トム・クドーがテロリストたちの前に現れた。

「諸君は『レオニダス』を読み永久革命者として己の存在を決意した者だと私は信じている」

そこはメタバース空間だった。

「我々は虐げられている人民と共にある。あらゆる権力に抵抗する者としてある。全ての国家を否定し、全ての人民が国家から解放されることを目的として生きる者だ。その為の暴力、個々人の国家権力や資本家に対しての暴力は革命者に与えられる当然の力だ。それを存分に発揮しなくてはならない。そして――」

トム・クドーは具体的な指示をそこから出していく。それは世界中のエネルギー関連施設、電力・ガスなどのライフライン、そして空港や駅での破壊活動についてだった。

（ここまで大規模、広範囲にやるのか?!）

集まった者たちは固唾（かたず）を呑む思いだった。

それぞれのテロ組織が個別に活動を行ってきた時より、トム・クドーというシンボルが現れてからの結束の強まりと徹底した情報管理、メタバースなどを使っての情報交換の効率化と安全管理には驚くばかりだった。

今使用される回線も変則的に切り替わり追跡を不可能にしている。

「皆これまで蓄えてきた武器・弾薬を全て使用する。それだけの準備を整えて貰いたい」

トム・クドーの言葉に皆は緊張した。

「私が今から目指すのは帝国資本主義の象徴の場であるニューヨーク・マンハッタン。そこから私は世界に向けて革命の宣言を行う。皆にはその宣言の指示に従って貰いたい。私がマンハッタンに現れた時、私の声に耳を傾け、それに従って貰いたいのだ」

それは参加する全ての人間に預言者の言葉のように響いた。

「ふぅ」

工藤勉が、ヘッドセットを外してメタバース空間から退出した。

テントの外に出ると山岳が広がっている。

そこはアフガニスタン山中だった。

工藤勉は、前回アフガニスタンを訪れ各国のテロ組織の代表と会合を持った時から、拠点はずっとここに置いていた。

「灯台下暗し。前回私への攻撃に失敗したアフガニスタン……まだそこに私がいるとは思わない」

工藤はアフガニスタンを拠点に中央アジア、中東、欧州へと移動を続けて来ていた。

そしてそれらの地域の中から攻撃ターゲットを決定、時間と手間を掛けて破壊活動を確実に出来るように指示を行っていた。

「同時多発。そのことに意味がある。恐怖はそれによってどこまでも大きく広がる」

人間の、群集の、その心理を読んでの工藤の綿密な作戦計画だった。

そうして工藤は農業用トラックに乗り込みパキスタンを目指した。国境を越え貨物機に乗りアメリカに移動する予定だ。

数時間、トラックに揺られてパキスタンに入った。

「？」

山間の集落を通り過ぎようとした時だ。

粗末な小屋が何軒も建ち並ぶところに、パキスタン国旗と共に日の丸が掲げられている。

「日本の何かの援助隊か？」

工藤はトラックを停めさせて降りた。

小屋の中に入ると女性たちが機織りを動かしている。

「何か御用ですか？」

声を掛けてきた人物に工藤は驚いた。

グリーンＴＥＦＧ銀行、ヘイジが責任者となっている地方銀行の存在は北関東の坂藤とい

う都市のあり方と密接に結びついている。

戦前、日本の新鋭官僚たちが理想的国家運営を行おうと創った満州国、戦後それを継承して創られた管理経済都市が坂藤だ。

完全単品管理（原材料から製品、そして商品から各々の在庫まで）による時系計画経済と大帝券（D券）と呼ばれるクーポン（地域・期間限定の商品券）を個人消費に利用することで域内経済を安定的に成長させてきていた。

コロナ禍によって閉鎖空間と化した日本国政府が、厚生労働省や財務省の官僚を派遣して坂藤のあり方を研究した。それがＧｏＴｏキャンペーンのクーポンに結びついていた。

（マネーを確実に消費に結びつけ、かつその地域の経済、ヒト・モノ・カネの回転、の活性化に繋げる）

ヘイジは、坂藤の地とグリーンＴＥＦＧ銀行のあり方を参考にＲＦＨの実践を行っていた。

坂藤で最も重要なのは情報だ。

その情報管理には神聖な規律がある。

「モノを管理してヒトを管理せず」

「カネを管理してヒトを管理せず」

それが坂藤の経済金融管理のモットーだ。

ＩＴ技術が個人の監視や管理に使用される強権主義国とは真逆の考え方がそこにある。

モノとカネの情報だけを管理する。それによって省エネ経済さらに循環型経済の実現が可能になる。

坂藤は戦後それを徹底して行ってきていた。

（そんな下地、ベースがあってのＲＦＨだ）

坂藤では利益の60％近くがＲＦＲ【Return for Region】、つまり地域に還元され残り40％が域外からの原材料や商品の仕入れに使われている。

（坂藤でＲＦＲとして出来ていることのハードルを下げるだけでＲＦＨは可能になる）

それがヘイジの自信になっていた。

矢吹教授が提唱する税引前利益の38・2％をＨｕｍａｎ（人間）への還元、それが坂藤と同様の個別データ管理によって可能になるのをヘイジは摑んでいた。

そしてヘイジは、ＡＩ『霊峰』を介しての帝都グループ企業の情報ネットワーク化で疑似坂藤を創り上げようとしていた。

（同心円ビジネスネットワークとＲＦＨで帝都グループは世界をリードする企業理念を持つことが出来る。そしてこれは日本で直ぐに効果をあげるものになる筈だ。何故なら日本人の特質に合っている）

集めた情報はＡＩ『霊峰』が暗号化し情報処理はモデル化して行う。

モデルでは様々なシミュレーションが可能だから、利益の極大化までを示すことが出来る。

つまり理想が示されるのだ。

（これが肝になる）

それで明確な取捨選択が出来るからだ。

日本人が苦手とする取捨選択。

特に「これは捨てろ」と言われた場合、拒否反応から物事が進まないのが日本だ。

しかし、理想が明確に見えるものとして示されているとなれば動くことが出来る。

（日本人は目の前に価値を置く。目に見えない理想では動かないが、モデル化して目に見える理想が示されるとちゃんと動く）

情報をネットワーク化し理想の姿をモデル化して見せることで、日本企業を再び世界で戦えるものに出来るとヘイジは思っている。

「日本そのものの起死回生だ」

そしてヘイジは、ＴＥＦＧの中で従来の縦割りやピラミッド型の組織構造では出来なかった様々なプロジェクトが実現していることに大きな手応えを感じていた。

ＡＩ『霊峰』の力に加え、メタバースのフラットなビジネス空間を与えられた行員たちが出す知恵と行動があるからだ。

（一人ひとりがやりがいを感じてくれている）

ＡＩと人間の理想の協力関係が、銀行という古い形態の中で新たな創造として生まれていることを示しているのだ。

それこそが温故知新、そして〝九山八海〟だった。

「本気なんだね？」

頭取の岩倉はヘイジに訊ねた。

岩倉が参加する政府の新資本主義会議で、ＴＥＦＧがＲＦＨの導入に前向きであることを表明して欲しいと言ってきたのだ。

「政府の考えている新資本主義、トップダウン型の賃上げを税制面から支援するというやり方では絶対に企業は動きません。新資本主義はボトムアップでこそ可能です。ＡＩを利用した情報ネットワークがボトムアップによる収益分析を可能にしてくれます。それが出来るのがＴＥＦＧであり拡大して帝都グループだと考えています」

岩倉は難しい顔をした。

「だが今の新資本主義会議は、日銀の団藤総裁にリードされ転換国債の追加発行に向けて一直線で進んでいる。それを考えると……」

そこまで言って岩倉はアッと気がついた。

「だがもし今当行がＲＦＨを導入すると宣言すれば、株価評価のあり方が全く変わる！　そうなればハドによる国株への転換と国の乗っ取りは不可能になるということか！」

ヘイジは頷いた。

「日本発で資本のあり方を変える。資本主義の持つ根源的なエネルギーを維持しながらＲＦＨによって社会の安定と福祉の向上に繋げるということです」

岩倉は納得した。

「よし！　これで新資本主義会議に掛けてみよう。そこでどんな動きになるか」

だがまた難しい顔を岩倉はした。

「君が推進してくれているＡＩ『霊峰』と同心円ビジネスネットワーク……これには帝都グループ全体で動いていますと言いたいところだが……」

岩倉の言いたいことはヘイジにも分かる。

「そうなんです。帝都商事が欠けています。画竜点睛を欠くのは間違いないことです」

ヘイジの言葉に、岩倉は峰宮社長と直接掛け合うことを考えると言った。

「お願い致します。帝都商事が加われば鬼に金棒、日本は変われます。そしてハドの動きを封じることが出来る筈です」

ヘイジは、丸の内の桂光義の投資顧問会社フェニアムを訪れた。

「そうか！　岩倉さんが新資本主義会議にＲＦＨを掛けてくれるか！」

嬉しそうな顔で言った。

「兎に角、日銀だけじゃなくＧ20が転換国債を発行することは絶対に止めさせないといけない。実は……」

そこからの桂の話にヘイジは驚いた。

「金地金を?!」

「奴らは物凄い戦略で仕掛けてきている。マネーそのもの……通貨まで完全に支配することを考えている」

ヘイジはその言葉でアッとなった。

「まさか?!　金本位制をセレブ国家で敷かせるということですか?!」

桂はその通りだと言う。

「セレブ国家にはもうおそらく世界の三割近い資産が移動した筈だ。その国が金本位制を敷いた通貨を発行し……そこへ強烈なインフレがくれば……」

ヘイジは目を剝いた。

「世界各国の通貨の価値は無くなり、ハドは金本位制の通貨によって世界を支配出来る!!」

その通りだと桂は言った。

「それを止めるんだ。その為に一番大事なのは株主資本の変革だ。帝都グループがＲＦＨを導入すれば、企業の株価への評価がこれまでのＲＯＥ一辺倒を根本から変える。それを市場側から後押しする為に俺は中央経済新聞と協議を進めている。実は――」

ヘイジは桂が戦略的に全てを進めていることを知って頼もしく思った。

「地道に、そして戦略的に……それが勝利への道だ」

新資本主義会議が開催される首相官邸の大会議室は緊張に包まれていた。
内閣からは総理大臣と官房長官、財務大臣と経済再生担当大臣に金融担当大臣、霞が関からは財務省と経済産業省それぞれの事務次官、そして日本銀行総裁、民間からは銀行と証券、自動車とハイテク、総合商社と流通、それぞれのトップ企業の社長が集まった。
そしてオブザーバーとしてシカゴ大学の榊淳平教授も参加していた。ＮＦＰ（新財政理論）の推進者で転換国債の更なる発行への意見を聞く為だった。

財務大臣と財務次官、日銀総裁、そして榊教授はジュネーブでのG20財務金融秘密会議に出席中でリモート参加だ。

官房長官がこれは機密事項ですが……と前置きしてから言った。

「工藤勉がニューヨークに現れるという情報が入っています。新たなテロの宣言を行うと言われています」

一気に緊張が高まった。

財務大臣がそれに続く。

「更なるテロが行われインフレが加速した場合には、通常の国債発行は不可能となり我が国の財政が限界となります。ここは転換国債の発行を急ぐことがなによりの国家の安全に繋がります」

首相が訊ねた。

「しかし、転換国債が買い占められることの危険性は拭えないのだろう？」

それに対して日銀総裁の団藤が間髪を容れずに発言する。

「それ以上に危険なのが、大規模テロを引き起こされた場合の際限のないインフレの昂進です。世界中で生産や流通のボトルネックが慢性化している中で更なるテロは致命的です。本来なら株価も暴落しているところを、日銀の買い支えによって安定を保っている綱渡りです。我々は保有する金地金(ゴールド)を売却して市場でのインフレの象徴である金の価格高騰を抑え、その売却資金で株を購入することを検討しています。それが今の財政金融の実情です」

さらに榊教授が言う。

「財政の拡大は無限に可能です。個人の借金は地獄を招きますが、国家の借金は無限に可能なのです。皆が通貨を通貨と思っている限り、円を円として認識している限り可能です。しかし、それを壊すのがインフレです。通貨の価値を下げるインフレ、特に現在のようにコロナ禍で財政負担が危機的なまでに拡大している中でインフレが昂進すれば通貨の価値は暴落、金融市場そのものも壊滅します。それを防ぐ意味での日銀による株式ＥＴＦ購入の継続と、購入した株式の最終的な出口としての転換国債発行への担保供与、これは極めて合理的な行動です。金地金を売却しての株式購入もインフレを抑える上で理に適っている。速やかに政府はこれを認めるべきです」

そこで岩倉が宜しいですかと手を挙げた。

「団藤総裁や榊教授の御意見を伺っておりますと、財政と経済を取り違えていらっしゃるように思えてならないのですが？」

その言葉に座がシンとなった。

「どういう意味です？」

団藤は訊ねた。

「経済を支える民間の力を評価されていないように思えて仕方がない。確かにコロナ禍で国家が様々な資金援助を国民に行っていることで主役が国のように見えていますが、大事なのは民間の経済の力です。その民間の経済の象徴である株をまるで国家が玩具のように扱っていらっしゃる。日銀の株式ＥＴＦ買いはまさにそうだ。そしてその株式ＥＴＦの売り先に困ると、次にはそれを担保にしてＪＧＣＢ（転換国債）を発行させる言語道断なことを行った。皆さんはお分かりですか？　ＪＧＣＢが株に転換されて買い占められれば日本は乗っ取られるということを？　実際、危うく――」

と言いかけたところで団藤が口を挟んだ。

「岩倉頭取、私は中央銀行としてこの国を、バブル崩壊以降も立ち直れないこの国を量的緩和・異次元緩和・株式ＥＴＦ買いで救ってきたのです。もし私の金融政策が無かったら――」

すると今度は岩倉が声を荒らげた。

「それは本末転倒です。過去二十年の日銀の金融政策、超低金利政策・異次元緩和・量的緩和などなければ、日本企業は経済自然環境の中で新陳代謝が働いて全く変わっていた筈です。

政府予算に頼るだけのガラパゴス産業やゾンビ企業は淘汰され、国際競争力を持つ企業が生まれていた筈です。その機会を日銀は奪った。茹でガエルのような日本企業群を創ったのは日銀です」

参加者たちは顔色を失った。

「い、岩倉頭取……それはちょっと言い過ぎではないのですか？」

首相の言葉に耳を貸さずに岩倉は続けた。団藤や榊など所詮ハドの手先だと思うと腹に力が入る。

「我々民間企業はここから変わります。グローバリゼーションの果てで起こった世界的な格差拡大、環境破壊、強権主義国の台頭……このまま行けば第三次世界大戦をも引き起こしかねない。それを日本から、日本の企業から、そしてその資本のあり方から変えるのです」

一体何を言い出したのかと榊は呆れた表情で言った。

「殿ご乱心、と時代劇ならそんな台詞が飛びそうな場面ですね。岩倉頭取、一体どうなさったのですか？」

岩倉はその榊をじっと見詰めた。

「あなたと団藤総裁、そして嘗て当行の専務だった高塔次郎の三人は東帝大学拳闘部で共に活動をしていた。そしてその時、キャプテンだったのが前金融庁長官の工藤進……」

榊は顔色一つ変えずに言った。

「えぇ、その通りですよ。高塔君は何か不祥事を起こし一身上の都合として辞職したとは聞きますが……その後、連絡があるかい？　団藤君」

団藤は薄く笑って「ないねぇ」と呟く。

官房長官が言った。

「高塔は公安当局が預かっています」

榊と団藤はわざとらしく大袈裟に驚く。

「そうなんですかぁ⁈」

その様子を白々しいと見ていた岩倉は言った。

「全ては状況証拠。拳闘部の仲間がその後どうなったのかは全て謎……ところで、工藤前長官とはお会いになりましたか？」

ヘッという表情を榊と団藤は見せる。

「工藤君は亡くなった。彼も仕事上の責任を取って自殺したと聞いていますが？」

団藤はそう言った。

「工藤はハドの一員ですよね？　そしてまだ生きている。お二人は連絡を取ってらっしゃるのでは？」

二人は笑った。

「馬鹿も休み休みに言って下さいよ。この大事な会議でそんな趣味の悪い冗談を聞いている暇はない！　ハドなど都市伝説ですよ」

団藤は声を荒らげた。

「そう……何度も言いますが、全ては状況証拠。しかし……ハドの戦略性は凄い。日銀に長年に亘って株式ETFを買わせておく。そして次にコロナを創り出して世界経済を停止させ、空前の財政拡大でにっちもさっちも行かなくなる中で転換国債という魔法の杖を取り出す。そしてメガバンクのシステムに侵入して全国会議員の預金を凍結して脅し、死刑囚でテロリストのレジェンドである工藤勉を釈放させてテロを行わせてインフレを起こし、超低金利政策によって膨れ上がったセレブたちの資産をデスリストで脅して巻き上げる。そうしてなんとスイスが絶対保有を誇る大量の金地金をそのセレブたちの為にと創ったニューカレンダルへ移動させた。さらに各国の中央銀行が保有する金地金を放出させようとしている。つまり……金地金(ゴールド)を全て支配し……金本位制を敷く。それで通貨を完璧に支配し、転換国債を使って世界の上場企業をも支配する」

団藤と榊はじっとその岩倉を見詰めた。

榊が口を開いた。

「それで？　そんな推理小説の話でこれからの我々の政策を変更しろと言われるのですか？」

岩倉は不敵な笑みを浮かべた。

「変更せざるを得なくなるということです。我々は民間企業の、その力を見せる。それによって世界を変える。本当の意味での資本主義の変革を行う。それは政府が行おうとするトップダウン型の新資本主義ではない。ボトムアップの、企業が行う新資本主義、ＲＦＨの導入です」

皆は驚いた。

榊は笑った。

「あの東京商工大学の矢吹とかいう男の似非経済理論ですか?!　ＲＦＨ、あれこそまさにおとぎ話！　本気で岩倉頭取は仰っているんですか？」

岩倉は決然と言った。

「東西帝都ＥＦＧ銀行はＲＦＨを採用します」

全員が瞠目した。

「ＴＥＦＧだけではありません。帝都グループ全企業がＲＦＨを採用します。税引前利益の38・2％についてＨｕｍａｎ、人への還元を行う。ミクロから人間とその社会への還元を行うのです」

　団藤が首を振った。

「いやはや、狂っていますね」

　その団藤に岩倉は言った。

「我々はやります。これで企業にとって、株というものの概念が変わる。ＲＯＥ至上主義によってハドが支配しようとする資本主義を変えます」

　榊は笑った。

「そんなもの工藤勉のテロで一瞬で破滅だ」

◇

　岩倉はヘイジを連れて帝都商事に向かった。

「工藤勉のテロでＲＦＨは一瞬で破滅……榊教授はそう言ったんですね？」

　岩倉は頷いた。

「自分はハドの一員だと公言しているようなもんじゃないですか⁈　政府は、公安は逮捕しないんですか？」

全て状況証拠なのだと岩倉は力なく言う。

「それにテロが起きれば通常の長期国債の発行は出来なくなる。そうなると転換国債しかないのは明白だ……どうにも動けん」

ヘイジは悔しそうな顔をした。

「遅かったのでしょうか？　もっと早くＲＦＨを進めるべきだったのでしょうか？」

これは進めていこうと岩倉は言う。

「帝都グループ全企業がＲＦＨを採用すると大見得を切ってしまった。なんとかここで峰宮社長を説得しないと……」

ヘイジは帝都商事の調査部に対して帝都グループと実施しているＡＩ『霊峰』を使ってのビジネスネットワークの実例を随時送り、参加を促し続けている旨を語った。

「峰宮社長までその情報が届いていればいいが……」

それで二人は帝都商事へ向かったのだ。

「……」

岩倉の話を聞いて峰宮はずっと目を閉じたままだ。

「峰宮社長のことですからハドの動きは知ってらっしゃると思います。工藤勉による大々的なテロが起きれば世界経済はインフレの加速で破壊され、ハドが主導する金本位制が生まれれば……通貨もハドに握られ、各国が転換国債を発行すれば、企業もハドに支配される。途轍もなく大きなハドの戦略です。これに対抗するにはさらに大きな戦略、ＲＦＨで企業の、産業のあり方を変えるしかない」

まだ峰宮は目を瞑っている。

ヘイジが続いた。

「中央アジアのエネルギー関連施設がテロ攻撃されれば御社は甚大な打撃を受ける。ですが……そうなっても帝都グループ全部をネットワーク化し、同心円ビジネスネットワークとＡＩ『霊峰』による分析サポートがあれば御社をお助けすることが出来ます。そしてなにより……」

ヘイジは一呼吸置いてから強く言った。

「人が、帝都グループの仲間が、協力して御社をお助けします！」

峰宮はその言葉で目を開いた。

「仲間、協力？　なるほど……そういう言葉がありましたね。忘れていました」

そうして初めてヘイジを見た。

「二瓶さん……、当社の調査部にＡＩ『霊峰』を使っての同心円ビジネスネットワークの具体例、送って貰っていることは知っています。そしてＲＦＨ実施へ向けたシミュレーション、調査部でも精査しました」

ヘイジはじっとその峰宮を見詰めた。

「現代ビジネスに於いて情報のネットワーク化こそが最大の資源利用であること……その認識は強く持っていましたが、〝利他〟の発想をそこに加えるという頭はありませんでした。そしてＲＦＨを実施するとどうなるか……」

峰宮はふっと笑った。

「資本主義とは何か？　そしてその資本を使っての企業とは何か？　財閥とは？　帝都とは？　今という時代、株主資本主義の完成形を成したグローバリゼーションの果てで人類全体が様々な問題に直面している時代、その時代からの問いは重いものです。本当に考え直さなくてはならない。ですが……」

そこでまた目を閉じた。

「企業がアニマルスピリットを失うこと……競争心や闘争心を失うことで果たして成長があるのか？　その問いも重いものです」

ヘイジは言った。

「競争や闘争……これまでの欧米的な発想ではそうですが、これからの企業はそれでは存続していけないのではないでしょうか？　様々な協力と協調、仲間という存在、〃利他〃というものがこれからの企業、産業の存続と発展をもたらすキーワードではないでしょうか？」

そのヘイジに峰宮は頷いた。

「その通りでしょうね。私もそれは分かっていた。しかし意地があった。日本最強の商社であることの意地、帝都グループのリーダーであることの意地……。しかし、その意地は決してこの国の未来を明るくするものではないことに気がついた」

ヘイジも岩倉もエッと思った。

「私の名が工藤勉のデスリストに載っていることはご存知だと思います。そして、ハドは私にセレブ国家への脱出を勧誘してきた。テロから逃れて安全な国での安寧を保証するとして……。しかし帝都財閥の創設者の血筋であることの意地が、日本を代表する企業のトップであることの意地がその誘惑を蹴らせた。でもその同じ意地が決して日本の未来、いや、世界の今後の未来にもプラスにはならないということが分かったんですよ」

ヘイジは、その峰宮の表情に初めて柔らかなものを見たように思えた。

「ROEの向上をひたすら目指す。アメリカのネット企業などでは70％の企業すらある。その中で当社は10％前後……これをひたすら改善しようとする意地がありましたが、それでは世界が今直面している問題を悪化させるだけだと気がついた。いや、気づかされたんですよ」

ヘイジはじっとその峰宮を見た。

「資本から生まれる利益が改善しても、その資本の為に存在する大勢の人間の生活は改善されていない。それが今の世界の問題の根本です。利己であることで全体を潰してしまう。しかし資本を効率良くすることも企業経営にとって重要なことです。それが……御行が進めているAI『霊峰』を利用した同心円ビジネスネットワークで気づかされた」

ヘイジは驚いた。

「あの中に……私は懐かしいものを発見した」

峰宮が本当に柔和な表情になった。

「同心円ビジネスネットワークで実現した『昭和にぎやか商店街』、あの中で中心点となっていた〝どら焼き〟……実は幼い頃に私を可愛がってくれた祖母がよく食べさせてくれたものだったのです。祖母は後妻で……実は義理の祖母でした。篠崎家の血筋で私の母を産んだ本当の祖母が亡くなった後、芸者上がりで本当の祖母が生きていた頃から祖父の二号さんだった彼女が後妻に入った。母は嫌っていましたが私はその祖母が好きでした。子供の頃遊びに行くと祖母が出してくれたどら焼き……それがあの店のものだった」

あッとヘイジは声をあげた。

「確かパンケーキの店がどら焼き屋の暖簾を引き継いだ……私も食べました」

峰宮は頷いた。

「私はあれを報告書の中に発見して、懐かしくなって『昭和にぎやか商店街』を訪れました。そしてどら焼きを買って食べた。涙が出ました。祖母が番茶と一緒に出してくれた……あの味だった。『たんとお食べ』という祖母の声が聞こえるようでした」

岩倉が微笑んで言った。

「帝都財閥の御曹司がまた庶民的な味を……」

そこで峰宮は真剣な顔つきになった。

「私が驚いたのは同心円ビジネスネットワークの凄さでした。どら焼きを徹底的に分析させている。あの老舗が何十年と使ってきた銅鍋で小豆を煮ることで独特の餡の味が出せ、皮の部分の風味も特別な厚みの銅板で焼くことで出せると突き止めている。そして同じものを帝都金属が協力して作り、小豆や小麦粉の吟味を帝都食品が行ってあのどら焼きの味の継承を助けている。そしてどら焼きが評判になることで、別の同心円ビジネスネットワークが次々と出来上がって年商ポテンシャル二十億の『昭和にぎやか商店街』になったということ……情報のネットワーク化で魔法のようなことを実現出来る。これは本当に驚きだったんです」

ヘイジは自分はそこまで詳しく知らなかっただけに峰宮の言葉に驚いた。

「小さな目で見ることで大きなものが創られていく。大きな目だけでは出来ない途轍もなく大きなものが小さな目で創られる。それこそがあの同心円ビジネスネットワークでありそれを支えるＡＩ『霊峰』だと知ったのです。そこにある要素の〝利他〟の重要性を知り、それがＲＦＨを可能にする。ＲＦＨが実践されれば更なる経済成長が人間の幸福の拡大と共に実現出来る。それが分かったということです」

岩倉は訊ねた。

「峰宮社長、御社は帝都グループ全体の同心円ビジネスネットワーク、ＡＩ『霊峰』を利用したプロジェクトに参加して頂けると理解して宜しいですね？　そして帝都グループ全体でのＲＦＨの導入にも同意して頂けると？」

峰宮は頷いた。

「日本初の産業革命、いやネオ・ルネッサンス、新しい人間復興にＲＦＨはなるでしょう。そこには〝利他〟そして〝育てる〟ということがある。〝利己〟や〝出し抜く〟ではハドに全てを奪われる。やりますよ。やると決めたら徹底してやるのが帝都魂です」

ヘイジは胸が熱くなった。

「二瓶さん。あなたがエリートでない眼から見てきたものが全て今生きている。下からの眼、小さな眼ということが今世界で求められている」

ありがとうございますとヘイジは頭を下げた。

峰宮が岩倉に言った。

「実はある茶会で矢吹教授にお会いしましてね。そこで論文を手渡されたのです。それを読んだことも大きかったんですよ」

(茶会?!　柳城流茶の湯か?!)

ヘイジは驚いた。

(桜木君も動いてくれていたのか……)

ヘイジは人の繋がりの本当の大切さを知った思いだった。

◇

桂光義はニューヨークにいた。

旧知の投資会社の社長、トム・ステイラーがボストンからやって来て桂にある人物を引き合わせていた。

世界最大の年金である全米年金機構の会長、サム・アンダーソンだ。

ミッドタウンにある全米年金機構のビルの会長室で、三人はその日のウォール・ストリート・ペーパーの朝刊を前に話していた。

「本当に日本の企業はＲＦＨを採用するんですか？」

サムはそう訊ねた。

一面には、帝都グループの全企業がＲＦＨを経営方針とする議案を臨時株主総会に掛ける旨の記事が載っていた。

「はい。これは資本主義の革命です。これによって資本の利用を人間が取り戻す。資本の拡大成長と効率だけに着目したＲＯＥ中心の経営を抜本的に変革し、利益を社会や環境の改善に直接的に利用することが出来る。この帝都グループの決定に全世界の企業が倣って貰いたい。そうすれば世界は変わります。絶望が希望に変わる。米国の社会の分断も消えることになるでしょう。その実現には株主の理解が必要です。是非とも全米年金機構に支持を表明して頂きたいんです」

桂の言葉にサムはじっと考えてから言った。

「私も年金機構として社会の変革に資することが出来ないかを考えてきました。強欲の支配する資本主義ではない新たな資本主義の姿。それをトップダウンで模索していましたが、そうではないということですね？　ボトムアップによる変革、各企業がその利益をどうＨｕｍａｎに還元するかを考えて経営を行う。それこそが大事だと日本人は考えついた」

桂は頷く。

「日本には『和を以て貴しとなす』競争ではなく協力、それこそが最終的に大きな利益となるという考えがあります。それを資本主義で実現するのがＲＦＨです」

そしてトムが桂に続いて言った。

「この記事にあるように日本の代表的な株式指標である中経平均株価、中央経済新聞が戦後直ぐに米国ダウに倣って作った指標ですが、それに代わる新たな株式指標を東京証券取引所に提案し採用の検討を始めています。中経ＲＦＨ、ＲＦＨを採用する企業の株価で構成されるインデックスです。アメリカでもＲＦＨを採用する企業で同様のインデックスを創ることが検討されると思います。是非それも踏まえて御機構にＲＦＨへの支持を表明して頂きたいのです」

サムの前には、桂が持参した実際に帝都グループで行われているＲＦＨへ向けた実例が載ったレポートが置かれている。

サムはそれを見ながら言った。

「情報のオープン化やネットワーク化を進める形で新たなビジネスが誕生する。ネットビジネスばかりに成長があると思っていたのが間違いということですね。我々が様々に活動している中でのモノやコトをネットワーク化することで新たなビジネスが生まれ、既存のビジネスも活性化される。そこにヒトへの監視や管理はない。生まれた利益が地域や環境改善、そして人間の幸福に直接的に還元される。これこそが新資本主義というものかもしれませんね。今、米国から多くのセレブたちの資産が流出していると言われています。そんな中で年金という普通の米国民の為の資産は、人間そのものの為の幸福を目指したものでなければならない」

桂はその通りだと思いますと頷いた。

「分かりました。直ぐに当機構の臨時総会を開きます。そこでRFHの採用企業に対しての支持表明が出来るようにしましょう」

ありがとうございますと桂は頭を下げた。

桂とトムは、米国年金機構のビルを出てパークアベニューを歩きながら話していた。

「これで米国最大の年金に納得して貰えた。だが各国政府や中央銀行の動き……それらがどうなるか……」

桂の言葉にトムも難しい顔になった。

「財務省の友人から聞いたが今ジュネーブでG20、先進二十ヶ国による財務大臣・中央銀行総裁会議が秘密裏に開催されている。そこで中央銀行による大々的株式購入と、その先での転換国債の発行が本格的に議論され決議される可能性が高いと言っていた。議長はシカゴ大学の榊教授、そして既に転換国債の発行実績を持つ日本から、団藤日銀総裁が副議長で議論をリードすることになっているという。しかし、そこにＲＦＨが飛び込めば……彼らは株式の取り扱いを根本から考え直さなくてはならなくなったということだな」

トムの言葉に桂は頷いた。

「だがもしトム・クドーがテロを行えばＲＦＨは吹き飛ぶ」

そこにハドの戦略性の凄さを感じる。

「ＲＦＨは間に合わなかったか……。Ｇ20で新たな新金融政策・財政政策としての中央銀行による株買いと転換国債の発行が決定されたなら、全てお終いということだ」

その決定の引き金を工藤勉のテロによって引かせる。見事なまでの戦略性だ。

「戦略には戦略を……その為のＲＦＨだった。その戦略性は強い。しかし目先でテロ、そしてインフレ昂進が起これば……ＲＦＨは、人類の希望は潰される」

ニューカレンダル、国名を新たにヘブンズ・ヘブンと変更されたその国に完成したホテル。世界最高級七つ星ホテルのスイートルームにマジシャンとフォックスはいた。

８Ｋの大画面ディスプレーが二人の前にある。

「先ほどG20の財務大臣・中央銀行総裁会議がジュネーブで始まりました。議題である各国中央銀行が連携しての株式の買い入れと転換国債の発行、マネーの無限性を利用して金融市場と財政の安定を図ろうという……最後の夢物語の始まりです」

フォックスの言葉にマジシャンは頷いた。

「中央銀行が保有する金地金の売却も議題に入っているんだろうね？」

勿論ですとフォックスは言った。

「最終的に世界中の金地金はこのヘブンズ・ヘブンに集められます。そうして我々が転換国債を買い占め、最終的に通貨の発行権までも手に入れる。それも全て裏で行う。先ずはトム・クドーによるテロがその号砲となります」

マジシャンは微笑んだ。

「トム・クドーはニューヨークに？」

フォックスは少し考えてから言った。

「はい。ニューヨークからテロ開始宣言を行うことを……伝えてきています。世界中のテロ組織を動員しての同時多発テロ、堂々とその開始を宣言するものとなります。タイムズスクエアの巨大ディスプレーにトム・クドーの顔が映し出され、全世界に向けて破壊による革命を宣言するとのことです」

その為の、通信システムへのハッキングは終了していると付け加えた。

「誰もトム・クドーを止めることは出来ません。全世界が嫌でもその恐怖の宣言を聞き、そしてその直後から始まるテロと続くインフレに恐れおののく……」

マジシャンは満足そうに頷いた。

「ジュネーブで開催中のG20はそれを聞いて全ての議案を採択する。そうして我々が全世界の企業と通貨の支配を行えるようになる。闇の中にいたまま……自由に世界を支配する」

フォックスは時計を見た。

「あと五分でトム・クドーショーが始まります」

そうしてディスプレーのタイムズスクエアの様子を見た。

「？」

桂の乗るタクシーはブロードウェイで警官に止められた。

「通行止めだ」

仕方なく桂はタクシーを降りて宿泊しているホテルを目指し北へ歩いた。

「！」

タイムズスクエア付近が異様な雰囲気に包まれている。

「なんだ？」

物凄い数の武装警察官が突然現れたのだ。

「何かあったんですか？」

桂が警官に訊ねるとテロ予告だと言う。

「直ぐに安全なところに避難して下さい！」

驚いた桂が地下鉄の入口に飛び込もうとした時だった。

「全世界の諸君！」

その声に驚いて桂が見上げると、巨大ディスプレーに年配のアジア系男性が映っている。

「なんだ?!」

集まった警官たちもそれを凝視する。

「私はトム・クドー、永久革命のリーダーだ」

桂は驚いた。

「く、工藤勉……」

その映像は世界中に配信されていた。

各国の治安当局は直ぐに配信を止めようとしたが、システムがハッキングされていて止まらない。

全世界がリアルタイムで工藤勉を見た。

「……」

鋭い目に精悍な顔つき、短く刈り込んだ白銀の髪の老人の迫力ある表情に世界は息を呑んだ。

「私は宣戦布告を行う。強欲に駆られて貧しき人民から富を奪い、地球環境を破壊してきた存在……帝国主義国家とその臣民、権威主義国家とその臣民に対して」

その姿をディスプレーで確認したマジシャンが呟いた。

「始まったね」

フォックスが「はい」と満足げに頷く。

世界中のテレビとネットは、臨時ニュースとしてその映像を流した。

ジュネーブのG20会場の巨大スクリーンにもその姿は映されていた。

「……」

桂はタイムズスクエアで工藤の姿と言葉に固唾を呑んだ。

工藤は続ける。

「唾棄すべき存在がグローバリゼーションの名の下に欲の追求に走った結果、世界は分断され地球環境は破壊された。私はそんな世界を救うため革命を指導し、破壊と暴力に訴えることで人類の覚醒を願ってきた」

　そこで工藤は一呼吸置いた。

　厳しいその表情と言葉に聴く者は緊張する。

「私は革命の指導者として全世界で同時暴力革命、権力を持つ豚どもなら同時多発テロと呼ぶ革命行動を起こすつもりで準備を進め、全ては整った」

　それを聞いて世界は震えた。

（？）

　だがそこで、それまで厳しかった工藤の表情が少し和らいだように見えた。

　工藤は言う。

「そう全ては整った。だがその時に私は偶然知った。私が生まれた国から変化が起きようとしていることを……」

　世界は工藤の言葉に静止していた。

「私の生まれた国、そこで帝国主義の権化とされる存在が人間への富の還元を目指すと宣言した。ＲＦＨ、Return for Human と呼ばれるものだ。私は言葉を信じない。全ては行動から信じる。ＲＦＨ。その私が見たのだ。ある人物が地の果てでＲＦＨを実践しようと行動している姿を……」

それを聞いて桂は驚いた。

（工藤がＲＦＨを語っている?!）

その工藤の言葉で全世界が一斉にＲＦＨとは何かを検索した。

「私はＲＦＨを実践する人物を見て思った。資本主義にも希望があると……。革命にはもう時間が限られている。世界の貧しき人々の心は傷つき地球環境は傷んでいる。このままでは第三次世界大戦で人類が滅びるか、或いは環境悪化で人類の生存が不可能になるか。私は夢想家ではなくリアリストだ。革命にも結果を求める。暴力や破壊ではなく理念によって最大多数を動かすことが出来るなら、その方法を選ぶ」

マジシャンとフォックスは顔を見合わせた。

マジシャンはディスプレーに向かって叫んだ。

「な、何を言っているんだ!!　直ぐにテロを行うんじゃないのかッ?!」

工藤は全世界に向けて言う。

「猶予をやろう。私はＲＦＨに希望を見た。全世界の強欲企業がこのＲＦＨを採用すれば、世界は変わる。私はその証拠を小さな存在の行動から知った」

桂は驚いた。

（工藤勉がテロを中止して……ＲＦＨをサポートする?!）

工藤は続ける。

「一年、そう一年。私は世界に猶予を与えよう。このRFHが全ての人類の幸福に資するものなのか、地球環境の改善に貢献するものかを……注意深く見ることにしよう。それまで私の革命組織は暴力と破壊を行わない。それをここに宣言しておく」

そこで工藤は再び厳しい顔に戻った。

「世界中のセレブとされる者たちには言っておく。己の強欲で集めた富を今からどう使うか……私は見ていると。慎重かつ詳細にそれを見ていると」

そこで映像は消えた。

「……」

ヘブンズ・ヘブンの七つ星ホテルのスイートルームで、マジシャンとフォックスはただ押し黙っていた。

マジシャンは怒りに震え、フォックスはじっと何かを考えているようだった。

「謎だよ。全てが……」

そう言った兄の言葉を思い出していた。

◇

桂は東京に戻り、丸の内のオフィスで中央経済新聞の荻野目と話していた。

「G20の秘密会議では、参加国全ての中央銀行による株の買入れと転換国債発行へ向けての決議は採択されなかったということです」

桂は「良かった」と呟いた。

「各国中央銀行による金地金の売却も阻止されたということだな。ハドの目論見は取り敢えず止めたということになるが……相当な量の金（ゴールド）がスイスから南太平洋のセレブ国家に移った事実は恐ろしいな」

その桂に荻野目は微笑んで言った。

「工藤勉のあの脅しでリストに名前の載ったセレブの多くがNGOやNPO、慈善団体に巨額の寄付をしているという事実は……笑止ですか？」

桂は「まぁ悪いことではないよな」と苦笑した。

「それよりRFHだ。テロリストの親玉でもその価値が分かるというのは凄いと思った。リアルに世界を良い方向に変えるにはこれしかないのは事実だからな」

その言葉に荻野目は頷いた。

「当社も新しい株価インデックス、中経RFH平均の組み入れ銘柄の選定に入ります。工藤勉のあの宣言以降、各国の経済界はRFHの採用の議論でもちきりです」

桂は嬉しそうに頷いた。

「私もRFHファンドの立ち上げに動く。あっ!! 荻野目、インサイダーになるからお前の会社のインデックス採用の銘柄については何も言うなよ。俺はうちの独自調査で組み入れ銘柄を決めるんだからな」

荻野目は笑った。

「桂さんらしいなぁ……。心得ています。公開情報になってからその辺りはまたお話を伺います」

桂は頷いた。

「ところで矢吹教授が公安から聴取されたというお話は聞いてらっしゃいますよね?」

桂は苦笑した。

「本人から聞いたよ。工藤勉と関係してるんじゃないかと……お門違いも甚だしいよな。いくら何でも矢吹が可哀相だよ。世界を破滅から救ったヒーローは矢吹だ」

その通りですと荻野目は頷いた。

「矢吹の提唱したＲＦＨ、それを帝都グループが経営に採用すると表明し、新たにＲＦＨによる株式インデックスも出来る。これで株式市場は一気にＲＦＨの流れになる。これまでのＲＯＥ一辺倒の経営から企業は大きく変わる。ミクロがマクロを変える。新資本主義は個々の企業から始まる。これは理想の世界の変革だ。政府が主導するのではなく利益を生み出す企業が地域や社会、そして何より人間の幸福に直接その利益を還元する。世界は変わる。変わらざるをえなくなる。ＲＦＨはよく出来ている」

そう言ってから桂は厳しい表情になった。

「だがハドはその力を持ったままだ。戦略的な闇の組織に戦略で対抗することには成功したが倒したわけではない。ただ動きを止めただけだ。だが……」

そこで桂は微笑んだ。

「小が大に勝つ。小さなところを見る眼を持つものが大きな力を発揮する。そんな銀行マン、東西帝都ＥＦＧ銀行の二瓶正平がＲＦＨの導入に尽力してくれたから、世界は危機から救われた。彼のお陰だ」

荻野目がそれに加えて言った。

「工藤勉が言ったＲＦＨの実践者……地の果てでと言っていましたが……そんな人間がいたんですね」

桂は頷いた。

「きっと小さな努力をしていたんだと思う。そしてその小さなことに大きな希望があることをテロリストに分からせたんだ。まぁ、工藤だけでなく我々経済にたずさわる者がRFHの今後をしっかりと見て、これを支えていかないといけないぞ」

分かっていますと荻野目は強く言った。

京都、三条通にある老舗珈琲店にヘイジと宇治木多恵、それに吉岡優香の三人がいた。

吉岡がインドから一時帰国してすぐに宇治木染織を訪ね、ヘイジは御池通地下街開発の着工式の為に京都にいて三人が揃ったのだ。

「なんとか上手いこと行って良かったな」

宇治木多恵は吉岡をねぎらった。

インド北部にある織物の村に宇治木染織が開発した織機を導入したことで一気に生産性が上がり、所得が増えたことで児童労働が解消され子供たちが学校に通えるようになっていたのだ。その数は吉岡がいた地域だけで五十人を超えるという。

「織機導入資金はTEFGインドからの低利融資、さらに当行のESGファンドが出資して設立した村の織物会社のRFH導入で、利益の半分を地域還元出来たので可能になりました」

その吉岡に宇治木多恵が言う。

「うちの機械のお陰やろ？　先ずそれを言わんとあかんで」

ヘイジが苦笑した。

「その通り。カーちゃんのお陰です。さらに言うとカーちゃんのお陰で御池通地下街の拡大開発も始められた。感謝感謝です」

そう言って頭を下げた。

「京都は今も昔も日本の中心やということや。日本人の心の中心、そして技術の中心」

ヘイジと吉岡は顔を見合わせて微笑んだ。

「帰国して先ず専務に報告に上がらなくてはいけなかったのですが、どうしても早く宇治木社長に報告したいと思いまして……関西空港から京都に直行した次第です」

それも当然やと宇治木多恵が言ってまた二人は笑った。

「ちょうど僕も京都だったから好都合だった。でも実際に現地まで行ってＲＦＨの実践まで指揮してくれた吉岡君の行動力は大したもんだよ。本当に良くやってくれた」

そのヘイジに実はと吉岡は小声になった。

「専務には事後報告になるんですが……勝手にインドの山奥を越えてパキスタンにまで入っ

ていたんです。インド北部と同じように児童労働が盛んな地域に……」

　エッとヘイジは驚いた。

「山岳地帯で危ないところじゃないのか?!」

　その通りですと吉岡は申し訳なさそうに言った。

「聞いていたら絶対に許可はしてなかった。二度と駄目だぞ！」

　ヘイジは厳しく言った。

「申し訳ありませんでした。でも、お陰で実態がよく分かりました。今後はその地域でも新たな展開が出来ると思った次第です。それはそれで報告書を纏めます」

　ヘイジは苦い顔をしながら「まぁ、事後承諾として報告書は受け取ろう」と言った。

「ありがとうございます！」と吉岡は頭を下げた後で言った。

「実はそのパキスタンの山奥で不思議な日本人のお爺さんに会ったんです」

　はぁという顔をヘイジはした。

「凄くカッコいいお爺さんで『何でこんなところに日本の女の子がいる？』と訊ねるので『お爺さんこそ何をしているんですか？』と訊いたんです」

　不思議な話だとヘイジは思った。

「お爺さんは『私は革命家だ』と言うので笑ったんですが……私がどうしてパキスタンの山

奥にいるのか不思議がって……それで詳しく仕事のことを話したんです。そのカッコいいお爺さん、もの凄く頭の良い人で色んな鋭い質問を私にしてきて……RFH、RFRのことまで詳しく説明させられたんです」

ヘイジは首を傾げた。

「何者だったの？　そのカッコいいお爺さんって？」

吉岡も分からないと言う。

「私の話に色んな質問を重ねて……納得したようになって言ったんです。『資本主義も捨てたものではないな』と……妙なことを言う人だなぁと思っていたら、いつの間にかいなくなっていました」

ヘイジは少し考えてから言った。

「海外援助隊か何かで行って住みついた人だったんじゃないか？」

私もそう思いますと吉岡は言った。

「なぁ、さっきから二人で嬉しそうに喋ってるけどお腹すいたな。何か食べよ」

宇治木多恵がそう言った。

「よしッ！　今日は僕が祇園の肉料理をご馳走しよう。二人共、生のお肉は大丈夫？」

平気や、大好きですと二人は言う。

「そこは肉の割烹で……最初に生の牛肉が数種類出て来てそれから煮物や焼物を頼むんだ」

宇治木多恵が無表情でヘイジに言った。

「あんたは京都人よりほんま色んな京都の店知ってるなぁ」

ヘイジは笑った。

「京都人が狭すぎ。カーちゃんはもうちょっと京都の守備範囲を拡げたら？」

そう言うと宇治木多恵は突然歌い出した。

「ほっちっち♪かもてなや♪おまえの子じゃなし孫じゃなし♪」

それは、京都人が他人から干渉を受けた時に悪態を返す歌だ。

「カーちゃんはほんと京都人代表だよ」

そう言って皆で笑った。


ヘイジは自宅に戻った。

京都土産に、出町柳（でまちやなぎ）の和菓子店の豆餅を渡すと妻の舞衣子は大喜びだ。

「これ本当に美味しいのよねぇ！」

早速開けると娘の咲に小さくちぎって食べさせる。

「今度は三人で京都に行こうよ。孫の顔を親父とお袋にも見せたいし……」

ヘイジが言うと舞衣子が頷いた。

「そうしよう。コロナでお義父さんお義母さんとも長く会ってなかったし……。咲の顔もリモートじゃなく見せたいしね」

ヘイジは頷いた。

「子供を育てるって本当に大変だけど良いよね。色んな人との喜びに繋がる」

舞衣子もそうねと微笑む。

「育てる……無条件で相手のことを、相手の成長を思いやる。そんな風に銀行もなっていかないといけない。人のための銀行、東西帝都ＥＦＧ銀行はそんな銀行になるんだ」

ヘイジは咲を抱き上げた。

「パパは頑張るからね」

咲は、キャキャと声をあげた。

参考文献
――RFH【Return For Human】*――
ROE【Return On Equity】を超えて
東京商工大学経済学部教授 矢吹博文

【Return For Human】＝【人間存在への還元】

その意味は？

・人間存在《自己と他己**》に対してマネー存在《資本》から生まれた利益を様々な経路（精神的・経済的）で還付を行うこと

・ネオ・ルネッサンス【新・人間復興】

何故必要なのか？

・人類を襲う負の諸問題（格差拡大、失業増加、社会の分断、環境破壊、国家間対立）解決への根本概念であるから

＊ RFH：矢吹博文の考案した概念

＊＊ 他己：他者を自己と対立するものと捉えず、自己の延長とする概念

人類を襲う負の諸問題（格差拡大、失業増加、社会の分断、環境破壊、国家間対立）は何故起こったのか？

・ROE【Return On Equity・株主資本利益率】概念に基づく経済・社会システムの急膨張（グローバリゼー

ション）に起因した以下の要因による
重視されすぎる株主利益・大きすぎる金融
課税の不平等・実質賃金の低下
機会の不平等・文化的変化の脅威
・ROE概念はマネーが介在するあらゆる存在とのインターフェースになることが可能。そしてマネーの無限性を人間存在に利用可能としたことで負の諸問題を発生させた

そもそも負の諸問題は何故発生したか？
誤った存在了解、存在忘却、非本来性（ハイデガーによる）が行われている為
Human【人間存在】とは何か？
人間存在＝現存在＝事実存在＝幸福追求
人＝有限の存在＝「死すべき者」
人は時間・空間の価値認識が常に必要
Equity【株主資本存在】とは何か？
資本存在＝マネー＝概念存在＝虚無
資本＝無限の存在＝「永遠なるもの」
資本は時間・空間を超越
以上の存在了解を誤ると、人は有限の人間存在を忘れ、無限のマネーに囚われる

Ｅｑｕｉｔｙ【株主資本存在】の功罪
功：ヒト・モノ・カネの回転を極限まで高められる
∴人類史上最も多くの人間が健康で豊かな生活を享受出来た
罪：マネーがあらゆる存在を支配出来るという幻想
∴社会分断　国家対立　環境破壊

ＥｑｕｉｔｙとＴｅｃｈｎｏｌｏｇｙ【株主資本存在と技術存在】の親和性から
功：科学技術を発展させ人類の福利厚生に寄与
罪：戦争の巨大化　人類を滅亡させる大量破壊兵器　ＩＴによる監視社会

人は技術存在【Technology】を〝道具〟（自分たちが自由自在に使いこなせるもの）と考えているがそれは誤った存在了解である
技術存在が人間存在を〝創り〟
技術存在が人間存在を〝亡ぼす〟
ＡＩが握る人間存在の生殺与奪

その回避に向けたＲＦＨ【Return For Human・人間存在への還元】の実践
ステップ1
〝外なるＲＯＥ〟〝内なるＲＯＥ〟の了解

ステップ2

〝外・内〟それぞれのROEからのRFH【人間存在への還元】

真の幸福は以下の要素の向上から得られると考える
精神性、道徳性、哲学性、社会性、家族性、芸術性、教育性、生活性……

〝外なるROE〟
つまり企業活動の結果生まれる税引前利益、その38・2%をHumanへ還元する
『企業的　RFH【人間存在への還元】』
例……雇用拡大、賃上げ、福利厚生改善、自然環境・地域環境の改善、教育環境の改善、NGO・NPOの活動支援、メセナ活動等

〝内なるROE〟
つまり各個人が得る全所得の合計、その61・8%をHuman、自己への還元に用いる
『人間的　RFH【人間存在への還元】』
マネーを使って自己の【精神性・道徳性・哲学性・社会性・家族性・芸術性・教育性・生活性】の向上を目指す

以上、波多野聖のオリジナル

解説

津田篤志

メガバンクシリーズ最新作を興味深く読み終えた。書店員である私は、経済や金融のことについて素養が乏しい。日頃、経済や金融について考えを巡らせることはほとんどない。気にしているのは預金残高ぐらいだ。そんな私でも波多野聖さんの経済小説は出るたびにいつも読んでいる。面白いからだ。

このメガバンクシリーズは、ロマンあふれる英雄物語的な経済小説であり、日本人の視点から考える経済小説でもあり、人間の本質を深く理解しようとする教養小説でもあり、歯切れのいいエンターテインメント小説でもあり、まだまだいくらでも形容する言葉が浮かんでくる。それくらい多様な楽しみに満ちている。おそらくどのような領域の人でも、読んで得るもの、感ずるものがあるはずだ。

シリーズ五作目の今回も豊富な経済知識・洞察が敷き詰められた物語になっており読みながら様々に考えることがあり、楽しい。これから、私が気になったところを記してみたい。本書を読んで何か考えてみようという読者の方に、いくつかの読みどころを提示できればと思う。

ひとつ目は、「膨張した〝通貨〟が大多数の人間の幸福に役に立っていない」。

私が読んでいて最も気になった部分だ。作中で、現在の経済状況について、言葉を換えながら何度もこのようなことが語られる。世の中に存在する「お金」の量は飛躍的に増えているのに、大半の人々はそのことと無関係であるということ。（普通に考えればこのような状況下ではそのお金の恩恵を受ける人が増えるはずだが）もう少し言うと、通貨の量と実体経済が途方もなくかけ離れているため、通貨が人の（幸福の）ために存在するという前提が崩れてしまっているということ。このことに対する違和感が本書を読み解いていくためのスタート地点になるのではないか。ここから実体経済のあるべき姿を思い描いていくことが、本書の大きなテーマのひとつである。

ふたつ目は、「これからの銀行には個々の顧客、個人や企業の個性や特性、成長性を最大限に引き出すことが求められている」。

二瓶正平、本シリーズの主人公で今作では東西帝都ＥＦＧ銀行の専務に就任している。二瓶は、この方針のもと、業績が悪いグループ企業の再建や新たなビジネス創出に取り組んでいく。そこに関わる人たちの良さを引き出すこと。それによって売上や利益を上げていくこと。ふたつを同時に実現しなければならない。非常に難しいことだ。これを二瓶はどう実行していくのか。「小さな点の中の希望を繋げて線にして、その線を面にする」「どんな状況でも難しく考えず足元から物事を見る」「元々あるものにほんの少し関係を持つだけで、全く違うものを生み出す」といった言葉が示す通り、二瓶は元々あるものに新たなつながりや新たな環境を見つけ育てる。さらに「特異な例の解決から普遍的モデルを見つけようとする」。二瓶の行動は、そこにある実体経済を豊かにしていくこと、そのものである。なかでも「京都の再開発」の話は面白い。「外から何かしようとすると極めて難しいところ」である京都の人たちの気質を尊重し、地域性を活かした見事な采配を見せる。他にいくつも、二瓶が、まいた種が物語の進行とともに芽を出していく。最後には大きな花を咲かせることになり、非常に感動的だ。現実の世界でもこのような厳しい状況に直面している人たちは多いはずで、自身に重ねて読むこともできる。

みっつ目は、「では人間にとって幸福とは何だ」。

二瓶と並んでシリーズのもう一人の主役、相場師・桂光義は実体経済とかけ離れた株式市場に大きな違和感をもち、相場へのモチベーションを失いかけていた。しかし、闇の組織に対抗するため再び立ち上がる。戦略の必要性を感じ、「あるひとつの理論」を取り入れて、新しい資本主義の在り方を模索していく。桂は「人間にとって幸福とは何だ」と訊かれ、「多種多様な回答があるだろうな」と答える。多種多様、つまり人間一人一人にとって大事なものを獲得していくことができる、それが幸福である。経済活動を、その獲得の過程になるようにシフトしていく。「あるひとつの理論」はそのための道筋である。経済のなかで自分がどう活かされるのか、他人をどう活かすのか、この循環が成功した時、それに関わる人たちの充足感につながる。それは組織や共同体のなかでの自分自身の在り方を見つめ直すことでもある。私たちは、経済と幸福の関係について、もっと真剣に考えてもいいのではないか。この点こそ、本書を読む最大の意義である。

ここでは取り上げなかったが、水素エンジン、利他、同心円ビジネスネットワーク、AI『霊峰』、九山八海、転換国債、ハイデガー、強権主義国、金本位制、ヘブンズ・ヘブンなど興味をひく言葉が作中にはまだまだ目白押しである。これらが絡み合い、物語世界は想像以上に複雑に深く展開している。

また、本シリーズの醍醐味である、相場や企業間での躍動感にあふれる丁々発止の経済的攻防戦も読みどころで外せない。今作ではそれに加えて世界観、経済観の攻防戦もあり、こちらはじっくり吟味する楽しみがある。

最後に、好きな場面をひとつ紹介する。桂が新聞社の人と銀座の老舗洋食屋で食事をしている最中の会話。「温故知新とはまさに銀座を表すような言葉だ。大人の楽しみという核を大切にする」「大人……粋。（中略）成熟の良さ、洗練、そういうものが今の世界には無いだろ？」――全くその通りである。このような感覚はもっと大事にされるべきだ。

コロナ禍に突入して二年以上、まったく出口の見えない日々が続いているが、振りかえってみれば、もっと以前より私たちは進むべき道を見失っていたように思う。手応えのない日常を闇雲にでも進まなければいけない現在の日々に、経済と幸福についての考察である本書は、私たちを大いに励ましてくれる一冊である。

――教文館和書部・店長

この作品は書き下ろしです。原稿枚数638枚（400字詰め）。

メガバンク起死回生(きしかいせい)

専務(せんむ)・二瓶正平(にへいしょうへい)

波多野聖(はたのしょう)

令和4年4月10日　初版発行
令和4年4月30日　2版発行

発行人――石原正康
編集人――高部真人
発行所――株式会社幻冬舎
〒151-0051東京都渋谷区千駄ヶ谷4-9-7
電話　03(5411)6222(営業)
　　　03(5411)6211(編集)
　　振替00120-8-767643
印刷・製本―株式会社　光邦
装丁者――高橋雅之

幻冬舎文庫

ISBN978-4-344-43181-2　C0193　　は-35-8

幻冬舎ホームページアドレス　https://www.gentosha.co.jp/
この本に関するご意見・ご感想をメールでお寄せいただく場合は、
comment@gentosha.co.jpまで。